MICHAEL CRICHTON

Né en 1942 à Chicago, Michael Crichton poursuit des études de médecine à l'université de Harvard, d'où il sort diplômé en 1969. Sous différents pseudonymes, il écrit des romans pour financer ses études. Son premier best-seller, *Extrême urgence* (1968), remarqué par Stephen King, est encensé par la critique, et reçoit en 1969 le prix Edgar du meilleur roman policier. La même année, il publie *La variété Andromède,* qui connaît un succès immédiat et dont les droits d'adaptation sont achetés à Hollywood. Dès lors il ne cesse d'accumuler les succès en tant que réalisateur, scénariste ou romancier, et publie une série de best-sellers, dont *L'homme terminal* (1972), *Congo* (1980), *Sphère* (1987), *Jurassic Park* (1990), *Soleil levant* (1992), *Harcèlement* (1993), *Turbulences* (1996), *Prisonnier du temps* (2000). D'une grande exactitude dans la reconstitution des univers professionnels où se déroulent les intrigues, ses thrillers poussent jusqu'aux limites de l'imaginaire les progrès d'une science devenue le véhicule des hantises et du subconscient collectifs.

Dans son récit autobiographique *Voyages* (2000), Michael Crichton nous livre les multiples péripéties d'une vie d'aventures.

UN TRAIN D'OR POUR LA CRIMÉE

MICHAEL CRICHTON

UN TRAIN D'OR POUR LA CRIMÉE

FAYARD

Cet ouvrage est la traduction intégrale, publiée pour
la première fois en France, du livre de langue
américaine :

THE GREAT TRAIN ROBBERY

édité par Alfred A. Knopf/New York

Traduit de l'anglais
par Marie-Louise PONTY-AUDIBERTI

A Barbara Rose

Satan est content... quand je suis
méchant,
Et toujours espère... qu'au feu, en enfer,
Avec les damnés... saura m'entrainer.
                    Poésie enfantine, 1856.

          « Je voulais l'argent. »
          Edward Pierce, 1856.

Introduction

Il est difficile, après plus d'un siècle, de se rendre compte à quel point la sensibilité victorienne fut affectée par l'attaque du train qui eut lieu en 1855. Au premier abord, cette affaire paraît à peine mériter l'attention. La somme volée — 12 000 livres d'or en barre — était importante, mais il y avait des précédents : une douzaine de vols plus lucratifs avaient eu lieu à la même époque. L'organisation et la mise au point méticuleuses de ce projet, impliquaient de nombreux participants et une année de préparation, n'étaient pas non plus insolites. Tous les grands crimes du milieu de ce siècle exigeaient une élaboration et une coordination extrêmement poussées.

Les Victoriens mentionnaient toujours ce vol avec des majuscules : La Grande Attaque du Train. Pour les observateurs contemporains, c'était le Crime du Siècle, et l'Exploit le plus Sensationnel de l'Ère Nouvelle. Les épithètes adoptées étaient toujours violentes : ce crime était « ignoble », « effrayant », « abominable ». Même à cette époque de morale outrancière, ces termes supposent un profond impact dans la conscience collective.

Pourquoi les Victoriens furent-ils si choqués par ce vol? Pour le comprendre, il faut savoir ce que signifiait pour eux le chemin de fer. L'Angleterre victorienne était la première société urbanisée et industrialisée sur terre et la transformation s'était effectuée avec une stupéfiante rapidité. A l'époque de la défaite de Napoléon à Waterloo, l'Angleterre était une nation de treize millions d'habitants, à prédominance rurale. Vers le milieu du XIXᵉ siècle, la population avait presque doublé et comptait vingt-quatre millions d'habitants dont la moitié vivait dans des centres urbains. L'Angleterre victorienne était donc une nation urbaine. Ce passage d'une vie agricole à une vie citadine semblait s'être fait du jour au lendemain. Le processus fut si rapide que personne ne le comprit réellement.

Les romanciers victoriens, à l'exception de Dickens et de Gissing, ne parlaient pas du tout des villes, et la plupart des peintres de l'époque n'étaient pas inspirés par des sujets urbains. Il y avait aussi des problèmes de conception : pendant la majeure partie du siècle, la production industrielle fut considérée comme une sorte de moisson particulièrement fructueuse, mais pas comme quelque chose d'absolument nouveau. Le langage lui-même ne suivait pas. Durant presque toutes les années 1800, le mot « slum » servit à désigner un logis mal famé et « urbanize » signifia rendre courtois et distingué. Il n'y avait pas de termes pour décrire la croissance des villes ou le délabrement de certains de leurs quartiers.

Cela ne veut pas dire que les Victoriens n'étaient pas conscients des changements survenus dans leur société ou qu'ils n'en discutaient pas librement, et même avec passion. Mais le processus était encore trop nouveau pour être aisément compris. Ces Victoriens furent les pionniers de la vie urbaine et industrielle qui, depuis, s'est généralisée dans tout le monde occidental. Même si nous jugeons leur attitude cocasse, il nous faut reconnaître la dette que nous avons envers eux.

La richesse de ces nouvelles cités victoriennes qui se développaient si rapidement surpassait en éclat tout ce qu'avait jamais connu aucune société. Mais leur misère puante était la plus abjecte qu'ait jamais subie aucune société. Les iniquités et contrastes flagrants, au sein des centres urbains, suscitèrent de nombreuses demandes de réformes. Mais la satisfaction était générale car l'hypothèse fondamentale des Victoriens était que le progrès — progrès dans le sens de meilleures conditions pour toute l'espèce humaine — était inévitable. Nous pouvons trouver cette satisfaction particulièrement risible aujourd'hui, mais dans les années 1850, c'était une attitude raisonnable.

Durant la première moitié du XIXe siècle, le prix du pain, de la viande, du café et du thé avait baissé; celui du charbon avait diminué de moitié; le coût des vêtements était réduit de 80 % et la consommation générale par tête avait augmenté. On avait réformé les lois criminelles, la liberté individuelle était mieux protégée; le Parlement était, jusqu'à un certain point, plus représentatif. Les taxes par habitant avaient été diminuées de moitié. Les premiers bienfaits de la technologie étaient évidents : des réverbères illuminaient les villes; les bateaux se rendaient en Amérique en dix jours au lieu de huit semaines; le service télégraphique et postal assurait les communications avec une étonnante rapidité.

Les conditions de vie des Anglais s'étaient améliorées dans toutes les classes. La réduction du coût de la nourriture signifiait que chacun mangeait mieux. Le nombre d'heures du travail en usine était passé de 74 à 60 par semaine pour les adultes et de 72 à 40 pour les enfants; la coutume du travail à mi-temps, le samedi, se généralisait de plus en plus. La durée moyenne de vie s'était allongée de cinq ans.

Bref, il y avait bien des raisons de croire que la société était « en marche », que les choses allaient mieux et qu'elles continueraient indéfiniment à s'améliorer. L'idée même du futur semblait aux Victoriens plus solide que nous ne pouvons l'imaginer. Il était possible de louer une loge à l'Albert Hall pour 999 ans et beaucoup de citoyens le faisaient.

Mais de tous les signes de progrès, le plus visible et le plus frappant était le chemin de fer. En moins d'un quart de siècle, il avait entièrement modifié l'aspect de la vie et du commerce en Angleterre. Avant 1830, il n'y avait pratiquement pas de chemin de fer en Angleterre. Tous les transports d'une ville à l'autre s'effectuaient avec des voitures tirées par des chevaux, et les voyages étaient lents, pénibles, dangereux et coûteux. En conséquence, les cités étaient isolées les unes des autres.

La *Liverpool & Manchester Railway* s'ouvrit en septembre 1810. Au cours de la première année, le nombre des passagers transportés entre les deux villes doubla par rapport au chiffre de l'année précédente. Vers 1818, plus de 600 000 voyageurs étaient transportés annuellement sur la ligne. Ce chiffre dépasse celui de l'ensemble de la population de Liverpool ou de Manchester, à l'époque.

L'effet fut extraordinaire. Les clameurs de l'opposition le furent aussi. Les nouveaux chemins de fer étaient tous financés par des sociétés privées, des spéculateurs avides de profit, et ils s'attiraient de nombreuses critiques.

On protestait, en invoquant des raisons esthétiques. Ruskin avait condamné les ponts de chemin de fer qui traversaient la Tamise et ce jugement faisait écho à une opinion largement répandue chez ses contemporains moins raffinés. On déplorait d'un commun accord que la ville et la contrée fussent entièrement défigurées. Les propriétaires terriens luttaient partout contre les chemins de fer qui faisaient baisser la valeur de leurs biens. Et les milliers de rudes terrassiers itinérants vivant dans des camps venaient rompre la tranquillité des cités locales, car en cette époque où l'on ne connaissait pas encore la dynamite et les bulldozers, on construisait des ponts, on traçait des routes, on perçait les tunnels à l'aide des seules forces humaines. On s'aperçut aussi que lorsque les terrassiers n'avaient pas de travail, ils allaient facilement grossir le rang des criminels citadins les plus endurcis.

Malgré ces réserves, le développement du réseau ferré anglais fut rapide et étendu. En 1850, mille six cents kilomètres de voies quadrillaient le pays et offraient à chaque citoyen un moyen de transport bon marché et de plus en plus rapide. On en arriva inévitablement à faire du chemin de fer le symbole du progrès. Selon l'*Economist* : « En fait de locomotion par voie de terre, nos progrès ont été absolument prodigieux, surpassant toutes les innovations antérieures depuis que fut créée la race humaine... A l'époque d'Adam, la vitesse normale d'un voyage, à supposer qu'Adam eût jamais entrepris ce genre de choses, était de six kilomètres à l'heure ; en 1828, *soit quatre mille ans plus tard, elle n'était encore que de seize kilomètres* et des scientifiques sensés étaient prêts à affirmer, preuves à l'appui, que l'on ne pourrait jamais dépasser matériellement cette vitesse — mais en 1850, elle était en général de soixante-cinq kilomètres à l'heure, et pour ceux qui le voulaient, de cent dix kilomètres. »

Il y avait là un progrès indéniable et pour l'esprit victorien, cela impliquait une évolution morale autant que matérielle. D'après Charles Kingsley : « L'état moral d'une cité dépend des conditions physiques de cette cité ; de la nourriture, de l'eau, de l'air, et des logements. » L'amélioration des conditions matérielles allait inévitablement supprimer les maux de la société et les crimes, comme étaient supprimés de temps en temps, d'un coup de balai, les taudis qui abritaient les maux et les criminels. Il suffisait simplement, semblait-il, d'éliminer la cause et le reste viendrait.

Dans cette réconfortante perspective, on était stupéfait d'apprendre que la « classe criminelle » avait trouvé le moyen de s'attaquer au progrès et de perpétrer un hold-up à bord du symbole même du progrès : le chemin de fer. Le fait que les voleurs fussent venus à bout des serrures les plus sûres de l'époque ne faisait qu'accroître la consternation.

Ce qui suscita un tel choc dans la Grande Attaque du Train, c'est qu'il fit naître chez les esprits lucides l'idée que la marche en avant du progrès n'entraînait pas automatiquement l'élimination du crime. Le crime ne pouvait plus être assimilé à la peste, disparue avec le changement des conditions sociales, pour n'être plus qu'une menace du temps passé dont on gardait un souvenir obscur. Le crime était quelque chose d'autre et le comportement criminel n'allait pas s'annuler si simplement.

Quelques commentateurs audacieux eurent même la témérité d'insinuer que le crime n'était nullement lié aux conditions sociales, mais découlait de quelque autre impulsion. De telles opinions étaient pour le moins déplaisantes.

Elles le sont demeurées jusqu'à ce jour. Plus d'un siècle après la Grande Attaque du Train, et plus de dix ans après un autre hold-up spectaculaire dans un train anglais, le citoyen moyen des villes occidentales s'accroche encore à la croyance que le crime naît de la pauvreté, de l'injustice, du manque d'éducation. Notre conception du criminel implique une individualité amoindrie, abusée, peut-être psychiquement perturbée, qu'un besoin désespéré amène à violer les lois — la toxicomanie constitue pour cet individu une sorte d'archétype moderne. Et lorsque récemment on apprit que la majorité des crimes violents de rue, à New York, n'avaient pas été commis par des drogués, le rapport fut accueilli avec un scepticisme et un malaise qui reflétaient la perplexité de nos ancêtres victoriens du siècle dernier.

Vers 1870, le crime devint un sujet légitime de recherches universitaires et dans les années qui suivirent, les criminologistes s'attaquèrent à tous les anciens stéréotypes, et créèrent une nouvelle conception du crime qui n'a jamais eu la faveur du public. Les experts sont maintenant d'accord sur les points suivants :

Premièrement, le crime n'est pas une conséquence de la pauvreté. Aux dires de Barnes et Teeters (1949), beaucoup de violences sont commises par cupidité et non par nécessité.

Deuxièmement, les criminels n'ont pas l'intelligence amoindrie et c'est probablement le contraire qui est vrai. Les enquêtes sur les prisonniers montrent que dans les tests d'intelligence, les pensionnaires des prisons sont de même niveau que la moyenne de la population et pourtant ces prisonniers représentent la fraction de malfaiteurs qui s'est fait prendre.

Troisièmement, une grande partie de l'activité criminelle reste impunie. C'est une question difficile à trancher, mais certaines autorités soutiennent que 3 à 5 % seulement des crimes sont connus, et que sur les crimes connus, 15 à 20 % seulement sont résolus, au sens ordinaire du mot. Et ceci est vrai même pour les crimes les plus graves comme le meurtre. Beaucoup de pathologistes de la police rejettent l'idée traditionnelle que « le meurtre disparaîtra un jour ». En 1877, déjà, un chercheur américain, Richard Dugdale, enquêtant dans les prisons, concluait que « nous devons nous défaire de l'idée que le crime ne paie pas. En réalité, il paie ». Dix ans plus tard, le criminologiste italien Colajanni alla plus loin en affirmant qu'à tout prendre le crime payait mieux qu'un honnête travail. Vers 1949, Barnes et Teeters déclaraient nettement : « Ce sont surtout les moralistes qui croient encore que le crime ne paie pas. »

Notre attitude morale à l'égard du crime dénote une ambivalence singulière devant les agissements criminels. D'une part, le crime est redouté, méprisé, et bruyamment condamné, d'autre part, il est secrètement admiré, et nous sommes toujours avides de connaître les détails de quelque exploit criminel notable. Cette attitude l'a nettement emporté en 1855, car La Grande Attaque du Train n'avait pas seulement été choquante et effrayante, mais aussi « risquée », « audacieuse » et « magistrale ».

Avec les Victoriens, nous avons un autre point de vue commun : la croyance en l'existence d'une « classe criminelle ». Ce terme désigne une sous-culture de criminels professionnels dont l'existence consiste à enfreindre les lois de la société qui les entoure. Aujourd'hui, nous appelons cette classe « la mafia », « le syndicat », ou la « pègre », et nous nous intéressons à son code moral, son système inversé des valeurs, son langage spécial et ses modes de comportement.

Il n'est pas douteux qu'une sous-culture bien définie de criminels professionnels ait existé il y a cent ans en Angleterre, en pleine époque victorienne. Ses structures ont été mises en lumière lors du procès de Burgess, Agar et Pierce, les principaux participants de La Grande Attaque du Train. Ils avaient tous été arrêtés en 1856, près de deux ans après l'événement. Leurs nombreuses dépositions ont été conservées ainsi que les rapports des journaux de l'époque. Le récit qui suit est établi à partir de ces documents.

M. C.
Novembre 1974.

PREMIÈRE PARTIE

Préparatifs

Mai-octobre 1854

CHAPITRE 1
La provocation

A quarante minutes de Londres, après avoir traversé les champs verts et les cerisaies du Kent, le train du matin de la Compagnie du chemin de fer du Sud-Est atteignit sa vitesse maximale de quarante milles à l'heure. On pouvait voir le mécanicien en uniforme rouge, debout à l'extérieur, sans cabine ni pare-brise, tandis qu'à ses pieds le chauffeur accroupi jetait des pelletées de charbon dans la fournaise rougeoyante de la locomotive bleu vif. Derrière la locomotive haletante et le tender, venaient trois voitures jaunes de première classe, suivies de sept voitures vertes de seconde classe, et, tout au bout, un fourgon gris à bagages, sans fenêtres.

Alors que le train descendait avec fracas vers la côte, la porte du fourgon à bagages s'ouvrit brusquement, laissant voir à l'intérieur un combat désespéré. Les forces étaient très inégales : un jeune homme mince, dépenaillé, se battait contre un gaillard en uniforme bleu, gardien du chemin de fer. Bien que plus faible, le jeune homme ne se défendait pas mal, et il assena à son adversaire un ou deux coups bien placés. C'est uniquement un hasard si le gardien à genoux bondit de façon telle que le jeune homme surpris fut précipité hors du train par la portière ouverte et atterrit sur le sol en culbutant et en rebondissant comme une poupée de chiffons. Encore haletant, le gardien suivit des yeux, à l'arrière du train, la silhouette rapidement disparue de la jeune victime. Puis il ferma la porte coulissante. Le train prenait de la vitesse, déchirant l'air de ses notes aiguës. Bientôt, une légère courbe le fit disparaître et il ne resta plus que le bruit assourdi du moteur haletant, ainsi que la traîne flottante d'une fumée grise qui lentement retombait sur la voie, et le corps immobile du jeune homme.

Au bout d'une ou deux minutes, le jeune homme remua. Il se souleva à grand-peine sur un coude et tenta de se mettre debout. Mais ses efforts furent vains; il retomba instantanément sur le sol, inanimé, et après un dernier spasme convulsif, il s'immobilisa complètement.

Une demi-heure, plus tard, un élégant coupé noir aux roues cramoisies descendait la route boueuse qui courait parallèlement aux voies ferrées. La voiture parvint à une colline et le cocher arrêta son cheval. Un gentleman assez bizarre en émergea. Il était élégamment vêtu d'une redingote de velours vert foncé et coiffé d'un haut-de-forme en poil de castor. Le gentleman grimpa sur la colline, porta à ses yeux une paire de jumelles et scruta la voie ferrée sur toute sa longueur. Son regard tomba immédiatement sur le corps prostré du jeune homme, mais il ne tenta point de s'approcher de lui ni de l'aider en aucune façon. Au contraire, il resta debout sur la colline jusqu'à ce qu'il eût la certitude que le garçon était mort. Alors seulement, il se retourna, remonta dans la voiture qui l'attendait et fit demi-tour en direction de Londres.

CHAPITRE 2
L'organisateur

Ce singulier gentleman était Edward Pierce, et pour un homme destiné à une telle notoriété, que la reine Victoria elle-même exprima le désir de le rencontrer ou au moins d'assister à sa pendaison, il demeure un personnage étrange et mystérieux. Pierce était un grand bel homme d'une trentaine d'années qui portait une barbe rousse à la dernière mode, en faveur surtout chez les employés de gouvernement. Sa façon de parler, ses manières, ses vêtements lui donnaient l'allure d'un gentleman cossu; il était apparemment plein de charme et « savait plaire ». Il prétendait être un orphelin de l'aristocratie des Midlands et avoir fréquenté Winchester puis Cambridge. C'était une figure familière dans de nombreux cercles de la société londonienne et il comptait parmi ses relations des ministres, des membres du Parlement, des ambassadeurs étrangers, des banquiers et d'autres personnes d'un standing très valable. Bien que célibataire il entretenait une maison au numéro 12 de Harrow Street, dans un quartier chic de Londres. Mais il passait la plus grande partie de l'année à voyager et on disait qu'il avait visité non seulement le continent, mais aussi New York.

Les observateurs contemporains croyaient vraiment à ses origines aristocratiques. Les journalistes parlent souvent de Pierce comme d'un « rogue », en utilisant ce terme dans le sens de mâle dévoyé. L'idée qu'un gentilhomme de haute naissance ait choisi une vie criminelle était si surprenante et émoustillante que personne ne désirait réellement mettre la chose en doute.

Il n'est pas certain que Pierce ait été issu de milieux aristocratiques. Avant 1850, on ne connaît rien de sa vie avec certitude. Les lecteurs modernes, habitués au concept « d'identification formelle » comme à un fait ordinaire de la vie, seront peut-être déconcertés par les ambiguïtés du passé de Pierce. Mais à une époque où les actes de naissance étaient une innovation, la photographie, un art naissant, et les empreintes digitales entièrement inconnues, il était difficile d'identifier quelqu'un avec certitude et Pierce veillait spécialement à rester évasif. Même son nom est douteux : durant le procès, des témoins affirmèrent avoir connu l'accusé sous le nom de John Simms ou Andrew Miller ou Robert Jeffers.

On discuta également des sources de ses revenus, manifestement importants. Certains disaient qu'il était commanditaire avec Jukes de la très florissante société qui fabriquait l'équipement de croquet. Le croquet — prononcer croaky — était la passion nocturne des jeunes femmes aux goûts sportifs, et il était tout à fait normal qu'un jeune homme intelligent ayant investi un modeste héritage dans une telle entreprise en tire des revenus substantiels.

D'autres disaient que Pierce possédait plusieurs boîtes de nuit et une petite écurie de fiacres dirigée par un cocher d'aspect sinistre, nommé Barlow, au front barré d'une cicatrice blanche. C'était plus vraisemblable car la possession de cabarets et de fiacres impliquait des relations avec les milieux interlopes.

Bien sûr, il n'est pas impossible que Pierce ait été un homme bien né avec un fonds d'éducation aristocratique. Il faut se rappeler qu'à cette époque Winchester et Cambridge se distinguaient plus souvent par la paillardise et l'ivrognerie que par une scolarité sérieuse et sobre. L'esprit scientifique le plus profond de l'ère victorienne,

Charles Darwin, consacra la plus grande partie de sa
jeunesse au jeu et aux chevaux, et la plupart des jeunes gens
bien nés étaient plus intéressés par l'acquisition d'une
« allure universitaire » que par celle d'un « grade universitaire ».

Il est vrai également que les bas-fonds victoriens soute-
naient beaucoup de personnages de bonne éducation qui
avaient des revers de fortune. C'était en général des scribes,
ou des gens écrivant des fausses lettres de recommandation
ou des faux-monnayeurs se faisant un peu d'argent facile.
Parfois ils devenaient tricheurs au jeu ou graveurs de
fausses pièces. Mais en général ces hommes cultivés étaient
de petits criminels du genre pathétique, méritant davantage
la pitié du public que l'opprobre.

Edward Pierce, quant à lui, était un criminel de grande
envergure. Quelle que soit la source de ses revenus ou la
vérité sur ses origines, un fait est certain : c'était un maître
cambrioleur ou voleur qui avait accumulé au cours des
années un capital suffisant pour financer des opérations
criminelles à grande échelle, devenant ainsi un véritable
organisateur. Vers le milieu de l'année 1854, il élaborait
déjà un plan pour entreprendre le vol le plus important de
sa carrière, La Grande Attaque du Train.

CHAPITRE 3
Le perceur de coffres-forts

Robert Agar, cambrioleur notoire, spécialiste en clefs et coffres-forts, déclara au tribunal que fin mai 1854, il avait rencontré Edward Pierce, qu'il n'avait pas vu depuis deux ans. Agar avait vingt-six ans et était en bonne santé, hormis une mauvaise toux, héritée de son enfance laborieuse au service d'un fabricant d'allumettes sur la Wharf Road, à Bethnal Green. Les bâtiments de la fabrique étaient mal ventilés et l'air était toujours empli de vapeurs blanches de phosphore. On savait que le phosphore était un poison mais il y avait toujours des quantités de gens prêts à accepter n'importe quel travail, même au risque d'avoir les poumons esquintés ou la mâchoire pourrie; c'était parfois une affaire de quelques mois.

Agar était un trempeur d'allumettes. Il avait les doigts si agiles qu'il finit par s'en servir pour percer des coffres-forts, travail dans lequel il réussit immédiatement. Il travailla six ans comme perceur de coffres-forts et ne fut jamais inquiété.

Agar n'avait jamais eu auparavant de rapports directs avec Pierce mais il savait que celui-ci était un maître cambrioleur, qui travaillait dans d'autres villes, ce qui expliquait ses longues absences de Londres. Agar avait également entendu dire que Pierce avait suffisamment d'argent pour mettre de temps en temps une affaire sur pied.

Agar déclara au tribunal que leur première rencontre avait eu lieu à l'auberge du *Bull and Bear*, sur la route de Hounslow. Situé en bordure du quartier criminel de Seven Dials, ce repaire bien connu était, aux dires d'un observateur, « un lieu de réunion où l'on trouvait toutes sortes de femmes vêtues comme des dames, et des membres de la pègre qui pouvaient surgir à tout bout de champ ».

Étant donné le caractère mal famé de l'endroit, il était presque certain qu'un agent en civil de la police métropolitaine se dissimulait parmi les clients de l'auberge. Mais le *Bull and Bear* était fréquenté par des gentlemen de qualité prisant cette atmosphère louche, et la conversation entre deux jeunes dandys élégamment vêtus qui flânaient au bar tout en regardant les femmes n'attirait pas particulièrement l'attention.

La rencontre, dit Agar, n'était pas prévue, mais il ne fut pas surpris quand Pierce arriva. Agar avait entendu parler de Pierce peu de temps auparavant, et le bruit courait que celui-ci organisait un coup. Agar se souvint que la conversation avait commencé de façon directe, sans préliminaires.

« J'ai appris que Jack le Pickpocket avait quitté Westminster, dit Agar.

— Je l'ai entendu dire », convint Pierce en brandissant sa canne à pommeau d'argent pour attirer l'attention du barman.

Pierce commanda deux verres du meilleur whisky, preuve, comprit Agar, qu'ils allaient discuter affaires.

« On m'a dit, poursuivit Agar, que Jack allait faire un tour dans le Sud pour faire les poches de la foule en vacances. »

A cette époque, les pickpockets de Londres s'en allaient à la fin du printemps pour se rendre au Nord et au Sud vers d'autres cités. L'outil essentiel d'un pickpocket était l'anonymat et il ne pouvait travailler longtemps, en un seul lieu sans être repéré par l'agent de police du secteur.

« Je n'ai pas entendu parler de ses projets, dit Pierce.

— J'ai aussi appris, continua Agar, les yeux fixés sur Pierce, qu'il prenait le train.

— Ça se pourrait.

— On m'a dit aussi, reprit Agar, dévisageant Pierce, que dans ce train, il examinait les lieux pour une certaine personne qui prépare un casse.

— Ça se pourrait, répéta Pierce.

— J'ai aussi appris, dit Agar, en souriant brusquement, que c'est vous l'organisateur.

— Ça se peut », dit Pierce.

Il sirota son whisky et regarda le verre.

« D'habitude, il est meilleur, dit-il d'un air pensif. Neddy doit l'allonger avec de l'eau. Vous a-t-on dit ce que je préparais?

— Un hold-up, dit Agar. Un énorme paquet, s'il faut dire la vérité.

— S'il faut dire la vérité », répéta Pierce.

Il parut trouver la phrase amusante. Il se détourna et regarda les femmes dans la salle. Plusieurs d'entre elles répondirent avec chaleur à ses regards.

« Chacun entend ce qu'il veut, dit-il enfin.

— Ça, c'est vrai », admit Agar en soupirant. (Dans sa déposition, Agar décrivit très clairement les indications théâtrales qu'il donnait : « Alors j'y vais et je pousse un grand soupir, vous voyez, comme pour dire que ma patience est à bout, parce que c'est un méfiant, Pierce, mais je veux en finir, alors je pousse un grand soupir. »)

Il y eut un bref silence.

« Il y a deux ans que je ne vous ai vu, finit par dire Agar. Vous étiez occupé?

— En voyage, dit Pierce.

— Sur le continent? »

Pierce haussa les épaules. Il regarda le verre de whisky que tenait Agar et le verre de gin à demi terminé que buvait celui-ci avant l'arrivée de Pierce.

« Comment vont les mains?

— Au poil », répondit Agar.

Pour le prouver, il tendit les mains, paumes à plat, doigts écartés; elles ne tremblaient pas.

« J'aurai peut-être une ou deux petites choses, reprit Pierce.

— Jack le Pickpocket cachait ses cartes, fit remarquer Agar. Pour moi, c'est clair comme de l'eau de roche. Il était bouffi d'orgueil et faisait l'important, mais il serrait son jeu sur sa poitrine.

— Jack est au tapis », dit Pierce d'un ton bref.

Ainsi qu'Agar l'expliqua par la suite, c'était une phrase ambiguë. Elle pouvait signifier que Jack le Pickpocket était allé se cacher ou qu'il était mort; cela dépendait. Agar ne poussa pas plus avant son enquête.

« Ces petites choses, ça pourrait être des coffres?

— Possible.

— Risqué, hein?

— Très risqué, répondit Pierce.

— Dedans ou dehors?

— Je ne sais pas. Vous aurez peut-être besoin d'un ou deux complices le moment venu. Et il faudra tenir votre langue. Si la première affaire marche, il y en aura d'autres. »

Agar ingurgita le reste de son whisky et attendit. Pierce lui en commanda un autre.

« Il s'agit de clefs, alors? demanda Agar.

— En effet.

— Cire ou escamotage?

— Cire.

— En vitesse ou avec du temps?

— En vitesse.

— Bien, dit Agar. Je suis votre homme. Je peux faire une empreinte plus vite que vous ne pouvez allumer votre cigare.

— Je le sais », dit Pierce qui frotta une allumette sur le comptoir et l'approcha du bout de son cigare.

Agar eut un léger frisson. Lui-même ne fumait pas. Cette coutume était revenue à la mode depuis peu de temps et

l'odeur de phosphore et de soufre d'une allumette provo-
quait chez lui un élancement, souvenir du temps passé dans
la fabrique d'allumettes.

Il regarda Pierce tirer sur le cigare jusqu'à ce qu'il fût
allumé.

« Alors c'est quoi au juste, ce coup? »

Pierce lui jeta un regard froid.

« Vous le saurez en temps voulu.

— Vous êtes dur à la détente.

— C'est pour cette raison, dit Pierce, que je n'ai jamais
été pris. »

Ce qui voulait dire qu'il n'avait pas de casier judiciaire.
Au procès, d'autres témoins discutèrent cette affirmation,
disant que Pierce avait purgé une peine à Manchester, trois
ans et demi pour cambriolage, sous le nom de
Arthur Wills.

Agar dit que Pierce lui jeta un dernier avertissement
pour l'inviter à garder le silence puis quitta le bar, traversa
la salle enfumée et bruyante du *Bull and Bear* et se dirigea
vers une jolie femme à qui il chuchota quelque chose dans
l'oreille. La femme se mit à rire. Agar se détourna; c'est
tout ce qu'il se rappelait de cette soirée.

CHAPITRE 4

Le complice involontaire

Mr. Henri Fowler, quarante-sept ans, fit la connaissance d'Edward Pierce dans des circonstances assez différentes. Fowler reconnut facilement qu'il n'en savait pas très long sur Pierce. L'homme avait dit être orphelin; il avait eu visiblement une bonne éducation et vivait dans l'aisance. Sa maison était parfaitement tenue et pourvue des appareils les plus modernes, certains extrêmement ingénieux. Mr. Fowler se souvenait en particulier d'un poêle de vestibule destiné à chauffer l'entrée de la maison. Ce poêle avait la forme d'une armoire et fonctionnait admirablement. Mr. Fowler se souvenait aussi d'avoir vu une paire de magnifiques jumelles d'aluminium doublées de cuir marocain qui l'intriguèrent tellement qu'il en avait cherché une paire pour lui à Harrods et avait eu la surprise de découvrir qu'elles coûtaient quatre-vingts shillings, ce qui était un prix exorbitant. Pierce était visiblement argenté et Henry Fowler le trouvait amusant comme convive.

Il se remémora avec difficulté un épisode qui avait eu lieu chez Pierce, fin mai 1854. C'était à un dîner de huit gentlemen. La conversation roulait sur un nouveau projet de chemin de fer souterrain dans Londres même. Fowler trouvait l'idée sans intérêt et il fut déçu qu'on en discutât encore dans le fumoir en buvant du brandy.

La conversation se porta ensuite sur le choléra qui

sévissait dans certains coins de Londres où un individu sur cent était atteint. On débattit ensuite des propositions de Mr. Edwin Chadwick, l'un des membres du service sanitaire, à propos de nouveaux systèmes d'égouts dans la ville et du nettoyage de la Tamise polluée. Mr. Fowler savait de source sûre que ce vieil « esprit sec » qu'était Chadwick allait être bientôt remercié mais il avait juré de ne pas divulguer cette information. Il but son café avec une sensation croissante de fatigue. Il pensait à se retirer quand son hôte, Mr. Pierce, l'interrogea sur une récente attaque de train où l'on avait tenté de dérober une cargaison d'or.

Il était tout naturel que Pierce interrogeât Fowler, car celui-ci était le beau-frère de sir Edgar Huddleston, de la banque *Huddleston & Bradford,* à Westminster. Mr. Fowler était le directeur général de cette entreprise prospère qui s'était spécialisée depuis sa fondation, en 1833, dans les questions de devises étrangères.

C'était une époque d'extraordinaire domination anglaise dans le commerce mondial. L'Angleterre extrayait plus de la moitié du charbon du monde et sa production de fonte était supérieure à celle de l'ensemble du reste des autres pays. Elle produisait les trois quarts des étoffes de coton du monde. Son commerce extérieur était évalué à 700 millions de livres par an, deux fois celui de ses concurrents les plus proches, les États-Unis et l'Allemagne.

Son empire d'outre-mer était le plus vaste de l'histoire et continuait à se développer jusqu'à occuper finalement le quart de la surface de la terre, avec un tiers de la population mondiale.

Ainsi, il était naturel que les entreprises étrangères fissent de Londres leur centre financier et les banques de Londres prospéraient. Henry Fowler et sa banque profitaient des tendances économiques générales, mais en axant leur activité sur les transactions de monnaies étrangères ils augmentaient encore leur chiffre d'affaires. Aussi, quand la France et l'Angleterre déclarèrent la guerre à la Russie deux mois auparavant, c'est la firme *Huddleston & Bradford* qui fut désignée, en mars 1854, pour assurer le paiement des troupes britanniques qui se battaient en Crimée. C'était justement l'un des envois d'or destinés au paiement de la troupe qui avait fait l'objet de la récente tentative de vol.

« Une tentative stupide », déclara Fowler, conscient de parler au nom de la banque. Les autres hommes de la salle qui fumaient des cigares en buvant du brandy étaient des messieurs importants qui connaissaient d'autres messieurs importants. Mr. Fowler se crut obligé d'effacer ce soupçon d'imperfection porté sur sa banque, en termes aussi énergiques que possible.

« Oui, reprit-il, stupide, c'était du travail d'amateur. Il n'y avait pas la moindre chance de succès.

— Le gredin est mort? » demanda M. Pierce qui fumait son cigare en face de Fowler.

« Bien sûr, dit Mr. Fowler. Le surveillant du chemin de fer l'a jeté du train en marche. Le choc a dû le tuer sur le coup. Pauvre diable.

— On l'a identifié?

— Je ne pense pas, répondit Fowler. Sa chute a été telle que ses traits étaient plutôt... euh... brouillés. On a dit à un moment qu'il s'appelait Jack Perkins, mais ça n'est pas certain. La police ne s'est guère intéressée à cette affaire, et je crois qu'elle a bien fait. Toute l'entreprise trahit l'amateurisme le plus grossier. Ça n'aurait jamais pu réussir.

— Je suppose, dit Pierce, que la banque prend d'énormes précautions.

— Mon cher ami, c'est bien vrai, d'énormes précautions. Je vous assure qu'on ne transporte pas chaque mois 12 000 livres d'or en barre jusqu'en France sans les garanties les plus sûres.

— Ainsi le vaurien en voulait aux paiements de Crimée? » demanda un autre convive, Mr. Harrison Bendix. Bendix était un adversaire bien connu de la guerre de Crimée et Fowler ne souhaitait pas entamer de discussion politique à cette heure tardive.

« Apparemment », dit-il brièvement, soulagé que Pierce reprenne la parole.

« Nous serions tous curieux de connaître la nature de vos précautions, dit-il. A moins que ce ne soit un secret de la firme?

— Il n'y a là aucun secret », répondit Fowler, saisissant l'occasion de sortir de son gousset sa montre d'or dont il ouvrit le couvercle d'une chiquenaude afin de regarder le cadran. Il était plus de 11 heures. Il devait se retirer. Seule la nécessité de soutenir la réputation de la banque le retenait. « En fait, c'est moi qui ai conçu ces dispositions et si je puis me permettre, je vous invite à me signaler tout point faible du plan », dit-il en dévisageant les convives l'un après l'autre.

« Chaque livraison de barres d'or est chargée dans les profondeurs de la banque elle-même qui, inutile de le dire, est absolument imprenable. L'or est placé dans des coffres-forts cerclés de fer qui sont ensuite scellés. Tout homme penserait que c'est là une protection suffisante, mais bien entendu, nous allons beaucoup plus loin. » Il s'interrompit pour siroter son brandy.

« Des gardes armés transportent les coffres-forts scellés jusqu'à la gare. Le convoi ne suit pas une route établie et il n'y a pas d'horaire fixe, il emprunte les artères les plus passantes et il n'a ainsi aucune chance de tomber dans une embuscade en se rendant à la gare. Nous n'employons jamais moins de dix hommes, tous anciens serviteurs de confiance appartenant à la société, et puissamment armés. A la gare, les coffres-forts sont chargés dans le fourgon à marchandises du chemin de fer de Folkestone où nous les plaçons dans deux coffres-forts Chubb du dernier modèle.

— Vraiment, des coffres-forts Chubb? dit Pierce en haussant un sourcil.

Chubb fabriquait les plus beaux coffres-forts du monde et le fini et la technique en étaient universellement reconnus.

« Et ce ne sont pas les coffres-forts Chubb ordinaires,

poursuivit Fowler, car ils ont été fabriqués spécialement sur les instructions de la banque. Messieurs, chaque face est faite d'acier trempé d'un quart de pouce d'épaisseur, et les portes sont ajustées avec des gonds intérieurs qui n'offrent aucune prise permettant une intervention de l'extérieur. Le poids même de ces coffres-forts est un obstacle pour le vol car chacun pèse plus de cent vingt-cinq kilos.

— Très impressionnant, fit remarquer Pierce.

— A tel point, continua Fowler, que l'on pourrait en bonne conscience considérer cela comme une garantie suffisante pour la cargaison d'or. Et cependant nous avons ajouté d'autres raffinements. Chacun des coffres comporte non pas une, mais deux serrures, ce qui implique deux clefs.

— Deux clefs? Comme c'est ingénieux!

— Et de plus, poursuivit Fowler, chacune des quatre clefs — deux par coffre — est individuellement protégée. Deux d'entre elles sont gardées dans le bureau même du chemin de fer. Une troisième est confiée à la garde du président de la banque, Mr. Trent, qui, comme vous le savez sans doute, est un homme de toute confiance. J'avoue que je ne sais pas exactement où Mr. Trent a caché sa clef. Mais pour la quatrième, je suis au courant, car c'est moi qui suis chargé de la garder.

— Extraordinaire, dit Pierce. Ça doit être une responsabilité considérable.

— Je dois reconnaître qu'il m'a fallu à ce propos une certaine dose d'imagination », convint Fowler, laissant ensuite planer un silence dramatique.

Ce fut Mr. Wundham, un peu éméché, qui prit finalement la parole.

« Nom d'une pipe, Henry, allez-vous nous dire où vous avez caché cette maudite clef? »

Mr. Fowler sourit avec bienveillance, sans se montrer choqué. Il n'était pas lui-même grand buveur et considérait avec une certaine satisfaction indulgente les faiblesses de ceux qui étaient portés sur la boisson.

« Je la garde à mon cou, dit-il en caressant du plat de la main sa chemise empesée. Je la porte constamment, même au bain et même au lit. Elle ne quitte jamais ma personne! (Il eut un grand sourire.) Vous voyez donc, messieurs, que la tentative grossière d'un simple voyou ne peut guère inquiéter *Huddleston & Bradford,* car le scélérat n'avait guère plus de chance de voler cet or que je n'en ai de... m'envoler sur la lune. »

Ici Mr. Fowler se permit de ricaner devant l'absurdité de la chose.

« Alors, questionna-t-il, voyez-vous un défaut dans nos dispositions?

— Pas le moindre », dit froidement Mr. Bendix.

Mais Mr. Pierce fut plus chaleureux :

« Je dois vous féliciter, Henry. C'est vraiment la stratégie la plus ingénieuse dont j'ai jamais entendu parler pour protéger une cargaison de valeur.

— C'est ce que je pense », répondit Mr. Fowler.

Il prit congé peu de temps après en faisant observer que, s'il ne rentrait pas sans tarder, auprès de sa femme, celle-ci le croirait en train de faire la noce avec une « Judith » et, dit-il, « je n'aimerais pas souffrir les peines du châtiment sans avoir eu d'abord la récompense ».

Ce commentaire déchaîna l'hilarité générale.

C'était exactement ce qu'il fallait dire en partant. On voulait des banquiers prudents, mais pas prudes. La différence était subtile.

CHAPITRE 5

Le bureau du Chemin de fer

Les chemins de fer anglais se développèrent à une allure si phénoménale que la cité de Londres fut débordée et ne réussit jamais à édifier une gare centrale. Chacune des lignes construites par des sociétés privées pénétrait à l'intérieur de la ville, aussi loin qu'elle le pouvait, et là s'érigeait une station terminale. Vers la moitié du siècle, on attaqua cette façon de procéder. Le premier argument était que pour faire pénétrer des lignes à l'intérieur de la ville on devait déloger de pauvres gens et démolir leurs habitations. Par ailleurs, on insistait sur l'inconvénient pour les voyageurs d'être obligés de traverser Londres en voiture pour se rendre d'une gare à une autre afin de poursuivre leur voyage.

En 1846, Charles Pearson proposa des plans pour l'établissement d'un énorme terminus, à Ludgate Hill, mais l'idée ne fut jamais adoptée. Au contraire, après la construction de plusieurs gares — les plus récentes étant la gare Victoria et celle de King's Cross en 1851 — la fureur des débats publics suscita un moratorium arrêtant les constructions.

Par la suite, l'idée d'un terminus central londonien fut complètement abandonnée et l'on construisit de nouvelles gares isolées. Quand la dernière : la gare Marylebone, fut achevée en 1899, Londres possédait quinze terminus de

chemin de fer, plus du double par rapport aux autres
grandes villes d'Europe. A l'exception de Sherlock Holmes,
qui les connaissait par cœur, aucun Londonien n'a apparemment jamais pu se mettre en tête l'étonnant déploiement de lignes et d'horaires.

L'arrêt à la construction qui se produisit au milieu du
siècle laissa plusieurs lignes dans de mauvaises conditions.
Le chemin de fer du Sud-Est qui reliait Londres à la ville
côtière de Folkestone, située à quatre-vingts milles, était
dans ce cas. La ligne du Sud-Est n'eut accès au centre de
Londres qu'en 1851 lorsque fut reconstruit le terminus de
London Bridge.

Situé sur la rive sud de la Tamise, près de son
homonyme, le pont de Londres, London Bridge était la
plus ancienne station de chemin de fer de la ville. Elle avait
été construite en 1836 par la Compagnie de chemin de fer
Londres-Greenwich. Cette gare ne fut jamais populaire. On
la disait « inférieure dans sa conception » à d'autres gares
plus récentes comme celles de Paddington et King's Cross.
Quand on la reconstruisit en 1851, l'*Illustrated London
News* rappela cependant que « la *façade* [1] de l'ancienne gare
se distinguait par son chic et par son caractère artistique.
Nous regrettons donc que celle-ci ait disparu pour faire
place, apparemment, à une réalisation moins satisfaisante ».

C'est exactement le genre de volte-face qui a toujours
étonné et irrité les architectes. Un personnage tel que sir
Christopher Wren, écrivait deux ans auparavant que « les
Londoniens pouvaient dédaigner quelque horreur jusqu'à
ce qu'elle fût démolie, sur quoi, par magie, l'édifice
nouveau était jugé moins bien que l'ancien que l'on louait
alors en termes chaleureux et ardents ».

Il faut reconnaître cependant que la nouvelle gare de
London Bridge était peu satisfaisante. Pour les Victoriens,
les gares de chemin de fer étaient les « cathédrales de

1. En français dans le texte.

l'époque » et ils s'attendaient à voir réunis les plus hauts principes esthétiques et technologiques. De nombreuses gares répondaient à leurs espoirs, avec leurs élégantes voûtes de verre hautes et cintrées. Mais la nouvelle gare de London Bridge était en tous points décevante. Cette bâtisse à deux étages en forme de L avait un aspect utilitaire et neutre, avec sur la gauche une rangée de boutiques mornes et sur le devant, la gare principale, sans ornements, à l'exception d'un clocher placé sur le toit. Plus grave encore, l'agencement intérieur qu'on avait beaucoup critiqué restait inchangé.

Pendant la reconstruction de la gare, La Compagnie de chemin de fer du Sud-Est prit ses dispositions pour utiliser ce terminus comme point de départ — de ses voies en direction de la côte, ce qui s'effectua sur la base d'une location à bail. La Compagnie du Sud-Est louait les voies, les quais et bureaux de la Compagnie de la ligne Londres-Greenwich (dont les propriétaires n'étaient pas disposés à lui donner plus d'aménagements que nécessaire).

Les bureaux cédés au directeur du trafic comprenaient quatre pièces situées à l'écart de la gare terminale : deux pièces pour les employés, une autre pour stocker les objets précieux, et un bureau plus vaste pour le directeur lui-même. Toutes les pièces étaient vitrées. L'appartement était situé au second étage de la gare et n'était accessible que par un escalier en fer montant du quai. Tous ceux qui empruntaient l'escalier étaient distinctement vus par les employés du bureau ainsi que par les passagers, porteurs et gardes-voies, des quais situés en dessous.

Le directeur du trafic s'appelait McPherson. C'était un Écossais d'un certain âge qui ne lâchait pas des yeux ses employés, veillant à ce qu'ils ne passent pas leur journée à rêvasser en regardant par la fenêtre. Ainsi, personne dans le bureau ne remarqua, au début de juillet 1854, deux voyageurs qui se postèrent sur un banc du quai et y demeurèrent toute la journée, en consultant souvent leurs montres comme s'ils étaient impatients de se mettre en route. Personne ne remarqua non plus que les mêmes voyageurs revenaient la semaine suivante et passaient encore une journée sur le même banc. Tout en attendant leur train, ils observaient toujours le mouvement de la gare en vérifiant souvent l'heure à leur montre de gousset.

En fait, Pierce et Agar ne se servaient pas de montres de gousset, mais plutôt de chronomètres. Pierce en avait un élégant, à deux cadrans, dans une boîte en or à dix-huit carats. Ces chronomètres étaient considérés comme des merveilles de la technique moderne et ils étaient vendus pour les courses de chevaux ou d'autres buts de ce genre. Mais Pierce tenait son chronomètre dans le creux de sa main et personne ne le voyait.

Après le second jour passé à surveiller l'horaire des employés de bureau, les changements de gardes-voies, l'arrivée des visiteurs dans le bureau et leur départ, ainsi que d'autres faits qui avaient pour eux de l'importance, Agar considéra l'escalier de fer qui conduisait au bureau.

« C'est un vrai suicide, proclama-t-il. Il est trop exposé. Et d'abord qu'est-ce que vous voulez aller chercher là-haut?

— Deux clefs.

— Qu'est-ce que c'est que ces deux clefs?

— Deux clefs dont il se trouve que j'ai besoin. »

Agar jeta un coup d'œil aux bureaux. S'il était déçu par la réponse de Pierce, il n'en laissa rien paraître.

« Bien, dit-il d'un ton professionnel, si c'est deux clefs que vous voulez, je pense qu'elles se trouvent dans la salle d'entrepôt, — n'osant pointer le doigt, il fit un signe de tête — tout de suite après la salle des employés. Vous voyez l'armoire? »

Pierce acquiesça. Par la vitre frontale, il pouvait voir tout le bureau. Dans l'espace réservé au magasinage, il y avait une armoire murale peu profonde, vert citron. C'était bien le genre d'endroit où l'on pouvait garder des clefs.

« Je la vois.

— J'en fais mon affaire, de cette armoire. Il y a une serrure, mais ne vous en faites pas, elle ne nous donnera pas grand mal. C'est de la camelote.

— Et pour la porte d'entrée? » dit Pierce en détournant son regard.

Non seulement l'armoire intérieure était fermée, mais la porte d'accès aux bureaux (porte sur laquelle était écrit au crayon le mot SER, et en dessous : BUREAU DU DIRECTEUR), avait une grosse serrure de cuivre au-dessus de la poignée.

« Du toc, grogna Agar. Elle s'ouvrira en un clin d'œil avec n'importe quel rossignol qui lui chatouillera les entrailles. Je pourrais l'ouvrir avec un ongle ébréché. Là, aucun problème. L'ennui c'est cette sacrée foule. »

Pierce acquiesça mais ne dit mot. Ce travail était l'affaire d'Agar et sa réalisation le regardait.

« Ce que vous cherchez, c'est deux clefs, avez-vous dit?

— Oui, répondit Pierce.

— Deux clefs, ça fait quatre empreintes. Pour faire du travail propre, il faut près d'une minute sans compter la porte sur l'extérieur qu'il faut fracturer et le meuble de l'intérieur. Ça fait plus long! »

Agar regarda autour de lui le quai bondé et les employés.

« Un sacré boulot d'ouvrir cette porte en plein jour, dit-il. Trop de monde autour.

— Alors la nuit?

— Ouais, la nuit quand c'est vide avec une bonne planque. Je pense que la nuit c'est le mieux.

— La nuit, les agents font des rondes », lui rappela Pierce.

Ils savaient déjà que lorsque la gare était déserte, les patrouilles la parcouraient toute la nuit à quatre ou cinq minutes d'intervalle.

« Vous aurez le temps? interrogea Pierce.

— Non, répondit Agar en fronçant les sourcils et en jetant un coup d'œil au bureau, à moins que...

— Oui?

— A moins que les bureaux ne soient déjà ouverts.

Alors là je pourrais entrer directement, prendre les empreintes en vitesse et j'en aurais fini en moins de deux minutes.

— Mais les bureaux seront fermés, dit Pierce.

— Faudrait un homme-serpent », répliqua Agar avec un mouvement de la tête en direction du bureau du directeur.

Pierce leva les yeux. Le bureau du directeur avait une large fenêtre à travers laquelle il pouvait voir Mr. McPherson en manches de chemise, avec ses cheveux blancs et une ombre verte sur le front. Et derrière Mr. McPherson, se trouvait une fenêtre d'aération carrée, d'environ trente centimètres.

« Je vois, dit-il. Fichtrement petite.

— Un véritable homme-serpent y passerait », rétorqua Agar.

L'homme-serpent était un enfant entraîné à se faufiler à travers d'étroites ouvertures. En général, c'était d'anciens apprentis ramoneurs.

« Une fois dans le bureau, il ouvre l'armoire, puis la porte de l'intérieur et il me prépare la place. Comme ça il n'y aura pas de pépins, continua-t-il avec un geste de satisfaction.

— Si on a un homme-serpent.

— Ouais.

— Et il doit être drôlement fort pour briser cette lucarne, dit Pierce en regardant à nouveau la fenêtre. Quel est le meilleur?

— Le meilleur? répéta Agar surpris. Le meilleur, c'est Clean Willy, mais il est au bahut.

— A quel endroit?

— A Newgate, et pas question de s'évader. Il fera son temps au moulin. S'il se conduit bien, il sera peut-être libéré sous condition. Mais pas question de s'évader, certainement pas de Newgate.

— Clean Willy trouvera peut-être un moyen.

— Personne ne peut en trouver, dit Agar d'un ton grave. On a déjà essayé.

— Je vais faire passer un mot à Willy, dit Pierce, et nous verrons. »

Agar acquiesça.

« On peut toujours espérer, dit-il, mais je n'y crois pas trop. »

Les deux hommes se remirent à surveiller les bureaux. Pierce regarda la salle d'entrepôt et la petite armoire murale. Il lui vint à l'esprit qu'il ne l'avait jamais vue ouverte. Une autre pensée surgit : et s'il y avait davantage de clefs — peut-être une douzaine dans cette petite armoire ? Comment Agar saurait-il lesquelles il devait copier ?

« Voilà le poulet qui s'amène », dit Agar.

Pierce regarda et vit le gardien de la paix qui faisait sa ronde. Il bloqua son chronomètre : sept minutes quarante-sept secondes depuis la dernière ronde. Mais le roulement devait être plus rapide la nuit.

« Vous voyez une cachette ? » dit Pierce.

Agar désigna un porte-bagages placé dans un coin à moins d'une douzaine de pas de l'escalier.

« Par ici.

— Ça fera l'affaire », dit Pierce.

Les deux hommes restèrent assis jusqu'à 7 heures, heure à laquelle les employés quittaient le bureau pour rentrer chez eux. A 7 h 20, le directeur sortit en fermant derrière lui la porte d'entrée. Agar jeta de loin un coup d'œil à la clef.

« Quel genre de clef est-ce ? demanda Pierce.

— N'importe quel rossignol suffira », répondit Agar.

Ils restèrent encore une heure dans la gare, puis s'en allèrent de crainte d'attirer l'attention. Le dernier train étant parti ils étaient maintenant trop en vue. Ils attendirent juste assez longtemps pour pouvoir chronométrer les temps de passage du gardien de nuit qui faisait ses rondes dans la gare. Celui-ci passait devant le bureau du chef de gare toutes les cinq minutes et trois secondes ; Pierce poussa le bouton de son chronomètre et regarda la grande aiguille.

« Cinq minutes trois, dit-il.

— Plutôt court, fit Agar.

— Pourrez-vous y arriver?

— Bien sûr que je pourrai. Je peux prendre les empreintes d'une clef en moins de... Tout ce que je dis c'est que c'est plutôt court. Cinq minutes, trois secondes?

— Je peux allumer un cigare plus vite que ça, lui rappela Pierce.

— Je peux le faire, dit fermement Agar, si j'ai un homme-serpent tel que Clean Willy. »

Les deux hommes quittèrent la gare. Lorsqu'ils sortirent dans la lumière pâlissante du crépuscule, Pierce fit signe à son fiacre. Le cocher, au front barré d'une cicatrice, fouetta son cheval et s'avança à grand bruit jusqu'à l'entrée de la gare.

« Quand s'y met-on? » demanda Agar.

Pierce lui donna une guinée d'or.

« Quand je vous appellerai », dit-il.

Sur quoi il monta dans le fiacre et s'éloigna dans l'obscurité profonde de la nuit.

CHAPITRE 6
Problème et solution

Vers la mi-juillet 1854, Edward Pierce connaissait l'emplacement de trois des quatre clefs dont il avait besoin pour ouvrir les coffres-forts. Deux d'entre elles se trouvaient dans l'armoire verte placée dans le bureau du directeur de trafic de la ligne du Sud-Est. La troisième était suspendue au cou d'Henry Fowler. Pour Pierce, ces trois clefs ne présentaient pas un problème majeur.

Il s'agissait bien entendu de trouver le moment favorable à une effraction permettant de prendre une empreinte. Il fallait aussi trouver un homme-serpent habile, ce qui faciliterait ladite effraction. Mais ces obstacles étaient faciles à surmonter. La difficulté réelle venait de la quatrième clef. Pierce savait qu'elle se trouvait entre les mains de Mr. Trent, mais il ne savait *où* et cette ignorance était un terrible écueil qui retint son attention pendant les quatre mois suivants.

Ici, quelques mots d'explication sont peut-être nécessaires. En 1854, Alfred Nobel n'en était qu'au début de sa carrière. Le chimiste suédois n'allait pas découvrir la dynamite avant une autre décennie et la « soupe » de nitroglycérine ne serait disponible que dans un avenir encore plus lointain. Ainsi, vers le milieu du XIXᵉ siècle, tout coffre-fort de métal, convenablement fabriqué constituait pour les voleurs un véritable obstacle.

Cette vérité était si connue que les fabricants de coffres-forts consacraient la plus grande partie de leurs recherches au problème de l'ignifugation car la perte d'argent ou de documents par incendie était un risque beaucoup plus sérieux que celui de vol. Durant cette période, on délivra une quantité de brevets pour le ferromanganèse, l'argile, la poussière de marbre, le plâtre de Paris comme revêtements intérieurs ignifuges pour coffres-forts.

Pour le voleur qui se trouvait devant un coffre-fort, il y avait trois possibilités. La première était de s'emparer du coffre tout entier, de l'emporter pour le fracturer à son aise. A partir d'une certaine taille et d'un certain poids, c'était impossible et les fabricants prenaient soin d'utiliser les matériaux les plus lourds et les moins maniables pour décourager les amateurs. On pouvait aussi utiliser un « petter-cutter », sorte de perceuse qui se fixait dans le trou de serrure du coffre et permettait de percer un trou au-dessus. Par ce trou, on pouvait manipuler le mécanisme de la serrure et celle-ci s'ouvrait. Mais le *petter-cutter* était un outil de spécialiste, bruyant, lent, et peu sûr; de plus, il coûtait cher et était encombrant. La troisième possibilité était de regarder le coffre et de renoncer. C'était ainsi que cela se terminait la plupart du temps. Une vingtaine d'années plus tard, le coffre-fort ne serait plus considéré par les cambrioleurs comme un obstacle insurmontable, mais comme un simple stimulant. Pour l'instant, il était pratiquement invincible.

A moins, bien sûr, qu'on en ait une clef. On n'avait pas encore inventé les serrures à combinaison. Toutes les serrures fonctionnaient à l'aide d'une clef et la méthode la plus sûre pour fracturer un coffre-fort était de se munir d'une clef obtenue à cet effet. Cette vérité explique le souci que donnaient les clefs aux criminels du XIXe siècle. La littérature criminelle, officielle et populaire, de l'époque victorienne semble souvent obsédée par la question des clefs, à croire que c'était la seule chose qui comptât. Mais à cette époque, comme le dit le champion des perceurs de coffres-forts, Neddy Sykes, au cours de son procès, en 1848 : « C'est la clef qui fait tout, elle est à la fois le problème et la solution. »

Pour organiser le hold-up du train, Edward Pierce devait donc obligatoirement obtenir des copies de toutes les clefs nécessaires. Et il lui fallait avoir accès aux clefs elles-mêmes. Il y avait bien une nouvelle méthode qui consistait à utiliser des feuilles de cire que l'on enfonçait dans les serrures des coffres en question, mais cette technique n'était pas sûre. C'est pour cette raison que les coffres de cette époque restaient en général sans surveillance.

Le véritable objectif du voleur était les clefs du coffre, où qu'elles se trouvent. Copier une clef ne présentait aucune difficulté. On pouvait prendre des empreintes en un rien de temps et tous les locaux contenant une clef pouvaient être assez facilement fracturés.

Mais, si l'on y réfléchit, une clef, c'est assez petit. On peut cacher une clef dans les endroits les plus invraisemblables, on peut la dissimuler presque partout sur une personne ou dans une pièce. Surtout une pièce de l'époque victorienne où un meuble, tel qu'une corbeille à papiers, pouvait si souvent être garni d'étoffe, de bandes de franges et d'anneaux de glands.

Nous oublions combien les pièces de l'époque victorienne étaient encombrées. L'ameublement, en ce temps-là, fournissait d'innombrables cachettes. De plus, les Victoriens eux-mêmes adoraient les compartiments secrets et les espaces cachés. La publicité vantait un secrétaire de l'époque « contenant cent dix compartiments, y compris plusieurs, habilement dissimulés, pour échapper à toute recherche ». Même les cheminées décorées que l'on trouvait dans chaque pièce de la maison offraient des douzaines d'endroits où cacher un objet aussi petit qu'une clef.

Dans la période victorienne, une information sur l'endroit où se trouvait une clef était presque aussi utile qu'un véritable double de la clef. Le voleur qui souhaitait prendre une empreinte, pouvait toujours s'introduire dans la maison, s'il savait exactement où était cachée la clef ou même s'il savait dans quelle pièce elle se trouvait. Mais s'il ignorait à quel endroit de la maison on l'avait mise, les recherches minutieuses et silencieuses dans une maison pleine de gens, avec une seule lanterne voilée ne projetant qu'un rond de lumière, étaient si difficiles que ça ne valait pas la peine d'essayer.

Voilà pourquoi Pierce s'efforçait de découvrir l'endroit où Mr. Edgar Trent, président de la firme *Huddleston & Bradford,* gardait sa clef.

Le premier point était de savoir si Mr. Trent gardait sa clef à la banque. Les jeunes employés de *Huddleston & Bradford* prenaient leur déjeuner à 1 heure dans une auberge, appelée l'auberge *Horse and Rider,* située en face de la banque. C'était un petit établissement qui se remplissait à l'heure du déjeuner. Pierce lia connaissance avec l'un des employés, un jeune homme nommé Rivers.

En général, les employés de la banque se méfiaient des connaissances fortuites, car il était impossible de savoir si l'on n'avait pas affaire à un criminel en quête de renseignements; mais Rivers était tranquille, il savait qu'il était impossible de cambrioler la banque. Et peut-être éprouvait-il aussi un certain ressentiment à l'égard de ses employeurs.

On peut rappeler à ce sujet la nouvelle version du « Règlement pour le personnel de bureau », affiché par Mr. Trent au début de 1854. Ce règlement était ainsi conçu :

1. Piété, propreté et ponctualité sont les qualités nécessaires pour bien travailler.

2. La firme a réduit le nombre d'heures de travail. L'horaire est le suivant : 8 h 30 du matin, 7 heures du soir.

3. Des prières quotidiennes seront dites chaque

matin dans le grand bureau. Le personnel de bureau
sera présent.

4. Les vêtements seront de nature discrète. Les
employés ne s'amuseront pas à porter des vêtements
de couleur éclatante.

5. Le bureau du personnel sera pourvu d'un poêle.
Il est recommandé à chacun des membres du personnel d'apporter chaque jour, pendant la saison froide,
quatre livres de charbon.

6. Aucun membre du personnel ne pourra quitter la
pièce sans l'autorisation de Mr. Roberts. Il est tenu
compte des besoins naturels et le personnel pourra se
servir du jardin situé au-delà de la deuxième porte. Ce
terrain doit être tenu propre et en bon état.

7. Aucune conversation n'est permise pendant les
heures de travail.

8. Le besoin de tabac, de vin ou d'alcool est une
faiblesse humaine, et à ce titre la consommation en est
interdite au personnel.

9. Les membres du personnel fourniront eux-mêmes
leurs plumes.

10. Les directeurs de la firme espèrent une grande
augmentation du rendement, pour compenser ces
conditions presque utopiques.

Bien qu'utopiques, les conditions de travail chez *Huddleston & Bradford* amenèrent l'employé Rivers à parler
librement de Mr. Trent, et avec moins d'enthousiasme
qu'on n'en aurait attendu à l'égard d'un employeur
utopique.

« Plutôt rosse, dit Rivers. Il attrape sa montre à huit
heures et demie tapant et fait le pointage du personnel pour
voir si tout le monde est à son poste. Il n'admet pas
d'excuses. Tant pis pour le pauvre type dont l'autobus a du
retard à cause des embouteillages.

— Il impose son emploi du temps?

— Et furieux avec ça. Il est dur. Le travail doit être fait

et il ne veut rien savoir d'autre, dit Rivers. En plus, il est vaniteux. Il a des favoris plus larges que les vôtres, parce qu'il perd ses cheveux sur le sommet du crâne. »

A cette époque, on discutait ardemment pour savoir s'il convenait que les messieurs portent des favoris. C'était une mode nouvelle et les avis étaient partagés. Il y avait aussi une nouvelle façon de fumer apportée par la « cigarette » qui venait tout juste d'être introduite. Mais les messieurs très conservateurs ne fumaient pas — ni en public, ni chez eux. Et ces messieurs très conservateurs étaient rasés de près.

« Il a cette fameuse brosse, à ce qu'on m'a dit, poursuivit Rivers. La brosse à tête électrique du Dr Scott, qui vient de Paris. Vous savez combien elle coûte? Douze shillings, six pence, pas moins. »

Pas étonnant que Rivers trouvât cela cher, il gagnait douze shillings par semaine.

« A quoi sert-elle? demanda Pierce.

— Elle guérit les maux de tête, les pellicules et la calvitie, répondit Rivers, du moins c'est ce qu'on prétend. Drôle de petite brosse. Il s'enferme dans son bureau et se brosse exactement toutes les heures. »

Rivers se mit à rire en pensant au point faible de son patron.

« Il a sans doute un grand bureau.

— Ouais, large et confortable. C'est un homme important, Mr. Trent.

— Il le tient en ordre?

— Oui, le balayeur vient chaque soir pour épousseter et ranger, et chaque soir en s'en allant Mr. Trent dit au balayeur : " Une place pour chaque chose et chaque chose à sa place. " Puis il s'en va, à 7 heures pile. »

Pierce ne se souvenait pas du reste de la conversation car cela ne l'intéressait plus. Il avait appris ce qu'il voulait savoir : Mr. Trent ne gardait pas la clef dans son bureau. Autrement, il n'aurait pas laissé faire le ménage en son absence car il était notoire que les balayeurs se laissaient facilement corrompre et pour un œil non prévenu, il y avait peu de différence entre un nettoyage minutieux et une recherche minutieuse.

Si la clef n'était pas dans le bureau, elle pouvait tout de même être dans la banque. Mr. Trent avait pu choisir de l'enfermer dans l'un des entrepôts. Pour s'en assurer, Pierce pouvait lier conversation avec un autre employé, mais il préférait l'éviter. Il choisit donc une autre méthode.

CHAPITRE 7
Le pickpocket

Teddy Burke, vingt-quatre ans, opérait sur le Strand à 2 heures de l'après-midi, l'heure la plus mondaine. Comme les autres gentlemen, Teddy Burke était sur son trente-et-un ; il portait un haut-de-forme, une redingote sombre, un pantalon étroit, une cravate en soie de couleur sombre. Cet équipement avait coûté assez cher mais il était essentiel pour son travail, car Teddy Burke était l'un des hommes les plus huppés de la pègre.

Dans la cohue des messieurs et des dames, qui flânaient au milieu des boutiques élégantes de cette rue, que Disraeli appelait « la première rue d'Europe », personne ne s'apercevait que Teddy Burke n'était pas seul. Il opérait comme à l'accoutumée : c'était lui le pickpocket et il avait avec lui un adjoint et deux compères, un devant un derrière, ce qui faisait en tout quatre hommes, aussi bien vêtus les uns que les autres. Ils se faufilaient tous les quatre dans la foule, sans attirer l'attention. La rue était très animée.

En ce beau jour du début de l'été, l'air était chaud et exhalait une odeur de crottin en dépit du travail diligent d'une douzaine de gamins qui balayaient les rues. Il y avait un trafic important de voitures, de charrettes, de bruyants omnibus aux lettres étincelantes, et de fiacres à deux et quatre roues. De temps en temps on voyait passer une calèche élégante avec, à l'avant un cocher en uniforme, et des serviteurs en livrée debout à l'arrière. Des enfants en haillons s'élançaient dans la cohue, faisant la roue près des sabots des chevaux pour l'amusement des passants qui lançaient parfois des pièces dans leur direction.

Teddy Burke ne s'occupait ni de l'excitation qui régnait, ni de la profusion d'articles dans les vitrines. Son attention se portait entièrement sur sa proie, une dame élégante qui portait une lourde jupe à crinoline en volants d'un pourpre foncé. Il allait la voler dans quelques minutes, tandis qu'elle avançait le long de la rue. Un complice marchait à trois pas devant, un autre à cinq pas en arrière. Le rôle des compères était de créer du désordre et de la confusion si le larcin projeté tournait mal.

La proie était mobile, mais cela ne troublait pas Teddy Burke. Il comptait opérer à la sauvette, ce qui était la méthode la plus difficile, tandis qu'elle déambulait d'un magasin à l'autre.

« Bon, on y va », dit-il.

L'adjoint se mit à côté de lui. Le rôle de l'adjoint était de prendre le butin quand Teddy aurait fait main basse dessus. Teddy aurait ainsi les mains nettes s'il y avait du grabuge et si un agent de police l'arrêtait.

Avec son adjoint, il se rapprocha si près de la femme qu'il pouvait sentir son parfum. Il marchait à sa droite car les robes des femmes n'avaient qu'une seule poche et celle-ci se trouvait sur le côté droit.

Teddy portait un pardessus jeté sur son bras gauche. Quelqu'un d'observateur aurait pu se demander pourquoi un gentleman avait pris un pardessus par une journée si chaude, mais le vêtement avait l'air neuf et Teddy pouvait être allé le faire ajuster dans l'une des boutiques voisines. Toujours est-il que le pardessus masqua le mouvement de son bras droit vers la jupe de la femme. Les doigts écartés, il tâta délicatement le vêtement pour s'assurer qu'il s'y trouvait une bourse. Les doigts trouvèrent la bourse. Il prit une profonde respiration en priant que les pièces ne tintent pas, et la sortit de la poche.

Il s'écarta immédiatement de la femme, mit le pardessus sur son autre bras et dans le même mouvement passa la bourse à son adjoint. Celui-ci s'éloigna. Devant et derrière, les compères se dispersèrent dans différentes directions. Seul, Teddy poursuivit sa promenade le long du Strand et s'arrêta devant un magasin qui exposait des cristaux taillés et des carafes de cristal importées de France.

Un grand gentleman à la barbe rousse admirait les articles exposés. Il ne leva pas les yeux sur Teddy Burke.

« Joli coup », dit-il.

Teddy Burke cligna des yeux. L'homme qui parlait était trop bien vêtu, trop tiré à quatre épingles pour être un agent en civil et ce n'était certainement pas un indicateur, ni un mouchard.

« C'est à moi que vous parlez, monsieur », demanda prudemment Teddy Burke.

« Oui, répondit l'homme. Je dis que c'était un très joli coup. Vous avez fait ça avec un outil ? »

Teddy Burke fut profondément vexé. L'outil était un crochet en fil métallique qu'utilisaient les voleurs de peu d'envergure quand ils avaient les doigts trop tremblants pour ce travail.

« Je vous demande pardon, monsieur, je ne vois pas ce que vous voulez dire.

— Je crois que vous voyez très bien, fit l'homme. On fait un bout de chemin ensemble ? »

Teddy Burke haussa les épaules et emboîta le pas à l'étranger. Après tout, il avait les mains nettes ; il n'avait rien à craindre.

« Belle journée », dit-il.

L'étranger ne répondit pas. Ils avancèrent quelques minutes en silence.

« Croyez-vous pouvoir être moins efficace ? » demanda l'homme au bout d'un moment.

« Que voulez-vous dire, monsieur ?

— Je veux dire, expliqua l'homme, pourriez-vous bousculer un type et vous en aller sans rien ?

— Volontairement? dit Teddy Burke en riant. Ça arrive souvent sans qu'on le veuille, croyez-moi.

— Il y a cinq livres pour vous si vous vous montrez le roi des bousilleurs. »

Teddy Burke plissa les yeux. Il y avait des quantités de chevaliers d'industrie, filous intelligents, qui se servaient souvent d'un complice involontaire en s'arrangeant pour le faire tomber dans quelque intrigue compliquée. Teddy Burke n'était pas né de la dernière pluie.

« Cinq livres, ce n'est pas lourd.

— Dix », répliqua l'homme d'une voix lasse.

« Il faut que je pense à mes gars.

— Non, fit l'homme. C'est vous seul.

— En quoi consiste le boulot, alors? demanda Teddy Burke.

— De la bousculade, un peu de collision, juste assez pour que le gibier s'inquiète et tâte ses poches.

— Et vous voulez que j'en sorte les mains vides?

— Comme l'enfant qui vient de naître.

— Qui est le gibier? demanda Teddy Burke.

— Un gentleman du nom de Trent. Vous simulez un vol à la tire devant ses bureaux. Il s'agit seulement de le malmener un peu.

— Où sont ses bureaux?

— La banque *Huddleston & Bradford*. »

Teddy Burke fit entendre un sifflement.

« Westminster. C'est pas rien. Il y a un vrai régiment de flics, par là.

— Mais vous aurez les mains propres. Tout ce que vous aurez à faire, c'est l'inquiéter. »

Teddy Burke avança un moment en réfléchissant, de l'air de quelqu'un qui pèse le pour et le contre.

« Et c'est pour quand?

— Demain matin. 8 heures tapant.

— D'accord. »

L'homme à la barbe rousse lui donna un billet de cinq

livres et l'informa qu'il aurait le reste une fois le travail effectué.

« A quoi ça rime, tout ça? demanda Teddy Burke.

— Affaire personnelle », répliqua l'homme en disparaissant dans la foule.

CHAPITRE 8
La Terre sainte

Entre 1801 et 1851, Londres tripla de superficie. Avec sa population de deux millions et demi d'habitants, c'était de loin la plus grande cité du monde et tous les observateurs étrangers s'étonnaient de ses dimensions. Nathaniel Hawthorne en était sans voix. Henry James était fasciné et épouvanté par le « chiffre monstrueux » de sa population. Dostoïevski disait que la ville était « aussi vaste qu'un océan... Un spectacle biblique tiré de l'Apocalypse, qui se dessine sous vos yeux ».

Et cependant Londres continuait à croître. Vers le milieu du siècle, il y avait quatre mille nouveaux logements en construction et la cité explosait littéralement vers l'extérieur. Déjà le processus familier d'expansion était qualifié de « fuite vers les faubourgs ». Les zones périphériques, qui avaient été des villages et des hameaux à la fin de la première moitié du siècle — Marylebone, Islington, Camden, St. John's Wood et Bethnal Green —, étaient entièrement bâties et les classes moyennes récemment enrichies désertaient le centre de la ville pour ces régions où l'air était meilleur, le bruit moins agaçant et l'atmosphère en général plus agréable et « rustique ».

Naturellement, quelques vieux quartiers de Londres conservaient un caractère de grande élégance et de prospérité, mais ils côtoyaient les taudis les plus tristes et les plus choquants. Cette proximité de la grande richesse et de la profonde misère impressionnait aussi les observateurs étrangers, surtout depuis que les taudis ou bas quartiers servaient de refuge et de foyer à la pègre. Il y avait des quartiers de Londres où un voleur aurait pu dérober un « château » et littéralement traverser la rue pour disparaître dans un labyrinthe de venelles enchevêtrées et de bâtiments en ruine, bourrés d'habitants, et si dangereux que même un policier armé n'aurait osé y poursuivre le coupable.

On comprenait mal à cette époque la formation des « slums » (taudis). Ce terme lui-même ne fut pas vraiment accepté avant 1890. Mais on connaissait vaguement le processus, devenu aujourd'hui familier. Dans un quartier de la ville, la circulation était coupée par de nouvelles voies de dégagement; les artisans s'en allaient et il s'installait des industries désagréables qui apportaient du bruit, polluaient l'air et diminuaient l'attrait du quartier. Celui qui avait les moyens de vivre ailleurs, ne restait jamais dans un endroit semblable. Le quartier mal entretenu, se dégradait et était envahi par les gens les plus pauvres.

Comme c'est le cas maintenant, ces taudis rapportaient un profit à leurs propriétaires, et c'est pour cela qu'ils existaient. Une maison de location de huit pièces pouvait recevoir une centaine de locataires dont chacun payait un ou deux shillings par semaine pour vivre dans une « promiscuité clandestine », en dormant dans la même chambre qu'au moins une vingtaine d'autres locataires de même sexe ou de sexe opposé. L'exemple le plus bizarre des logis de cette époque était peut-être la fameuse « suspension d'un penny » des marins du bord de l'eau. Là, un marin ivre dormait la nuit pour un penny, enroulé dans des cordes jusqu'à la poitrine et suspendu à un cordage comme un vêtement.

Si quelques propriétaires de maisons de location ou hôtels borgnes vivaient dans le quartier et acceptaient souvent des objets volés en guise de paiement, de nombreux propriétaires étaient des citoyens cossus, seigneurs *in absentia,* qui payaient un représentant peu commode pour toucher les loyers et maintenir un semblant d'ordre.

Durant cette période, il y eut plusieurs bas quartiers notoires à Seven Dials, Rosemary Lane, Jacob's Island et Ratcliffe Highway, mais aucun ne fut aussi célèbre que les six acres du centre de Londres qui comprenaient le quartier de taudis de St. Giles, appelé la « Terre sainte ». Situé près du quartier des théâtres de Leicester Square, du centre de la prostitution de Haymarket, et des magasins élégants de Regent Street, le bas quartier de St. Giles était un point stratégique pour tous les criminels qui désiraient « aller sur le terrain ».

Les récits contemporains décrivant la *Terre sainte* la présentent comme un magma dense de maisons, si vieilles qu'elles menaçaient de s'écrouler et entre lesquelles serpentaient des ruelles étroites et tortueuses. Aucune intimité n'était possible et celui qui s'aventurait dans cette région trouvait les rues — ainsi appelées par politesse — remplies de rôdeurs, et apercevait, par les fenêtres à moitié vitrées, des pièces bondées. On parle de « caniveaux stagnants, d'ordures obstruant des passages sombres, de murs décolorés par la crasse, de portes détachées de leurs gonds, et d'enfants pullulant partout et faisant leurs besoins où bon leur semblait ».

Ce quartier sordide, malodorant et dangereux n'était pas fait pour un gentleman, surtout après la tombée de la nuit, par un soir d'été brumeux. Cependant, fin juillet 1854 un homme élégamment vêtu traversait sans crainte les ruelles enfumées et resserrées. Les rôdeurs et vagabonds qui le regardaient se rendaient sans doute compte que sa canne à pommeau d'argent était d'une lourdeur inquiétante et pouvait receler une épée. Il y avait aussi une bosse du pantalon suggérant la présence d'un revolver sous la ceinture. Et l'audace même d'une incursion si téméraire intimidait probablement beaucoup de ceux qui auraient été tentés de l'attirer dans une embuscade.

« Ce qui impose le respect à ces gens, c'est l'attitude qu'on a », dit plus tard Pierce. « Ils connaissent les symptômes de la peur et de son absence, et l'homme qui n'est pas effrayé leur fait peur. »

Pierce allait de rue puante en rue puante pour se renseigner au sujet d'une certaine femme. Il finit par trouver un rôdeur ivrogne qui la connaissait.

« C'est Maggie que vous cherchez? La petite Maggie? » demanda l'homme appuyé contre un réverbère à gaz jaune, le visage noyé dans les ombres épaisses du brouillard.

« C'est une tapineuse, la copine de Clean Willy.

— Je la connais; elle barbote du linge, hein? Ouais, elle fait un peu dans le blanc, j'en suis sûr. »

Ici, l'homme se tut, l'air entendu, avec un coup d'œil significatif. Pierce lui donna une pièce.

« Où peut-on la trouver?

— Plus loin, premier passage, première porte à votre droite », répondit l'homme.

Pierce poursuivit son chemin.

« Mais c'est pas la peine de vous fatiguer, lui cria l'homme. Willy est en cage — à Newgate, pas moins — et il n'a que le moulin en tête. »

Pierce ne se retourna pas. Il descendit la rue en côtoyant de vagues ombres dans le brouillard, parfois une femme dont les vêtements brillaient dans la nuit, des malandrins aux allumettes, avec des taches de phosphore sur leurs vêtements. Des chiens aboyaient, des enfants pleuraient. Chuchotements, plaintes et rires lui parvenaient à travers la brume. Il finit par se trouver devant l'hôtel borgne. A l'entrée, un brillant rectangle de lumière jaune éclairait une enseigne grossièrement peinte à la main où l'on pouvait lire :

LOGEMENTS POUR VOYAGEURS

Après un coup d'œil à l'enseigne, Pierce se fraya un passage au milieu d'une troupe d'enfants sales et en haillons, groupés sur les marches. Il décocha une taloche à l'un d'eux pour les décourager de lui faire les poches et pénétra dans l'établissement. Il monta l'escalier grinçant jusqu'au second étage et demanda à voir la femme nommée Maggie. On lui dit qu'elle était dans la cuisine. Il redescendit donc jusqu'au sous-sol. La cuisine était le cœur de tous les garnis, et à cette heure, alors que des spirales de brouillard gris s'étiraient devant les fenêtres, c'était un endroit chaud et accueillant, empli de riches senteurs. Une demi-douzaine d'hommes bavardaient debout près du feu, un verre à la main. A une table, plusieurs hommes et femmes jouaient aux cartes tandis que d'autres buvaient à petits coups des bols de soupe fumante ; dans les coins, on avait entassé des instruments de musique, des béquilles de mendiants, des paniers de camelots et des caisses de colporteurs. Il trouva Maggie, une enfant sale de douze ans, et l'attira de côté. Il lui donna une guinée d'or qu'elle mordit. Elle eut un demi-sourire.

« Alors patron ? » Elle jaugea les beaux vêtements de Pierce avec un regard calculateur qui n'était pas celui d'une enfant de son âge. « Vous voulez un peu de chatouilles ? »

Pierce ignora la suggestion.

« Tu marches avec Clean Willy ? »

Elle haussa les épaules.

« Plus maintenant. Willy est coffré.

— Newgate ?

— Ouais.

— Tu le vois ?

— De temps à autre. Je me fais passer pour sa sœur. »

Pierce montra du doigt la pièce qu'elle serrait dans sa main.

« Il y en a une autre pour toi si tu peux lui glisser un message. »

Une lueur d'intérêt brilla, un instant, dans les yeux de la fille. Puis l'éclat disparut.

« De quoi s'agit-il?

— Dis à Willy de filer à la prochaine exécution. Ce sera celle d'Emma Barnes, la meurtrière. On va la pendre publiquement, c'est certain. Dis-lui : tire-toi pendant l'exécution. »

Elle se mit à rire. Un étrange rire, aigre et rauque.

« Willy est à Newgate, dit-elle, et de Newgate on ne s'évade pas, exécution ou pas.

— Dis-lui que *lui,* il en est capable, insista Pierce; qu'il aille à la maison où il a rencontré pour la première fois John Simms, et tout ira bien.

— C'est vous John Simms?

— Je suis un ami, dit Pierce. Dis-lui, la prochaine exécution. Ou il y arrivera, ou il n'est pas Clean Willy. »

Elle secoua la tête.

« Comment peut-il s'évader de Newgate?

— Dis-lui ça simplement », répliqua Pierce en s'éloignant.

A la porte de la cuisine, il se retourna pour la regarder; c'était une enfant malingre aux cheveux emmêlés et sales, aux épaules voûtées, vêtue d'une robe usagée, déchirée et pleine d'éclaboussures.

« Je le lui dirai », dit-elle en glissant la pièce d'or dans sa chaussure.

Il s'en alla et quitta la *Terre sainte.* Il en sortit par une venelle étroite, tourna dans Leicester Square, et disparut dans la foule qui allait et venait devant le théâtre Mayberry.

CHAPITRE 9

Les habitudes de Mr. Trent

A l'époque qui précéda l'apparition du moteur à explosion, les quartiers respectables de Londres étaient calmes la nuit. Les quartiers d'affaires et de finances étaient déserts et silencieux. On n'entendait que le pas tranquille des agents de la police métropolitaine qui faisaient leurs rondes toutes les vingt minutes.

A l'aube, le silence était interrompu par le chant des coqs, le meuglement des vaches, et des bruits de basse-cour, incongrus dans une agglomération urbaine. Mais en ce temps-là, il y avait des quantités de bestiaux dans le centre de la ville, et à Londres, l'élevage était encore une des principales industries — dans la journée, cela contribuait pour une grande part aux embarras de la circulation. Il n'était pas rare qu'un beau gentleman en voiture, soit retardé par le passage d'un berger avec son troupeau dans les rues de la ville. Londres présentait alors la plus grande densité de population, mais selon nos normes modernes, la différence entre la vie citadine et la vie de la campagne, n'était pas nette.

Pas nette, jusqu'au moment où la cloche des Horse Guards sonnait 7 heures et où les banlieusards — premier phénomène urbain — arrivaient dans la ville, convoyés par le « train Marrowbone », c'est-à-dire à pied. Il y avait l'armée de femmes et de filles employées comme couturières dans les ateliers des fabriques de vêtements du West End, où elles travaillaient douze heures par jour pour quelques shillings par semaine.

Les magasins en bordure des grandes voies ouvraient leurs rideaux à 8 heures. Les apprentis et les aides installaient les éventaires préparant la vente de la journée, et disposant ce qu'un observateur sarcastique nomma « les innombrables frivolités et caprices de la mode ».

Entre 8 et 9 heures, c'était l'heure de pointe et les rues étaient bondées d'hommes. Chacun, des employés du gouvernement aux caissiers de banque, des agents de change aux raffineurs et fabricants de savon, allait à son travail, qui à pied, qui en omnibus, en tandem, en dog-cart. Tous formaient une foule compacte, bruyante, tumultueuse de véhicules et de cochers qui sacraient, juraient et fouettaient leurs chevaux.

Au milieu de tout cela, les balayeurs des rues commençaient leur journée de travail. Dans l'air ammoniaqué, ils s'élançaient parmi les voitures et les omnibus pour ramasser les premiers crottins de cheval.

Et ils avaient de quoi faire. Selon Henry Mayhew, un cheval ordinaire, à Londres, déposait chaque année six tonnes d'excréments dans les rues, et il y avait au moins un million de chevaux dans la ville.

Quelques coupés élégants, aux brillantes carrosseries de sombre bois poli, aux roues délicatement suspendues et aux rayons légers, glissaient au milieu de cette confusion, en emmenant confortablement des citoyens importants à leurs occupations journalières.

Pierce et Agar, accroupis sur un toit qui surplombait la façade imposante de la banque *Huddleston & Bradford,* située en face, guettaient le coupé qui descendait la rue dans leur direction.

« Le voilà, dit Agar.

— Bon, nous allons tout de suite être fixés », fit Pierce en consultant sa montre. « 8 h 29. Ponctuel comme d'habitude. »

Pierce et Agar étaient sur le toit depuis l'aube. Ils avaient observé l'arrivée matinale des guichetiers et des employés. Ils avaient vu le trafic, dans la rue et sur les trottoirs, s'animer et devenir de minute en minute plus rapide.

Maintenant, le coupé s'arrêtait à la porte de la banque, et le cocher sautait à terre pour ouvrir. Le président de *Huddleston & Bradford* descendit sur le trottoir. Mr. Edgar Trent avait près de soixante ans, une barbe grise et un énorme ventre; Pierce ne pouvait discerner s'il perdait ses cheveux ou non, car sa tête était couverte d'un haut-de-forme.

« Il est gras, on dirait, dit Agar.

— Ça y est, observez bien », dit Pierce.

A l'instant même où Mr. Trent mit pied à terre, un jeune homme bien mis le bouscula brutalement, marmonna une brève excuse par-dessus son épaule et s'éloigna dans la foule.

Mr. Trent ne prêta nulle attention à l'incident. Il fit quelques pas vers les impressionnantes portes de la banque.

Puis il s'arrêta, le pied à moitié levé.

« Il se rend compte », dit Pierce.

Trent chercha des yeux, au bas de la rue, le jeune homme bien mis, et tâta immédiatement la poche latérale de son manteau, comme pour repérer quelque objet. Apparemment, ce qu'il cherchait était encore en place; ses épaules s'affaissèrent en un mouvement de soulagement, et il entra dans la banque.

Le coupé s'éloigna bruyamment tandis que se refermaient les portes de la banque.

Pierce eut un large sourire et se tourna vers Agar.

« Voilà, dit-il, ça y est.

— Qu'est-ce qui y est?

— Ce que nous devions savoir.

— Et qu'est-ce que nous devions savoir? demanda Agar.

— Nous devions savoir, dit lentement Pierce, que

Mr. Trent a apporté sa clef aujourd'hui, car c'est le jour de... »

Il s'interrompit brusquement. Il n'avait pas encore informé Agar de son projet, et il ne voyait aucune raison de le faire avant la dernière minute. Un homme comme Agar, porté sur la boisson, pouvait faire marcher sa langue à tort et à travers. Mais aucun ivrogne ne pouvait divulguer ce qu'il ne connaissait pas.

« Le jour de quoi? insista Agar.

— Le jour des comptes, répliqua Pierce.

— Vous êtes dur à la détente. N'est-ce pas Teddy Burke qui a essayé de lui faire les poches?

— Qui est Teddy Burke? fit Pierce.

— Un mec qui travaille sur le Strand.

— Je ne saurais dire », dit Pierce, tandis que les deux hommes quittaient le toit de l'immeuble.

« Y a pas, vous êtes coriace. C'*était* Teddy Burke », répéta Agar.

Au cours des semaines qui suivirent, Pierce en apprit long sur Mr. Edgar Trent et ses habitudes. Mr. Trent était un monsieur plutôt sévère et dévot. Il buvait rarement, ne fumait jamais ni ne jouait aux cartes. Il était père de cinq enfants; sa première femme était morte en couches quelques années auparavant et sa seconde femme, Emily, de trente ans plus jeune que lui, était d'une beauté notoire, mais d'un caractère aussi sévère que son mari.

La famille Trent résidait au numéro 17 de la Highwater Road, à Mayfair, dans une grande demeure georgienne de vingt-trois pièces sans compter les communs. Il y avait en tout douze serviteurs : un cocher, deux domestiques en livrée, un jardinier, un portier, un maître d'hôtel, un cuisinier et deux marmitons, et trois femmes de chambre. Il y avait aussi une gouvernante pour les trois plus jeunes enfants.

Les enfants s'échelonnaient entre un fils de quatre ans et

une fille de vingt-neuf ans. Tous vivaient dans la maison. Le plus jeune enfant avait une tendance au somnambulisme, ce qui occasionnait certaines nuits un branle-bas qui réveillait toute la maisonnée.

Mr. Trent avait deux bouledogues que les marmitons sortaient deux fois par jour, à 7 heures du matin et à 8 heures du soir. Les chiens étaient parqués dans une cour derrière la maison, non loin de l'entrée de service.

Mr. Trent observait personnellement un programme rigide. Levé chaque jour à 7 heures du matin, il prenait son petit déjeuner à 7 h 30, partait pour son travail à 8 h 10, arrivait à 8 h 29. Il déjeunait invariablement à 1 heure chez *Simpson*, et y restait une heure durant. Il quittait promptement la banque à 7 heures du soir et arrivait chez lui à 7 h 20 au plus tard. S'il était membre de plusieurs clubs de la ville, il les fréquentait rarement. Mr. Trent et sa femme allaient en soirée deux fois par semaine. Ils donnaient en général un dîner une fois dans la semaine, ou peut-être tous les quinze jours. Pour les soirées de ce genre, on louait des extras : une femme de chambre et un valet, mais ces gens venaient des maisons voisines ; ils étaient absolument sûrs, et totalement incorruptibles.

Les marchands qui venaient chaque jour à l'entrée de service de la maison travaillaient pour toute la rue et avaient bien soin de ne jamais s'acoquiner à un voleur éventuel. Pour un marchand de quatre-saisons, il n'était pas facile de trouver une rue convenable, et tous tenaient leur langue.

Un ramoneur de cheminée, du nom de Marks, travaillait dans le coin. On savait qu'il informait la police à l'approche de tout curieux en quête de renseignements. Quant au balayeur, c'était un nigaud, et on ne pouvait rien tirer de lui.

L'agent qui surveillait la rue faisait sa ronde toutes les dix-sept minutes. Le rythme changeait à minuit. L'agent de nuit, Howell, faisait sa ronde toutes les seize minutes. Ces hommes étaient tous deux dignes de confiance et incorruptibles. Jamais, ils n'étaient malades ou ivres.

Les serviteurs étaient satisfaits. Aucun n'avait été récemment engagé, aucun n'avait non plus été récemment congédié. Ils étaient tous bien traités, fidèles à la maisonnée, particulièrement à Mrs. Trent.

Le cocher était le mari de la cuisinière ; un des hommes en livrée couchait avec l'une des femmes de chambre de l'étage. Les deux autres femmes de chambre étaient avenantes et apparemment, ne manquaient pas de compagnons. Elles avaient trouvé des amoureux parmi le personnel des maisons voisines.

La famille Trent prenait des vacances chaque année, au mois d'août, au bord de la mer, mais elle n'en faisait rien cette année-là, car les obligations professionnelles de Mr. Trent étaient telles qu'il était contraint de rester en ville durant tout l'été. La famille passait parfois le week-end à la campagne, chez les parents de Mr. Trent, mais pendant ces absences, la plupart des serviteurs restaient dans la maison. Il n'y avait à aucun moment, semble-t-il, moins de huit personnes résidant dans la maison.

Pierce accumula toutes ces informations lentement et avec soin, et souvent, non sans risque. Il adoptait, semble-t-il, des déguisements variés pour parler aux domestiques dans les auberges et dans la rue. Il devait avoir flâné également dans le voisinage pour étudier la configuration de la maison. Mais c'était une entreprise dangereuse. Il aurait pu, bien entendu, payer une équipe de malfrats pour reconnaître le terrain, mais plus il engagerait de gens, plus des bruits seraient susceptibles de se répandre. On raconterait alors que la maison Trent était sur le point d'être cambriolée. Les problèmes déjà énormes que posait l'effraction de la maison seraient encore accrus. Ainsi fit-il lui-même la plus grande partie de l'enquête avec Agar.

Selon son propre témoignage, Pierce n'était pas plus avancé à la fin août qu'un mois auparavant. « L'homme n'offrait aucune prise », dit-il en parlant de Trent. Pas de vices, pas de faiblesses, pas d'excentricités, et une épouse sortie tout droit des pages d'un manuel sur la façon de diriger attentivement une heureuse maisonnée.

Évidemment, il était hors de question de s'introduire dans un immeuble de vingt-trois pièces en comptant sur la chance peu probable de tomber sur la clef cachée. Il fallait à Pierce davantage d'informations et à mesure qu'avançait son enquête, il se rendait compte que ces informations ne pouvaient venir que de Mr. Trent lui-même, le seul à savoir où se trouvait la clef.

Pierce avait échoué dans toutes ses tentatives de nouer des relations personnelles avec Mr. Trent. Il avait parlé de Trent avec Henry Fowler qui participait de temps à autre avec Pierce à une soirée de gentlemen en ville, mais Fowler avait répondu que l'homme était pratiquant, respectable, et d'une conversation plutôt rasante. (Ces commentaires divulgués au procès embarrassèrent considérablement Mr. Fowler, mais celui-ci eut à faire face plus tard à des ennuis bien plus grands.)

Pierce ne pouvait guère insister pour être présenté à un couple si peu attrayant. Il ne pouvait non plus approcher Trent directement sous prétexte d'affaires avec la banque. Henry Fowler penserait avec raison que Pierce aurait dû s'adresser à lui. Et en dehors de Fowler, Pierce ne connaissait personne qui fréquentât la famille Trent.

Bref, Pierce n'avait aucune carte à jouer et vers le 1er août, il envisageait plusieurs ruses désespérées, telle la mise en scène d'un accident dans lequel il serait renversé par une voiture devant la résidence de Trent ou devant la banque. Mais c'était des ruses grossières et pour qu'elles fussent efficaces, il aurait fallu que Pierce fût véritablement blessé. Cette perspective, on le comprend, ne le réjouissait pas, et il ne cessait de remettre la question à plus tard.

Dans la soirée du 3 août, Mr. Trent changea soudain ses habitudes. Il retourna chez lui à l'heure habituelle, 7 h 20, mais n'entra pas dans la maison. Au lieu de cela, il se rendit directement dans la cour des chiens derrière la maison, et mit une laisse à l'un des bouledogues. Il caressa longuement l'animal avec qui il remonta dans sa voiture qui l'attendait, et s'éloigna.

En voyant cela, Pierce sut qu'il avait son homme.

CHAPITRE 10
Un chien dressé

L'écurie de chevaux de *Jeremy Johnson & fils,* se trouvait non loin de Southwark Mint. C'était un établissement assez petit où deux douzaines de chevaux environ étaient logés dans trois écuries de bois qui contenaient également du fourrage, des selles, des brides et autres attirails suspendus à des chevrons. Le visiteur non averti, pouvait être surpris d'entendre, au lieu du hennissement des chevaux, le bruit prédominant d'aboiements, de grondements, de grognements de chiens. Mais pour ceux qui connaissaient l'endroit, la signification de ces bruits était claire, et ne suscitait aucun commentaire particulier. Dans la cité de Londres, il y avait beaucoup d'établissements réputés qui s'occupaient accessoirement de dresser les chiens de combat.

Mr. Jeremy Johnson aîné conduisit son client à barbe rousse derrière les écuries. C'était un vieil homme jovial qui avait perdu presque toutes ses dents.

« Je suis moi-même un vieux bouc, dit-il avec un gloussement. Ça ne m'empêche pas de boire un petit coup, je vous le dis. »

Il tapa l'arrière-train d'un cheval pour l'écarter du chemin.

« Du large, du large », dit-il. Puis il tourna la tête vers Pierce qui le suivait. « Alors, qu'est-ce que vous désirez?

— Ce que vous avez de mieux, répondit Pierce.

— C'est ce que demandent tous ces messieurs, dit
Mr. Johnson en soupirant. Personne ne veut autre chose
que le mieux.

— Je suis très difficile.

— Oh, je vois, dit Johnson, je vois bien. Vous cherchez
un débutant pour le dégrossir vous-même.

— Non, répliqua Pierce, je veux un chien entièrement
dressé.

— C'est cher, vous savez.

— Je le sais.

— Très, très cher », marmonna Johnson en traversant
l'écurie. Il ouvrit une porte grinçante et ils entrèrent dans
une arrière-cour. Il y avait là trois enclos circulaires aux
barrières de bois, dont chacun mesurait environ
1,80 mètre de diamètre, avec des chiens en cage, sur le
côté. Les chiens glapirent et aboyèrent lorsqu'ils virent les
hommes.

« Un chien dressé, c'est très cher, répéta Johnson. Il faut
un long entraînement pour avoir un chien bien dressé.
Voilà comment nous faisons. Nous donnons d'abord le
chien à un marchand qui le fait trottiner jour après jour —
pour l'endurcir, vous comprenez.

— Je comprends, dit Pierce impatienté. Mais je...

— Ensuite, poursuivit Johnson, nous rentrons l'élève
pour le mettre à côté d'un vieux routier, ou un jeune,
comme c'est le cas maintenant. Nous avons perdu notre
vieil entraîneur, il y a quinze jours, aussi avons-nous pris
celui-ci. » Il montra du doigt un chien en cage. « Nous
lui avons arraché toutes les dents et maintenant c'est lui
l'entraîneur. Il fait ça très bien, lui aussi. Il sait comment
tourmenter un élève. Il est très agile, y a pas à dire. »

Pierce regarda l'entraîneur. C'était un jeune chien
vigoureux qui aboyait avec ardeur. Il n'avait plus aucune
dent, cependant il continuait à grogner en retroussant les
lèvres d'un air menaçant. A cette vue, Pierce se mit à rire.

« Oui, oui, c'est plutôt comique, dit Johnson en

contournant l'enclos, mais pas quand vous arrivez à celui-ci. Là, il n'y a pas de quoi rire. C'est le plus beau chien de combat dans tout Londres, je vous le garantis. »

C'était un bâtard, plus grand qu'un bouledogue. Son corps était rasé en plusieurs endroits. Pierce connaissait le processus : on entraînait d'abord un jeune chien à lutter amicalement contre un vieux vétéran sans dents, puis on le mettait dans l'enclos avec un chien test, épuisé, mais courageux. C'était en luttant contre le chien test que l'élève acquérait les derniers rudiments de son métier de tueur. La coutume était de raser les parties vulnérables du chien test pour encourager l'élève à s'attaquer à ces parties.

« Ce chien, dit Johnson, a mis sur la touche plus de champions que vous ne pourriez le supposer. Vous connaissez le chien de Mr. Benderby, celui qui a vaincu le tueur de Manchester le mois dernier? Eh bien, c'est ce chien-là, qui a entraîné le chien de Mr. Benderby. Et aussi le chien de Mr. Starett et... oh, une douzaine d'autres, tous des combattants de premier ordre. Mr. Starett lui-même est venu me trouver pour acheter ce chien d'entraînement. Il désire l'avoir, dit-il, pour tracasser un ou deux blaireaux. Savez-vous ce qu'il m'en offre? Cinquante livres! Et vous savez ce que j'ai dit? Jamais de la vie, j'ai dit, pas même cinquante livres pour ce chien. » Johnson hocha la tête un peu tristement. « De toute façon, il n'est pas pour des blaireaux. Les blaireaux ne sont pas pour les chiens de combat. Non, non. Un vrai lutteur, on le garde pour ses chiens, ou si besoin est, pour ses rats. Il jeta un coup d'œil à Pierce. Vous voulez d'un chien pour détruire les rats? Nous avons des ratiers spécialement entraînés. Un peu moins chers, c'est pour ça que j'en parle.

— Je veux votre chien le mieux entraîné.

— Et vous l'aurez, je vous l'assure. Voilà le possédé du démon, ici-même. »

Johnson s'arrêta devant une cage. A l'intérieur, Pierce vit un bouledogue qui pesait environ quarante livres. Le chien grogna mais ne bougea point.

« Vous voyez, c'est un chien sûr. Il s'est envoyé un ou deux bons morceaux et maintenant il est dressé. Vicieux comme je n'en ai jamais vu. Certains chiens ont l'instinct, voyez-vous. Pas besoin de leur faire la leçon. Ils savent attraper la bonne bouchée. En voilà un qui a cet instinct.

— Combien? demanda Pierce.

— Vingt livres. »

Pierce hésita.

« Avec la laisse cloutée, le collier et la muselière, tout compris », ajouta Johnson.

Pierce attendit encore.

« Vous serez fier de lui, je vous le garantis; très fier. »

Pierce observa un long silence.

« Je veux votre meilleur chien », dit-il enfin.

Il montra la cage.

« Ce chien ne s'est jamais battu. Il n'a pas de cicatrices, je veux un vétéran entraîné.

— Et vous l'aurez », dit Johnson sans sourciller.

Il s'avança deux cages plus loin.

« Celui-ci a l'instinct du tueur, le goût du sang, et il est rapide. Eh oui! Plus rapide que votre œil. Il a mordu au cou le cheval du vieux Whitington la semaine dernière au tournoi du bistrot. Peut-être que vous y étiez et vous l'avez vu.

— Combien? demanda Pierce.

— Vingt-cinq livres tout compris. »

Pierce regarda fixement l'animal un instant, puis dit :

« Je veux le meilleur chien que vous ayez.

— C'est lui, je le jure, ce chien est le meilleur du lot. »

Pierce se croisa les bras sur la poitrine et frappa le sol du pied.

« Je le jure, monsieur, vingt-cinq livres, le rêve d'un gentleman, et excellent sous tous les rapports. »

Pierce se contenta de regarder l'homme.

« Ben, dit Johnson, le regard lointain, comme embarrassé, il y a bien un autre animal, mais il est très spécial. Il a l'instinct de tuer, le goût du sang, le geste rapide et le cuir solide. Par ici. »

Il conduisit Pierce hors de l'enclos fermé, vers un autre endroit où il y avait trois chiens dans des parcs un peu plus grands. Ils étaient plus lourds que les autres et Pierce pensa qu'ils devaient peser cinquante livres, peut-être plus. Johnson tapota la cage du milieu.

« Celui-ci, dit-il, s'est retourné contre moi avec furie. Il est devenu tueur. Je me suis dit qu'il faudrait l'abattre. »

Johnson retroussa sa manche pour montrer une rangée de cicatrices blanches dentelées.

« C'est lui qui m'a fait ça, dit-il quand il est devenu meurtrier. Mais je l'ai ramené, soigné, spécialement entraîné, car il a du courage, voyez-vous, et le courage, c'est tout.

— Combien ? » demanda Pierce.

Johnson regarda les cicatrices de son bras.

« Celui-ci, je l'ai sauvé.

— Combien ?

— Je ne le lâcherai pas pour moins de cinquante livres, mille pardons.

— Je vous en donnerai quarante.

— Entendu, fit rapidement Johnson. Vous l'emmenez maintenant ?

— Non, répondit Pierce. Je viendrai bientôt le chercher. Pour l'instant, gardez-le.

— Alors vous me donnerez bien un petit acompte ?

— D'accord », fit Pierce en donnant dix livres à l'homme.

Il le pria ensuite d'écarter les mâchoires du chien, dont il vérifia la denture, puis il s'en alla.

« Sapristi ! dit Johnson après son départ, on achète un chien dressé et on le laisse. Où allons-nous aujourd'hui ? »

CHAPITRE 11

Destruction de la vermine

Le capitaine Jimmy Shaw, boxeur en retraite, dirigeait le plus fameux des cafés sportifs, le *Queen's Head,* dans la rue Windmill. Au soir du 10 août 1854, un visiteur non averti serait tombé sur un spectacle très particulier, car bien que l'établissement fût particulièrement bas de plafond, enfumé et de dernier ordre, il était rempli de toutes sortes de gentlemen bien vêtus, coude à coude avec des camelots, des marchands ambulants, des terrassiers et d'autres individus issus de la plus basse classe sociale. Cependant, personne ne semblait s'en formaliser, car il régnait une bruyante excitation. Presque tout le monde avait amené un chien. Il y en avait de toutes les sortes : bouledogues, terriers skye, terriers anglais bruns, et bâtards variés. Certains étaient nichés dans les bras de leur propriétaire, d'autres étaient attachés à la barre métallique du comptoir. Tous les chiens étaient l'objet de discussions et examens passionnés. On les brandissait en l'air pour apprécier leur poids, on tâtait leurs membres pour évaluer la solidité de leurs os, on ouvrait leurs mâchoires pour regarder leurs dents.

Le visiteur pouvait aussi se rendre compte que les quelques éléments décoratifs du *Queen's Head* reflétaient le même intérêt pour les chiens. Des colliers de cuir cloutés étaient accrochés à des chevrons; il y avait des chiens empaillés dans des caisses de verre sales, placées au-dessus du bar, et des images de chiens près du foyer, y compris le fameux croquis qui représentait Tiny, « le chien stupéfiant », bouledogue blanc dont les exploits légendaires étaient connus de presque tous les hommes présents.

Jimmy Shaw, un homme solidement charpenté au nez cassé, allait et venait dans la salle en criant d'une voix forte :

« Passez vos commandes, messieurs. » Au *Queen's Head*, les plus huppés buvaient du gin chaud sans se plaindre. En vérité, personne ne semblait le moins du monde remarquer l'environnement d'un mauvais goût criard. Personne non plus, d'ailleurs, ne semblait s'étonner que la plupart des chiens portaient de profondes cicatrices sur la gueule, le corps et les membres.

Au-dessus du bar, on pouvait lire une enseigne couverte de suie qui disait :

TOUT HOMME A SON LUTTEUR.
ICI, SPORTS DE DÉRATISATION

Et si l'on ne comprenait pas tout à fait la signification de cette enseigne, les hésitations prenaient fin à 9 heures lorsque le capitaine Jimmy donnait l'ordre « d'éclairer la fosse » et que la compagnie tout entière commençait à monter en file jusqu'à la salle du haut, chaque homme portant son chien et chaque homme laissant tomber un shilling dans la main d'un assistant avant de monter l'escalier.

Au premier étage du *Queen's Head*, il n'y avait qu'une grande salle aussi basse de plafond que le rez-de-chaussée. La pièce était entièrement dépourvue de meubles. Il ne s'y trouvait que la fosse — arène circulaire de 1,80 mètre de diamètre, fermée par une palissade de planches de 1,20 mètre de haut. Le plancher de la fosse était chaque soir blanchi à la chaux. Quand les spectateurs arrivaient au second étage, leurs chiens reprenaient aussitôt vie, sautaient entre les bras de leurs propriétaires, aboyaient vigoureusement et tiraient sur leurs laisses. Le capitaine Jimmy dit d'un ton sévère :

« Que ces messieurs fassent taire leurs lutteurs. »

Il y eut bien quelques essais dans ce sens, mais sans grand succès ; surtout quand fut apportée la première cage de rats.

A la vue des rats, les chiens aboyèrent et grognèrent furieusement. Le capitaine Jimmy balança en l'air au-dessus de sa tête la cage aux barreaux rouillés. Elle contenait peut-être cinquante rats en train de folâtrer.

« Uniquement les plus beaux, annonça-t-il. Tous viennent de la campagne et il n'y a pas un seul rat d'égout parmi eux. Qui veut essayer un rat ? »

A ce moment, cinquante à soixante personnes s'écrasaient dans la pièce étroite. Beaucoup se penchaient par-dessus la barrière de bois de la fosse. Chacun avait de l'argent en main, et les marchés allaient bon train. Par-dessus le tumulte général, une voix s'éleva à l'arrière.

« Je demande un essai à vingt. Vingt de vos meilleurs pour mon chien.

— Pesez le chien de Mr. T... », dit le capitaine Jimmy qui connaissait celui qui avait parlé.

Les aides se précipitèrent et prirent le bouledogue des bras d'un gentleman déplumé à la barbe grise. Ils pesèrent le chien.

« Vingt-sept livres », crièrent-ils en rendant le chien à son propriétaire.

« Et voilà, messieurs », fit le capitaine Jimmy. « Le chien de Mr. T... pèse vingt-sept livres et il a demandé un essai à vingt rats. Quatre minutes, ça ira ? »

Mr. T... acquiesça de la tête.

« Quatre minutes, messieurs. Les paris sont ouverts. Laissez passer Mr. T... »

L'homme à barbe grise s'avança jusqu'au bord de la fosse tout en berçant son chien dans ses bras. L'animal tacheté de blanc et noir montrait les dents aux rats qui lui faisaient face. Mr. T... excitait son chien en grognant et grondant lui-même.

« Montrez-les », dit Mr. T...

L'aide ouvrit la cage et saisit les rats de sa main nue. C'était important, car cela prouvait que les rats étaient vraiment des animaux de la campagne et n'étaient porteurs d'aucune maladie. L'assistant sortit « vingt des plus beaux » et les jeta dans la fosse. Ils se mirent à galoper dans tous les sens, puis se rassemblèrent finalement dans un coin en une masse furibarde.

« Vous êtes prêt? » demanda le capitaine Jimmy en brandissant un chronomètre qu'il tenait à la main.

« Prêt, dit Mr. T... », grognant et grondant pour exciter son chien.

« Soufflez! Soufflez dessus! » crièrent les spectateurs, et ces gentlemen d'habitude très dignes soufflèrent et lancèrent des bouffées de fumée sur les rats pour leur rebrousser les poils et les rendre furieux.

« Une... deux... partez », cria le capitaine Jimmy, et Mr. T... lança son chien dans l'arène.

Mr. T... s'accroupit aussitôt jusqu'à avoir la tête au-dessus du rebord de bois, et dans cette position, il encouragea son chien en lui lançant des instructions et des grognements canins.

Le chien s'élança sur la masse des rats, frappant de tous côtés, brisant les cous comme le vrai pur-sang sportif qu'il était. En un instant, il en tua trois ou quatre.

Les spectateurs qui avaient parié criaient et hurlaient autant que le propriétaire qui ne quittait pas des yeux les combattants.

« Ça y est, criait Mr. T... Il est mort. Lâche-le. Vas-y. Grr... Bien, un autre, jette-le. Vas-y. Grr... »

Le chien passait rapidement d'un corps duveté à un autre. Puis un rat lui saisit le nez et s'y cramponna de toutes ses forces; le chien ne pouvait se débarrasser du rat.

« Il lui mord le nez », cria la foule.

Le chien se contorsionna, se libéra, et s'élança sur les autres. Maintenant, il y avait six rats occis. Leurs corps gisaient sur le sol taché de sang de la fosse.

« Deux minutes de passées », cria le capitaine Jimmy.

« Hé, Lover, ma Lover, cria Mr. T... Vas-y, ma grande. Grrr! En voilà un, maintenant lâche-le. Vas-y, Lover! »

Le chien galopait autour de l'arène, poursuivant sa proie. La foule hurlait et tambourinait sur les planches de bois pour maintenir les animaux en état de frénésie. A un moment, Lover eut quatre rats agrippés à son visage et à son cou mais il continua sa course en écrasant un cinquième rat entre ses fortes mâchoires. Au milieu de toute cette violente agitation, personne ne remarqua un autre gentleman à barbe rousse plein de dignité, qui se frayait un chemin à travers la salle pour arriver à côté de Mr. T..., dont l'attention était entièrement absorbée par le chien.

« Trois minutes », cria le capitaine Jimmy.

Il y eut plusieurs grognements dans la foule. Trois minutes de passées, et seulement douze rats morts. Ceux qui avaient misé sur le chien de Mr. T... allaient perdre leur argent.

Mr. T... lui-même ne semblait pas entendre l'annonce. Il ne quittait pas son chien des yeux. Il aboyait, vociférait, se contorsionnait et se tortillait avec le chien. Il faisait claquer ses mâchoires et hurlait des ordres jusqu'à en être enroué.

« Stop », cria le capitaine Jimmy en balançant son chronomètre.

La foule soupira et la tension se relâcha. On retira Lover de l'arène; les trois rats restants furent prestement ramassés par les aides.

Le match contre les rats était terminé. Mr. T... avait perdu.

« Un joli score », lui dit l'homme à barbe rousse en guise de consolation.

Le comportement de Mr. Trent à l'auberge de *Queen's Head*, sa présence même dans un tel environnement, exigent une explication.

A priori, un président de banque, chrétien pratiquant,

pilier d'une respectable communauté, ne penserait jamais à s'associer à des membres de niveau social inférieur. Mr. Trent consacrait beaucoup de temps et d'énergie à maintenir ces gens à leur place, et il avait la ferme conviction d'aider ainsi à préserver l'ordre social.

Il y avait cependant quelques manifestations dans la société victorienne où les membres de toutes les classes se mêlaient librement. Les événements sportifs venaient en tête avec la boxe, les courses de chevaux et, bien entendu, les combats d'animaux. Toutes ces activités étaient, soit répréhensibles, soit nettement illégales, et leurs adhérents venus de toutes les couches de la société avaient un intérêt commun qui leur permettait de passer sur cet éclatement des conventions sociales.

Et si Mr. Trent ne voyait aucune incongruité dans sa présence parmi les camelots et les colporteurs du niveau le plus bas, il est vrai aussi que ces camelots et colporteurs, d'habitude muets et mal à l'aise en présence des gentlemen, étaient également tout à fait détendus lors de ces manifestations sportives. Ils riaient et poussaient du coude des hommes qu'ils n'auraient pas osé toucher en des circonstances ordinaires.

Les combats d'animaux étaient une forme de distraction recherchée dans toute l'Europe occidentale, depuis les temps médiévaux. Mais dans l'Angleterre de l'époque victorienne, les combats d'animaux disparurent rapidement, victimes de la législation et des changements de goût du public. Les combats de taureaux ou d'ours, fréquents au début du siècle, étaient alors tout à fait rares. Il n'y avait de combats de coqs que dans les centres ruraux. A Londres, en 1854, il ne restait que trois sports animaux populaires, et tous trois concernaient les chiens.

Depuis l'époque élisabéthaine, presque tous les observateurs étrangers ont noté l'affection que les Anglais prodiguent à leurs chiens, et il est étrange que la créature la plus chère au cœur des Anglais soit le sujet de ces « événements sportifs » d'un sadisme flagrant.

De ces trois divertissements, le combat de chiens était considéré comme le sommet de l'art, en matière de sport animal. Ce sport était suffisamment répandu pour que beaucoup de voleurs londoniens gagnent bien leur vie en travaillant exclusivement comme voleurs de chiens ou « pirates de la fourrure ». Mais les combats de chiens étaient relativement rares car c'était en général des combats mortels et un bon chien de combat était un article cher.

Le « traque-blaireau » était plus répandu. On enchaînait le blaireau dans une arène avec un ou deux chiens en liberté pour tourmenter l'animal. L'arrière-train cartilagineux du blaireau et son coup de dents tranchant faisaient de la scène un spectacle particulièrement passionnant et extrêmement populaire, mais la rareté des blaireaux limitait ce sport.

La chasse aux rats était le sport canin le plus répandu, particulièrement au milieu du siècle. Bien que techniquement illégal, il fut pratiqué pendant plusieurs décennies avec un total mépris de la loi. Dans tout Londres, il y avait des enseignes ainsi libellées : « On demande des rats », et « Vente et achat de rats ». Il existait une petite industrie de chasse aux rats avec ses règles de commerce particulières. Les rats des champs étaient les plus prisés pour leur vigueur dans la lutte, et leur bon état de santé. Les rats d'égout, plus communs, tout de suite identifiés à leur odeur, étaient craintifs, et leurs morsures étaient plus susceptibles d'infecter un chien de prix. Lorsqu'on se rend compte que le propriétaire d'un café sportif, disposant d'une fosse à rats bien entretenue, pouvait acheter deux mille rats par semaine — et un bon rat des champs pouvait coûter jusqu'à un shilling — il n'est pas surprenant que beaucoup d'individus aient gagné leur vie avec la chasse aux rats. Le plus célèbre fut « Black Jack » Hanson qui circulait dans un chariot aux allures de corbillard, et offrait de débarrasser les maisons élégantes de ces animaux nuisibles, pour un prix dérisoire, à condition qu'il puisse « prendre les créatures vivantes ».

On ne s'explique pas bien pourquoi les Victoriens, à tous les niveaux de la société, voulaient ignorer la chasse aux rats, mais ils étaient quasiment aveugles. Beaucoup d'écrits humanitaires de l'époque déplorent et condamnent les combats de coqs, qui étaient devenus rares, mais négligent de mentionner les sports canins. Rien n'indique non plus que des messieurs honorables aient ressenti le moindre malaise à participer à des sports de dératisation. Ces gentlemen considéraient en effet qu'ils contribuaient activement à la destruction de la vermine, et rien de plus.

Un de ces actifs supporters, Mr. T..., se retira dans les salles du rez-de-chaussée pratiquement désertes. D'un geste au barman solitaire, il commanda un verre de gin pour lui et de la menthe poivrée pour son lutteur.

Mr. T... était en train de laver la gueule de son chien avec du peppermint, pour empêcher l'ulcération des plaies, lorsque l'homme à la barbe rousse descendit et dit :

« Puis-je prendre un verre avec vous?

— Bien sûr », répondit Mr. T... en continuant à soigner son chien.

En haut, le bruit des pieds sur le sol et les éclats de voix indiquaient qu'un autre épisode de la destruction avait commencé. L'étranger à barbe rousse haussa la voix dans le tumulte.

« Je vois que vous avez le goût du sport.

— Et de la malchance », répliqua Mr. T..., parlant fort également. Il déposa son chien à terre. « Lover n'était pas dans sa meilleure forme, ce soir. Quand elle est bien disposée, rien ne peut lui résister, mais parfois elle manque d'ardeur, fit Mr. T... avec un soupir de regret. C'était le cas ce soir. » Il passa ses mains sur le corps de son chien pour détecter les morsures profondes, et avec son mouchoir, il essuya ses doigts maculés du sang de plusieurs blessures.

« Mais elle s'en est assez bien sortie. Ma Lover se battra encore.

— Sûrement, dit l'homme à la barbe rousse, et je parierai à nouveau sur elle. »

Mr. T... manifesta un peu de regret.

« Vous avez perdu?

— Une bagatelle. Dix guinées, ce n'était rien. »

Mr. T... était un conservateur et très à son aise, mais il n'était pas disposé à penser que dix guinées étaient une bagatelle. Il regarda plus attentivement son compagnon qui buvait, nota la coupe élégante de son habit et la belle soie blanche de son écharpe.

« Je suis heureux que vous le preniez si légèrement, dit-il. Permettez-moi de vous offrir un verre en réparation de votre mauvaise fortune.

— Pas du tout, répliqua l'homme à la barbe rousse, car je ne prends pas ça pour une mauvaise fortune. J'admire l'homme capable de garder un lutteur et de l'entraîner. Je le ferais aussi si je n'étais pas si souvent en voyage pour affaires.

— Ah oui? » fit Mr. T... en faisant signe au barman pour une autre tournée.

« Réellement, dit l'étranger, on m'a offert l'autre jour encore un chien excellent, bien formé, presque un meurtrier, avec des penchants de vrai lutteur. Je n'ai pas pu l'acheter, car je n'ai pas le temps de m'occuper moi-même de cet animal.

— C'est bien dommage, dit Mr. T... Quel était le prix demandé?

— Cinquante guinées.

— Un prix très intéressant.

— Certes. »

Le garçon apporta les nouvelles boissons.

« Je recherche moi-même un chien entraîné, dit Mr. T...

— Vraiment?

— Oui, je voudrais en avoir un troisième pour compléter mon écurie, avec Lover et Shantung, mon autre chien. Mais j'imagine... »

Le gentleman à barbe rousse garda un silence discret avant de répondre. Le dressage, l'achat et la vente de chiens de combat étaient après tout illégaux.

« Si vous le désirez, dit enfin Pierce, je peux m'informer pour savoir si l'animal est encore disponible.

— Vraiment ? Ce serait très aimable de votre part. »

Mr. T... eut soudain une idée.

« Mais si j'étais vous, je l'achèterais moi-même. Après tout, pendant que vous êtes au loin, votre femme pourrait enseigner aux serviteurs les soins à donner à la bête.

— Je crains, répliqua l'homme à la barbe rousse, d'avoir trop consacré mon énergie, ces années passées, à résoudre des questions d'affaires. Je ne me suis jamais marié. Mais naturellement, j'aimerais le faire, ajouta-t-il.

— Naturellement », dit Mr. T... avec une expression très particulière sur le visage.

CHAPITRE 12

Le problème de Miss Elisabeth Trent

L'Angleterre victorienne fut la première société à rassembler des statistiques sur son propre compte, et généralement, les chiffres étaient une source d'exubérante fierté. Une tendance, amorcée en 1840, inquiétait cependant les penseurs importants de l'époque : les femmes célibataires étaient de plus en plus nombreuses par rapport aux hommes célibataires. Vers 1851, le nombre des femmes célibataires en âge de se marier était, d'après des renseignements sérieux, fixé à 2 765 000 — et une grande proportion de ces femmes venaient de la classe moyenne ou supérieure.

C'était un problème d'une importance et d'une gravité considérables. Les femmes de condition inférieure pouvaient travailler comme couturières, fleuristes, filles de ferme, ou dans une douzaine d'autres occupations subalternes. Il n'y avait pas à s'inquiéter pour elles; c'était des créatures débraillées qui manquaient d'éducation et n'avaient pas une vision critique du monde. A. H. White rapporte avec des accents étonnés, avoir interviewé une jeune fille « travaillant dans une fabrique de boîtes d'allumettes, qui n'était jamais allée à l'église ou à la chapelle ». La jeune fille n'avait jamais entendu parler de l' « Angleterre », de « Londres », de la « mer » ou des « bateaux ». Jamais elle n'avait entendu parler de Dieu. Ni ne savait ce qu'il faisait. Elle ignorait s'il fallait être bon ou mauvais.

Devant une ignorance si totale, il fallait se féliciter que la pauvre enfant ait tout de même découvert un moyen de subsister dans la société. Mais le problème posé par les filles de classe moyenne ou supérieure était différent. Ces jeunes femmes avaient de l'éducation et le goût d'une vie bourgeoise, et dès leur naissance, on les formait uniquement à devenir « de parfaites épouses ».

Il était extrêmement important que ces jeunes filles se marient. L'échec au mariage — le célibat — signifiait une terrible mutilation car il était généralement admis que « le vrai rôle d'une femme était d'être l'administratrice, la cheville ouvrière, l'étoile de la maison », et si elle était incapable de remplir cette fonction, elle devenait une sorte de pitoyable laissé pour compte, une curiosité.

Le problème était d'autant plus aigu qu'une femme bien née n'avait guère de choix. Comme le notait un observateur de l'époque, quelles occupations pouvaient-elles trouver sans perdre leur position dans la société? Pour être une dame, il fallait être cela et rien d'autre. Une dame ne devait pas faire un travail lucratif ni s'engager dans aucune occupation rapportant de l'argent, autrement elle empiétait sur les prérogatives des classes ouvrières qui travaillaient pour gagner leur vie...

Dans la pratique, une célibataire de la haute société pouvait utiliser l'unique apanage de sa position, l'éducation, et se placer comme gouvernante. Mais vers 1851, vingt-cinq mille femmes étaient déjà employées comme gouvernantes, et cela suffisait largement. Les autres possibilités étaient beaucoup moins intéressantes : la femme célibataire pouvait être employée de magasin, secrétaire, télégraphiste ou infirmière, mais toutes ces activités convenaient mieux à une femme ambitieuse de classe inférieure qu'à une femme de qualité ayant une place bien établie dans la société.

Lorsqu'une jeune femme refusait ces travaux dégradants, sa situation de célibataire imposait à la famille un fardeau financier considérable. Miss Emily Downing fait observer que : « Les jeunes filles dont les pères exercent des professions libérales... doivent se sentir un fardeau et un boulet pour des pères gagnant durement leur vie; elles doivent savoir — si toutefois elles se permettent de penser — qu'elles sont une cause d'anxiété constante, et que si elles ne se marient pas, il est très probable que tôt ou tard, elles seront obligées d'entrer dans la lutte pour la vie, sans aucune préparation et sans aptitude au combat. »

Bref, les pères comme les filles avaient tout intérêt au mariage des filles — n'importe quel mariage convenable. Les Victoriens avaient tendance à convoler relativement tard, après vingt ou trente ans, mais Mr. Edgar Trent avait une fille, Elisabeth, âgée de vingt-neuf ans, « tout à fait mariable », ce qui signifie qu'elle avait dépassé quelque peu la prime jeunesse. Que l'homme à la barbe rousse puisse avoir besoin d'une femme, cela n'avait sûrement pas échappé à l'attention de Mr. Trent. Le gentleman lui-même ne manifestait aucune répugnance au mariage. Il avait plutôt laissé entendre que des exigences professionnelles l'avaient empêché de rechercher un bonheur personnel. Il n'y avait donc aucune raison de penser que ce jeune homme bien mis, manifestement à son aise, et de goûts sportifs, ne serait pas attiré par Elisabeth. Dans cette perspective, Mr. Trent s'arrangea pour inviter Mr. Pierce dans sa maison de Highwater Road, pour un thé dominical, sous prétexte de discuter l'achat d'un chien de combat. Après s'être fait un peu prier, Mr. Pierce accepta l'invitation.

Par respect pour la sensibilité aiguë d'Elisabeth Trent, celle-ci ne fut pas citée comme témoin au procès de Pierce. Mais les comptes rendus populaires de l'époque nous donnent d'elle une image précise. Elle était de taille moyenne, de teint un peu plus foncé que ne l'exigeait la mode, et ses traits, suivant les termes d'un observateur, étaient « assez réguliers sans pour autant être ce que l'on pourrait appeler jolis ». Les journalistes ayant tendance, hier comme aujourd'hui, à exagérer la beauté de toute femme impliquée dans une affaire scandaleuse, cette absence de compliments sur l'apparence de Miss Trent, signifie sans doute un physique disgracieux.

Elle avait apparemment peu de courtisans, hormis les individus ouvertement ambitieux, désireux d'épouser la fille d'un président de banque. Ceux-là, elle les rejetait résolument avec la bénédiction sans doute mitigée de son père. Mais elle fut sûrement impressionnée par Pierce, « cet homme beau, intrépide, impétueux, avec du charme à revendre ».

Selon les comptes rendus, Pierce fut également impressionné par la jeune femme. Le récit de la première rencontre, émanant d'un domestique, semble tiré des pages d'un roman victorien.

Mr. Pierce prenait le thé derrière la maison, sur la pelouse, avec Mr. Trent et Mrs. Trent, « beauté notoire de la ville ». Ils observaient les maçons relevant patiemment une construction en ruine, dans l'arrière-cour, tandis qu'à côté un jardinier plantait des plantes pittoresques. La fascination des Anglais pour les ruines, qui avait duré près d'un siècle, n'était pas encore éteinte ; tous ceux qui pouvaient s'offrir une ruine convenable en installaient une sur leurs terres.

Pierce observa un moment les ouvriers.

« Qu'est-ce que c'est censé être ? s'enquit-il.

— Nous pensons que c'est un moulin à eau, dit Mrs. Trent. Ce sera tellement délicieux, surtout s'il y a la courbe rouillée de la roue hydraulique. Ne croyez-vous pas ?

— Nous faisons construire la roue rouillée à un bon prix, grommela Mr. Trent.

— Elle est fabriquée avec du métal préalablement rouillé, ce qui nous évite pas mal d'ennuis, ajouta Mrs. Trent. Mais naturellement, il faut attendre que l'herbe

pousse autour du site avant que l'ensemble prenne de
l'allure. »

A ce moment, Elisabeth arriva, vêtue d'une crinoline
blanche.

« Ah, ma fille chérie, dit Mr. Trent en se levant, tandis
que Pierce se levait aussi. Puis-je te présenter Mr. Edward Pierce? » Et se tournant vers Pierce : « Ma fille Elisabeth.

— Je ne savais pas, je vous l'avoue, que vous aviez une
fille. »

Il s'inclina profondément, prit la main de la jeune fille,
parut sur le point de la baiser, et se ravisa. Il paraissait
extrêmement troublé par l'entrée en scène de la jeune fille.

« Mademoiselle Trent, dit-il en lui lâchant timidement la
main, vous me prenez vraiment par surprise.

— Je ne sais pas si c'est à mon avantage ou non »,
répliqua Elisabeth Trent qui prit rapidement un siège et fit
signe qu'on lui serve une tasse de thé.

« Je vous assure que c'est tout à votre avantage »,
répondit Mr. Pierce et l'on dit qu'il rougit beaucoup en
faisant cette remarque.

Miss Trent s'éventa, et Mr. Trent s'éclaircit la gorge.
Mrs. Trent, la femme parfaite, prit un plateau de biscuits et
dit :

« Voulez-vous en goûter un, monsieur Pierce?

— Avec gratitude, madame », répondit Pierce, et aucun
de ceux qui étaient présents ne douta de la sincérité de ses
paroles.

« Nous discutions des ruines, dit Mr. Trent, d'une voix
un peu trop forte. Mais tout d'abord Mr. Pierce nous
a parlé de ses voyages au loin. Il est récemment revenu de
New York. »

C'était une perche. Sa fille la saisit aussitôt.

« Vraiment? fit-elle en s'éventant avec vivacité. Comme
c'est intéressant.

— Je crains que la réalité ne soit pas conforme aux récits
qu'on en fait », répliqua Pierce en évitant tellement le

regard de la jeune fille que tous remarquèrent sa réticence embarrassée. Il était nettement séduit. La preuve en est qu'il se tourna vers Mrs. Trent.

« A vrai dire, c'est une ville comme toutes les villes du monde. Elle se distingue surtout par l'absence de ces raffinements que, nous autres Londoniens, considérons comme normaux.

— On m'a raconté, risqua Miss Trent, en s'éventant encore, qu'il y a dans la région des indigènes pillards.

— Je serais ravi de pouvoir vous régaler d'aventures sans fin avec des Indiens, dit Mr. Pierce, car c'est ainsi qu'on les appelle, en Amérique comme à l'Est. Mais je crains de n'avoir pas d'aventures à raconter. L'Amérique sauvage ne commence qu'après la traversée du Mississippi.

— L'avez-vous traversé? demanda Mrs. Trent.

— Oui, répondit Mr. Pierce. C'est un grand fleuve, beaucoup plus large que la Tamise, et il marque la frontière, en Amérique, entre la civilisation et la sauvagerie. Mais récemment, ils ont commencé à construire un chemin de fer à travers cette vaste colonie (cette référence condescendante à l'Amérique fit s'esclaffer Mr. Trent) et je pense qu'avec ce chemin de fer, la vie sauvage disparaîtra bientôt.

— Comme c'est étrange », fit Miss Trent, incapable, semblait-il, de trouver autre chose à dire.

« Quelle affaire vous a amené à New York? demanda Mr. Trent.

— Si je puis me le permettre, répliqua Mr. Pierce, et si les délicates oreilles de ces dames ne sont pas offensées, je vais vous donner un exemple de la sauvagerie qui persiste dans les terres d'Amérique, et de la vie rude que beaucoup de gens de là-bas trouvent normale. Avez-vous entendu parler des bisons?

— J'ai lu des récits sur ces bêtes », fit Mrs. Trent, un éclair dans les yeux.

Selon certains témoignages des domestiques, elle fut aussi séduite que sa belle-fille par Mr. Pierce, et son attitude suscita un petit scandale dans la maisonnée de Mr. Trent.

« Ces bisons, dit Mrs. Trent, sont de gros animaux, une sorte de vaches sauvages poilues.

— Exactement, dit Mr. Pierce. La partie occidentale de l'Amérique est largement peuplée de ces bisons et beaucoup de gens vivent — à leur façon — de leur chasse.

— Êtes-vous allé en Californie, dans la région où il y a de l'or? demanda soudain Miss Trent.

— Oui, répondit Pierce.

— Laisse monsieur achever son récit », dit Mrs. Trent un peu trop vivement.

« Eh bien, dit Pierce, les chasseurs de bisons recherchent la chair de ces animaux, considérée comme venaison, et parfois le cuir, qui a aussi de la valeur.

— Ils n'ont pas de défense », dit Mr. Trent qui venait de financer pour le compte de la banque une expédition de chasse à l'éléphant.

A ce moment même, un énorme entrepôt de docks contenait cinq mille défenses d'ivoire. Mr. Trent était allé lui-même inspecter la marchandise et, dans la vaste salle, ces défenses blanches et incurvées étaient très impressionnantes.

« Non, ils n'ont pas de défenses, mais le mâle de cette espèce animale porte des cornes.

— Des cornes, oui. Mais pas en ivoire.

— Non, pas en ivoire.

— Je vois.

— Je vous en prie, continuez », dit Mrs. Trent, les yeux toujours brillants.

« Les hommes qui t... qui abattent ces animaux sont appelés buffalos, et ils travaillent à la carabine. Parfois, ils se mettent en ligne pour acculer les bêtes en masse sur une colline. Mais ce n'est pas fréquent. La plupart du temps, la bête est achevée seule. Dans tous les cas, et là je dois vous prier de m'excuser pour la crudité de ce que je dois rapporter, au sujet de cette région aux manières frustes, lorsque la bête a terminé son existence, on lui retire les entrailles.

— Très judicieux, dit Mr. Trent.

— Certainement, dit Pierce, mais il y a un point particulier, c'est que pour les chasseurs de bisons, l'intestin grêle de la bête est l'un des mets les plus raffinés.

— Comment le préparent-ils? demanda Miss Trent. En le rôtissant sur le feu, j'imagine.

— Non, mademoiselle, car l'histoire que je vous raconte relève d'une sauvagerie abjecte. Ces intestins, tellement appréciés, on les consomme sur place, sans aucune préparation.

— Vous voulez dire *crus*? demanda Mrs. Trent en fronçant le nez.

— Eh oui, madame. De même que nous consommons des huîtres crues, les chasseurs consomment ainsi l'intestin, et cela alors qu'il garde encore la chaleur de la bête qui vient de mourir.

— Grand Dieu, dit Mrs. Trent.

— Parfois, continua Pierce, il arrive que deux hommes se soient associés pour la mise à mort. Immédiatement après, chacun d'eux se jette sur une extrémité de l'intestin convoité. Les chasseurs luttent à qui mieux mieux pour engloutir plus vite que l'adversaire ce morceau délicat.

— Bonté divine, dit Miss Trent en s'éventant plus vigoureusement.

— Ça n'est pas tout, poursuivit Pierce. Dans sa hâte gloutonne, l'un des chasseurs avale souvent la portion tout entière. C'est un truc bien connu. Mais son adversaire, peut dans ce cas aspirer de la bouche de l'autre la portion non digérée, comme je tirerais une corde entre mes doigts. Ainsi un homme peut, en quelque sorte, ingurgiter ce qu'un autre vient de manger.

— Oh! mon Dieu », dit Mrs. Trent en blémissant.

Mr. Trent s'éclaircit la gorge.

« Remarquable, dit-il.

— Comme c'est étrange », dit bravement Miss Trent d'une voix tremblante.

« Excusez-moi, je vous en prie, dit Mrs. Trent en se levant.

— Chère amie, dit Mr. Trent.

— Madame, j'espère ne pas vous avoir choquée, dit Mr. Pierce, se levant à son tour.

— Vos récits sont tout à fait remarquables », dit Mrs. Trent en s'en allant.

« Chère amie », répéta Mr. Trent en se précipitant à sa suite.

Ainsi Mr. Edward Pierce et Miss Trent restèrent-ils seuls un bref instant derrière la maison, sur la pelouse. On les vit échanger quelques mots, mais on ignore le sujet de leur conversation. Miss Trent confia plus tard à un domestique qu'elle trouvait Mr. Pierce « extrêmement séduisant avec ses façons rudes », et dans la famille Trent, on admit communément que la jeune Elisabeth possédait le plus précieux des biens, une « espérance ».

CHAPITRE 13

Une pendaison

L'exécution, le 28 août 1854, de la meurtrière à la hache, Emma Barnes, donna lieu à une publicité bien orchestrée. La veille de l'exécution, les premiers curieux commencèrent à se rassembler dans la soirée à l'extérieur des hauts murs de granit de la prison de Newgate. Ils allaient passer la nuit là pour être sûrs de ne rien perdre du spectacle du lendemain matin. Ce même soir, on sortit les pièces du gibet, qu'assemblèrent les aides du bourreau. Le bruit des coups de marteau allait retentir longtemps dans la nuit.

Les propriétaires des maisons de location voisines, donnant sur la place de Newgate, étaient heureux de louer leurs pièces pour la soirée à des ladies et à des gentlemen de la meilleure société, désireux d'obtenir une chambre avec vue sur le site, pour un « spectacle de pendaison ». Mrs. Edna Molloy, veuve vertueuse, connaissait parfaitement la valeur de ses chambres, et lorsqu'un gentleman affable, du nom de Pierce, lui demanda à louer la meilleure de ses pièces pour la nuit, elle conclut l'affaire à des conditions exorbitantes : vingt-cinq guinées pour une seule nuit.

C'était une somme considérable. Mrs. Molloy pouvait vivre confortablement une année durant avec cet argent, mais elle ne se laissa pas influencer par cette considération car elle savait ce que ça représentait pour Mr. Pierce lui-même : six mois du salaire d'un maître d'hôtel ou le prix d'une ou deux bonnes robes de femme, rien d'important. Sa promptitude même à payer sur l'heure en guinées d'or prouvait son indifférence. Mrs. Molloy ne voulut pas risquer de l'offenser en mordant les pièces devant lui, mais elle les mordrait dès qu'elle serait seule. On n'était jamais trop prudent avec les guinées d'or, et elle avait été trompée plus d'une fois, même par des gentlemen.

Les pièces n'étaient pas fausses et elle fut bien soulagée; aussi fit-elle peu attention lorsque plus tard, le même jour, Mr. Pierce et son équipe montèrent les uns derrière les autres jusqu'à la chambre louée. Le groupe se composait de deux autres hommes et de deux femmes, tous élégamment vêtus. Elle put se rendre compte, d'après leur façon de parler, que les hommes n'étaient pas du meilleur monde, et que les femmes n'étaient pas ce qu'elles paraissaient être, en dépit des paniers d'osier et des bouteilles de vin qu'elles transportaient.

Quand le groupe entra dans la chambre et ferma la porte, elle ne prit pas la peine d'écouter ni de regarder par le trou de la serrure. Elle était certaine qu'elle n'aurait pas d'ennuis.

Pierce s'avança jusqu'à la fenêtre et regarda la foule, en bas, qui grossissait à vue d'œil. La place était obscure. Seule l'éclairait la lueur des torches placées autour de l'échafaud. Dans cet éclairage chaud et funèbre, il pouvait distinguer la barre de traverse et la trappe.

« Il n'y arrivera jamais », dit Agar derrière lui.

Pierce se retourna.

« Il faut qu'il y arrive, mon vieux.

— C'est le meilleur homme-serpent dont on ait jamais entendu parler dans la profession, mais il ne pourra pas sortir de là », répliqua Agar en montrant du pouce la prison de Newgate.

Le second homme prit alors la parole. C'était Barlow, un

homme fort et trapu, portant au front la cicatrice blanche d'un coup de couteau, qu'il dissimulait d'habitude sous le rebord de son chapeau.

Barlow était un pickpocket réformé devenu homme de main — un voleur ayant tourné au meurtrier — que Pierce avait engagé quelques années auparavant en qualité de cocher. Tous les hommes de main étaient bandits dans l'âme, et c'est précisément ce qu'un cambrioleur comme Pierce attendait de son cocher : qu'il ne lâche pas les rênes du fiacre et soit prêt à prendre la fuite, ou à faire un peu de tapage si besoin était. Et Barlow était loyal. Il travaillait depuis cinq ans pour Pierce.

Barlow fronça les sourcils.

« Si ça peut se faire, il le fera, dit-il. Clean Willy peut le faire, si ça peut se faire. »

Il parlait lentement et donnait l'impression de former lentement ses idées. Mais Pierce savait que lorsqu'il fallait agir, il était rapide.

Pierce regarda les femmes. C'était les maîtresses d'Agar et de Barlow, ce qui signifiait qu'elles étaient aussi leurs complices. Il ne savait pas leurs noms et ne souhaitait pas les savoir. Il déplorait même que leur présence fût nécessaire en cette occasion. En cinq ans, il n'avait jamais vu l'amie de Barlow, mais il n'y avait pas moyen de l'éviter. La compagne de Barlow était une véritable ivrognesse. Son haleine répandait à travers la pièce une odeur de gin. La compagne d'Agar ne valait guère mieux, mais au moins elle était sobre.

« Avez-vous apporté les fournitures ? »

L'amie d'Agar ouvrit un panier de pique-nique. Pierce vit à l'intérieur une éponge, des poudres médicinales et des pansements. Il y avait aussi une robe soigneusement pliée.

« Tout ce qu'on m'a dit.

— La robe est petite ?

— Oui, Monsieur, presque une robe d'enfant, Monsieur.

— Bon, ça ira », dit Pierce en se détournant pour regarder la place.

Il ne prêta pas attention au gibet et à la foule qui se rassemblait, mais observa plutôt les murs de la prison de Newgate: quinze mètres de haut et rien que du granit. Personne ne s'était encore évadé de cette prison.

« Voici le souper, Monsieur », dit la femme de Barlow.

Pierce regarda les provisions : poulet froid, bocaux d'oignons marinés, pinces de homard, et un paquet de cigares bruns.

« Très bien, très bien, fit-il.

— Vous jouez les aristos, Monsieur », dit Agar.

C'était une allusion à un chef de bande bien connu. La remarque était dite sur un ton sarcastique, et Agar raconta plus tard que Pierce ne réagit pas. Il se retourna; sa longue veste ouverte jusqu'à la ceinture laissait apparaître un revolver enfoncé sous la ceinture de son pantalon.

« Si l'un de vous fait des siennes, je lui flanque un pétard sous le nez et je le descends. Il y a pire que la déportation en Australie, ne l'oubliez pas », fit-il avec un mince sourire.

« Je pensais pas à mal, dit Agar en regardant l'arme, pas du tout, non c'était seulement une plaisanterie.

— Pourquoi il nous faut un homme-serpent? » dit Barlow.

Pierce ne se laissa pas distraire.

« Retenez bien ce que je vous dis, dit-il. Un pas de travers et vous recevez une balle avant d'avoir pu dire *amen*. Je ne parle pas en l'air ». Il s'assit à table.

« Maintenant, je voudrais une cuisse de ce poulet, et nous allons nous distraire de notre mieux en attendant. »

Pierce dormit une partie de la nuit; il fut réveillé à l'aube par la foule qui se pressait en bas sur la place. La foule avait augmenté et comptait plus de quinze mille individus bruyants et grossiers. Pierce savait que les rues s'empliraient de quinze mille personnes de plus qui feraient un détour en se rendant à leur travail pour assister à la pendaison. Les employeurs n'essayaient guère de maintenir un semblant d'exactitude, le lundi matin, quand il y avait une pendaison. C'était un fait admis que tout le monde arriverait en retard au travail et spécialement en ce jour où une femme allait être pendue.

Le gibet était maintenant installé; la corde se balançait dans les airs au-dessus de la trappe. Pierce regarda sa montre; il était 7 h 45; l'exécution aurait lieu dans peu de temps.

En bas, sur la place, la foule se mit à chanter : « *Oh, mon ami, pense que je vais mourir! Oh, mon ami, pense que je vais mourir!* » Il y avait pas mal de rires, de cris, de piétinements. Une ou deux disputes éclatèrent, mais elles ne pouvaient se prolonger dans cette cohue.

Ils se mirent tous à la fenêtre pour regarder.

« Quand va-t-il y aller, d'après vous? demanda Agar.

— A 8 heures pile, je crois.

— Je ferais ça un peu plus tôt, si c'était moi.

— Il s'y mettra au moment qui lui paraîtra le meilleur », dit Pierce.

Les minutes s'écoulaient lentement. Dans la pièce, personne ne disait mot. Barlow prit finalement la parole.

« Je la connaissais, Emma Barnes. J'aurais jamais pensé que ça tournerait comme ça. »

Pierce ne dit rien.

A 8 heures, les cloches du Saint-Sépulcre retentirent, et la foule poussa un hurlement de plaisir anticipé. On entendit le doux tintement d'une cloche de prison, puis une porte de Newgate s'ouvrit, et la prisonnière fut amenée au-dehors, les poignets attachés derrière le dos. Un aumônier la précédait en récitant des passages de la Bible. Derrière, venait le bourreau de la ville, vêtu de noir.

La foule vit la prisonnière et hurla : « Chapeaux ».

Quand la prisonnière monta lentement sur l'échafaud, tous les hommes avaient ôté leur chapeau. Puis des cris s'élevèrent :

« Baissez-vous, devant. Baissez-vous devant! » Mais en général, ces exhortations restèrent sans réponse.

Pierce ne quittait pas du regard la condamnée. Emma Barnes avait dans les trente ans et paraissait assez vigoureuse. Sa robe décolletée laissait nettement voir les lignes fermes de son cou. Mais elle avait le regard lointain et vitreux. Elle semblait en réalité ne rien voir. Elle se mit en position, et le bourreau de la ville se tourna vers elle pour de légers préparatifs — tout comme une petite main mettant en place un mannequin de couturier. Le regard d'Emma Barnes passait au-dessus de la foule. La corde fut attachée à une chaîne autour de son cou.

Le prêtre lisait tout haut, les yeux fixés sur la Bible. Le bourreau attacha les jambes de la femme avec une courroie de cuir, ce qui occasionna pas mal de tripotages sous ses jupes, et la foule fit entendre des commentaires à voix rauque.

Puis le bourreau se redressa et glissa une cagoule noire sur la tête de la femme. A un signal, la trappe s'ouvrit avec un *craquement* de bois que Pierce entendit avec une netteté qui le fit sursauter, et le corps tomba, remonta, et resta suspendu, instantanément immobile :

« Il a fait des progrès », remarqua Agar.

Le bourreau de la ville était connu pour rater ses exécutions. Il laissait les condamnés se tordre et se balancer plusieurs minutes avant de mourir.

« La foule ne va pas aimer ça », ajouta Agar.

En fait, la foule ne paraissait pas trop déçue. Il y eut un moment de silence complet, suivi du grondement excité des discussions. Pierce savait qu'une grande partie de la foule resterait sur la place, attendant l'heure suivante, où la femme serait descendue et placée dans un cercueil.

« Voulez-vous du punch ? » proposa l'amie de Barlow.

Clean Willy Williams, l'homme-serpent le plus célèbre du siècle, était dans la prison de Newgate où il commençait son évasion. C'était un homme menu qui avait été célèbre dans sa jeunesse comme apprenti ramoneur. Plus tard, il avait été au service des cambrioleurs les plus éminents, et ses prouesses étaient légendaires. On disait que Clean Willy pouvait grimper sur une surface de verre et personne n'était tout à fait certain qu'il n'en soit pas capable.

Les gardiens de Newgate, au courant de la célébrité de leur prisonnier, l'avaient certainement surveillé de près pendant tous ces mois passés. Cependant, ils savaient, eux aussi, qu'il était pratiquement impossible de s'évader de Newgate. Un débrouillard pouvait filer de la prison de Ponsdale où la surveillance était notoirement relâchée, les murs bas, et où les gardiens ne refusaient pas de palper quelques pièces d'or pour regarder de l'autre côté. De Ponsdale, Highgate, ou de douzaines d'autres prisons, mais jamais de celle de Newgate.

La prison de Newgate était la plus sûre de l'Angleterre. Elle avait été dessinée par George Dance, « l'un des esprits les plus méticuleux de l'Age du Goût », et chaque détail avait été calculé pour renforcer la dure réalité de la réclusion. Ainsi les proportions des arcs des fenêtres avaient été « subtilement épaissies pour augmenter la pénible étroitesse des fenêtres », et les observateurs contemporains approuvaient la qualité de ces cruelles dispositions.

La réputation de Newgate n'était pas seulement une question d'esthétique. Depuis 1782, date à laquelle l'édifice fut achevé, aucun prisonnier n'avait pu s'évader. Cela faisait soixante-dix ans. Il n'y avait là rien de surprenant. Newgate était cerné de tous côtés par des murs de granit de quinze mètres de haut. Les pierres en étaient si finement taillées qu'elles étaient, disait-on, impossibles à escalader. Par ailleurs, même si quelqu'un pouvait réaliser l'impossible, c'était inutile car le sommet des murs était cerclé d'une barre de fer garnie de roues à pointes aiguës, coupantes comme des rasoirs. Et la barre était munie de pointes. Personne ne pouvait venir à bout de cet obstacle. Une évasion était impensable.

A mesure que les gardiens s'habituaient à la présence du

petit Willy, ils relâchaient leur surveillance. Ce n'était pas un prisonnier difficile. Il n'enfreignait jamais la règle du silence, et ne bavardait jamais avec un compagnon de cellule. Il supportait le moulin pendant les quinze minutes prescrites, sans plaintes ni incidents. Il travaillait sans relâche au métier à chanvre. Le changement d'attitude du petit homme inspirait même un certain respect, ainsi que la bonne humeur avec laquelle il observait la routine. Il était en bonne place pour un ticket de sortie. Dans un an environ, il aurait probablement une remise de peine.

Cependant, le lundi 28 août 1854, à 8 heures du matin, Clean Willy Williams s'était glissé jusqu'à un coin de la prison où deux murs se rejoignaient, et, le dos contre l'encoignure, il grimpait tout droit sur la surface verticale de la pierre, en s'aidant des mains et des pieds. Il entendait confusément le chant de la foule : « Oh, mon ami, pense que je vais mourir ! », lorsqu'il arriva au sommet du mur. Sans hésitation, il saisit la barre aux pointes de fer. Ses mains furent immédiatement lacérées.

Depuis sa petite enfance, Clean Willy avait les mains insensibles. Elles étaient recouvertes de callosités et de tissu cicatriciel. Les propriétaires de l'époque avaient pour habitude d'entretenir le feu dans le foyer jusqu'au moment où le ramoneur et son aide arrivaient pour nettoyer le conduit de cheminée. Et si l'enfant s'écorchait les mains en grimpant dans la cheminée encore chaude, on ne s'en inquiétait guère. Si le travail ne plaisait pas à l'enfant, des quantités d'autres étaient prêts à le remplacer.

Les mains de Clean Willy avaient été brûlées maintes fois durant ces années. C'est pourquoi il ne sentit rien lorsque le sang se mit à couler doucement de ses paumes tailladées, à dégouliner le long de son avant-bras, et à gicler sur son visage. Il n'y prêta aucune attention.

Il longea lentement le mur sur toute sa longueur, puis un autre, puis un troisième, en avançant sur les roues dentées pivotantes. C'était un travail épuisant. Il perdit toute conscience du temps et n'entendit nullement le bruit montant de la foule après l'exécution. Il poursuivit son chemin sur tout le pourtour de la cour de la prison, jusqu'à ce qu'il eût atteint le mur du Sud. Là, il s'arrêta et attendit, tandis qu'un gardien qui faisait sa ronde passait en dessous de lui. Le gardien ne leva pas les yeux malgré les gouttes du sang de Willy qui lui tombaient sur la casquette et les épaules.

Willy devait s'en souvenir plus tard.

Après le départ du gardien, Willy enjamba les pointes — en se coupant la poitrine, les genoux et les jambes, de sorte que le sang coula à flots. Puis il sauta sur une distance de quatre mètres cinquante jusqu'au toit de l'immeuble le plus proche, hors de la prison. Personne n'entendit le bruit de son atterrissage car le quartier était désert : tout le monde assistait à l'exécution.

De ce toit, il sauta sur un autre, puis un autre, bondissant sans hésitation par-dessus des abîmes de deux mètres cinquante à trois mètres. Une ou deux fois, il lâcha prise sur les bardeaux et les ardoises des toits, mais il se rattrapa toujours. En somme, il avait passé la majeure partie de sa vie sur les toits.

Moins d'une demi-heure après l'instant où il avait commencé à grimper sur le mur de la prison, il se glissa par la fenêtre d'une mansarde située sur l'arrière de l'hôtel de Mrs. Molloy, longea le couloir, et pénétra dans la pièce louée à prix fort par Mr. Pierce et son équipe.

Agar se rappela que Willy avait « un aspect épouvantable, absolument effrayant », et il ajouta « qu'il saignait comme un saint égorgé », mais les procès-verbaux du tribunal furent expurgés de cette allusion blasphématoire.

Pierce donna aussitôt des ordres pour soigner l'homme à moitié inconscient. Il revint à lui grâce aux vapeurs de chlorure d'ammoniaque, tirées d'un inhalateur en cristal taillé. Les femmes lui ôtèrent rapidement ses vêtements sans fausse pudeur. Le sang de ses nombreuses blessures fut étanché avec de la poudre styptique et un emplâtre adhésif, puis on pansa les blessures avec des bandages chirurgicaux. Agar lui donna une gorgée de vin de coca pour le remonter, et du bouillon de bœuf de chez *Burroughs & Wellcome* pour le soutenir. Il put alors avaler deux petites pilules Carter sédatives, et un peu de teinture d'opium pour calmer les douleurs. Ce traitement combiné ramena l'homme à lui, et les femmes purent lui laver le visage, l'asperger d'eau de rose, et lui passer la robe qu'elles avaient apportée.

Quand il fut vêtu, on lui fit boire un peu de caféine au bromure, destinée à lui donner un coup de fouet, et on lui dit de simuler un évanouissement. On le coiffa d'un bonnet et on le chaussa de bottes de femmes, lacées. Son costume ensanglanté de prisonnier fut enfoui dans le panier de pique-nique.

Dans cette foule de plus de vingt mille individus, personne ne prêta la moindre attention au départ de ce groupe de curieux bien vêtus, quittant l'hôtel de Mrs. Molloy avec une femme si faible que les hommes durent la porter et la hisser dans la voiture qui attendait, et qui s'éloigna dans la lumière du matin. Une femme évanouie, c'était un spectacle assez banal, qui ne pouvait en aucun cas se comparer à celui d'une femme se balançant au bout d'une corde, d'arrière en avant, d'avant en arrière.

CHAPITRE 14

Disgrâce d'un édifice georgien

On estime en général que sept huitièmes des bâtiments du Londres victorien étaient en réalité georgiens. L'aspect de la ville et son caractère architectural étaient des héritages de cette époque; les Victoriens ne commencèrent à reconstruire vraiment leur capitale que vers les années 1880. Cette réticence reflétait la politique économique de la construction urbaine. Pour la majeure partie du siècle, il n'était pas avantageux d'abattre les anciens bâtiments, même si ceux-ci convenaient mal à leurs fonctions modernes. Cette répugnance n'était certainement pas fondée sur des raisons esthétiques car les Victoriens exécraient le style georgien que Ruskin lui-même appelait « le *nec plus ultra* de la laideur ».

Il n'est donc pas tellement surprenant qu'en relatant l'évasion d'un condamné de la prison de Newgate, le *Times* ait fait remarquer que les « vertus de cet édifice avaient été manifestement exagérées ». Non seulement, l'évasion n'est pas impossible, mais c'est un simple jeu d'enfant, car le gredin en fuite n'est pas encore majeur. Il est temps d'abattre cette honte publique. »

L'article poursuivait en indiquant que « la police métropolitaine avait envoyé des équipes d'agents armés dans les bas quartiers de la ville afin de dénicher l'évadé et qu'il y avait tout lieu de croire qu'il serait repris ».

Il n'y eut pas d'autres commentaires sur l'affaire. Il faut se rappeler qu'à cette époque, les évasions, étaient, selon un témoignage, « aussi courantes que les naissances illégitimes », et ne justifiaient pas qu'on s'y attarde : A un moment où les rideaux du Parlement étaient trempés dans l'eau de chaux pour protéger de l'épidémie de choléra, les parlementaires discutant de la campagne de Crimée, les journaux n'allaient pas s'inquiéter d'un criminel mineur, issu de milieux dangereux, qui avait eu la chance de réussir son évasion.

Un mois plus tard, on trouva le corps d'un jeune homme flottant dans la Tamise. Les autorités de la police l'identifièrent comme étant l'évadé de Newgate. Cette nouvelle fit l'objet d'un simple paragraphe dans l'*Evening Standard*; les autres journaux n'en firent nullement mention.

CHAPITRE 15

La maison de Pierce

Après son évasion, Clean Willy fut emmené chez Pierce où il passa plusieurs semaines de « réclusion » tandis que cicatrisaient ses blessures. C'est par la déposition qu'il fit plus tard à la police que nous entendons parler pour la première fois de la mystérieuse maîtresse de Pierce, que Willy connaissait sous le nom de Miss Myriam.

On installa Willy dans une chambre du haut, en expliquant aux domestiques que c'était un parent de Miss Myriam qui avait été renversé par une voiture dans la rue New Bond. De temps à autre, Miss Myriam venait refaire les pansements de Willy. Il raconta « qu'elle avait belle allure, une silhouette élégante et modeste, une voix extrêmement douce et une parole affable; elle se déplaçait lentement sans jamais se presser, en glissant comme un fantôme ».

Tous les témoins confirmèrent ce dernier jugement; ils étaient impressionnés par l'aspect éthéré de la jeune femme. On disait que ses yeux étaient particulièrement captivants, que ses mouvements avaient une « grâce rêveuse », et semblaient fantasmagoriques.

Apparemment, cette jeune femme vivait dans la maison avec Pierce, bien qu'elle fût souvent absente dans la journée. Clean Willy ne comprenait jamais très bien les déplacements de la femme, et de toute façon, il était souvent sous l'effet sédatif de l'opium, ce qui peut aussi expliquer les caractéristiques spectrales qu'il voyait en elle.

Willy se souvenait d'une seule conversation avec elle.

« Vous êtes son canari, alors? » demanda-t-il, voulant dire par là qu'elle était la complice de Pierce en matière de cambriolage.

« Je chante, répliqua-t-elle, mais hélas! même pas aussi bien qu'un canari. »

Il en conclut qu'elle n'était pas impliquée dans les projets de Pierce, ce qui se révéla par la suite erroné. Elle faisait partie intégrante du plan et fut, peut-être, la première des voleurs à connaître les intentions de Pierce.

Au procès, il y eut pas mal d'hypothèses sur Miss Myriam et ses origines. La plupart des dépositions laissent à penser qu'elle était actrice. Ceci expliquerait son aptitude à imiter les accents et comportements de différentes classes sociales, sa tendance à se maquiller à une époque où aucune femme respectable n'admettait de cosmétiques sur sa peau, et sa présence manifeste comme maîtresse de Pierce. En cette période, la ligne de partage entre une actrice et une prostituée était extrêmement mince. Et les acteurs, étaient par leur profession même, des voyageurs itinérants, susceptibles d'avoir des relations avec des criminels ou d'être eux-mêmes criminels. Quel que fût son passé véritable, elle semblait avoir été depuis des années la maîtresse de Pierce.

Pierce lui-même était rarement à la maison et parfois il ne rentrait pas de la nuit. Clean Willy se souvint l'avoir vu, une ou deux fois en fin d'après-midi, en costume de cheval, avec une odeur de cheval sur lui, comme s'il revenait d'une randonnée équestre.

« Je ne savais pas que vous étiez un mordu de l'équitation, lui dit un jour Willy.

— Je ne le suis pas, repartit brièvement Pierce, je déteste ces sales bêtes. »

Pierce garda Willy à l'intérieur de la maison après la guérison de ses blessures. Il fallait attendre la poussée de sa

« toison de terrier ». Le plus sûr moyen en ce temps-là d'identifier un prisonnier évadé, c'était son crâne rasé. Mais à la fin du mois de septembre, ses cheveux avaient allongé et pourtant Pierce ne lui permettait toujours pas de sortir. Willy lui en demanda la raison.

« J'attends que vous soyez repris ou qu'on vous ait trouvé mort », répondit Pierce.

Cette déclaration laissa Willy perplexe, mais il fit ce qu'on lui disait.

Quelques jours plus tard, Pierce entra avec un journal sous le bras et dit à Willy qu'il pouvait sortir. Ce même soir, Willy s'en alla vers la *Terre sainte* où il pensait rencontrer sa maîtresse, Maggie. Il constata que Maggie s'était acoquinée avec un détrousseur du genre brutal, qui faisait son chemin en « balançant le gourdin », c'est-à-dire en agressant les passants. Maggie ne manifesta aucun intérêt pour Willy.

Willy se mit alors en ménage avec une autre fille de douze ans dont la principale occupation était aussi le blanc. Willy décrivit la fille au tribunal : « Elle ne faisait pas dans le plissé, remarquez bien, et pas dans l'empesé, seulement un peu de blanc simple de temps à autre pour le receleur. Uniquement de l'ordinaire. » Ce qu'il voulait dire dans cette déclaration, qui suscita beaucoup de questions de la part des magistrats, c'est que sa nouvelle maîtresse pratiquait la forme la plus basse du vol de lingerie. Les échelons supérieurs travaillaient dans le gaufré et l'empesé. Ils opéraient dans les quartiers élégants, et prenaient souvent des vêtements suspendus sur les cordes à linge. Le blanc ordinaire était laissé aux enfants et aux jeunes filles, ce qui pouvait être assez lucratif quand le vêtement remis au receleur, était vendu comme article d'occasion.

Willy vivait des gains de cette fille et ne s'aventurait jamais hors du sanctuaire du bas quartier. Pierce lui avait recommandé de tenir sa langue, et il ne raconta jamais qu'on l'avait aidé à s'évader de Newgate. Clean Willy habitait avec sa maîtresse un garni qui abritait plus de cent individus; la maison était un refuge bien connu du pickpocket. Willy vivait et dormait avec sa maîtresse dans un lit qu'il partageait avec vingt autres corps de sexes divers, et il évoquait avec nostalgie cette période.

« Je me reposais, je passais le temps joyeusement, et j'attendais les ordres du chef. »

CHAPITRE 16

Allée Pourrie

De tous les endroits à la mode de l'élégante ville de Londres, aucun ne peut se comparer au chemin spongieux et boueux, dans Hyde Park, appelé Cours des dames ou Allée Pourrie. Quand le temps le permettait il y avait là des centaines d'hommes et de femmes à cheval, vêtus avec tout le faste possible de cette époque, et étincelants dans la lumière dorée du soleil couchant, à 4 heures de l'après-midi.

Il régnait une animation trépidante : cavaliers et cavalières étaient étroitement pressés les uns contre les autres.

Les femmes étaient accompagnées de laquais en uniforme, trottant à pied derrière leurs maîtresses ou de duègnes sévères à cheval. Parfois, elles étaient escortées par leurs soupirants. Et si le spectacle de l'Allée Pourrie était splendide et élégant, il n'était pas absolument respectable, car beaucoup de ces femmes étaient de condition douteuse.

« Il n'est pas difficile, écrivait un observateur, de deviner les occupations de la fringante écuyère qui salue une demi-douzaine d'hommes, à la fois du fouet ou d'un clignement de l'œil, et qui parfois varie la monotonie de sa position sur le cheval, en mettant les mains au dos tout en se penchant gracieusement pour écouter les compliments d'un admirateur à pied. »

Elles font partie de la classe la plus élevée de la

prostitution, et les dames respectables, que cela leur plaise ou non, se trouvent souvent en compétition avec ces femmes du demi-monde, coquettement équipées pour attirer l'attention masculine. »

La compétition n'avait pas lieu uniquement dans cette arène; elle se rencontrait aussi bien à l'Opéra, et au théâtre. Il arrivait souvent qu'une jeune lady trouve le regard de son accompagnateur fixé non sur la scène, mais sur quelque loge du haut, dans laquelle une femme élégante répondait ouvertement à ses coups d'œil.

Les Victoriens prétendaient être scandalisés par l'intrusion de prostituées dans les milieux respectables; mais en dépit de toutes les demandes de réformes et de changements, ces femmes continuèrent, pendant près d'un demi-siècle, à paraître avec éclat dans la société. On écarte généralement cette question de la prostitution à l'époque victorienne, en disant que c'était une manifestation éclatante de la profonde hypocrisie de cette société. Le problème était en réalité plus complexe. Il avait un certain rapport avec la façon dont les femmes étaient considérées dans l'Angleterre victorienne.

C'était une époque où la différence de sexe était marquée par les vêtements, les manières, l'attitude et le comportement. Même les meubles et les pièces de la maison étaient considérés comme « masculins » ou « féminins ». La salle à manger était masculine, le salon féminin, etc. Tout ceci était censé avoir une raison d'être biologique. « Il est évident, écrivait Alexander Walker, que l'homme est qualifié pour être le protecteur, car il possède des facultés de raisonnement, le courage de s'en servir, et la puissance musculaire. La femme, peu apte au raisonnement, faible et timide, a besoin d'être protégée. Étant donné ces circonstances, c'est naturellement l'homme qui gouverne, tandis que la femme obéit. »

Cette fameuse infériorité intellectuelle de la femme était renforcée par son éducation, et beaucoup de femmes bien nées étaient sans doute de délicates idiotes pathologiques, minaudant, ricanant, telles que les ont popularisées les romans victoriens. Les hommes ne pouvaient s'attendre à beaucoup d'échanges avec les femmes. Mandell Creighton écrivait qu'il trouvait « la nourriture mentale des femmes, en général très peu satisfaisante; elles semblent n'avoir ni pensées, ni idées personnelles, et si cela flatte un temps la vanité de l'homme de pouvoir leur enseigner quelque chose, cela devient vite lassant. Évidemment à un certain âge, quand on a une maison et le reste, on prend une femme qui fait partie du mobilier, et on trouve que c'est une institution très confortable. Mais je doute fort que beaucoup d'hommes ayant des idées à exprimer, en fassent d'abord part à leur femme avec l'espoir d'être compris ».

Il est évident que les deux sexes étaient perturbés par cette situation. Les femmes, jetées dans leurs vastes demeures pleines de domestiques, exprimaient leurs frustrations par des crises spectaculaires d'hystérie. Certaines avaient de graves troubles de l'ouïe, de la parole, de la vue. Elles avaient des accès d'étouffement, des périodes d'évanouissement, perdaient l'appétit et même la mémoire. Au milieu d'un accès, il leur arrivait de faire des mouvements de copulation, ou de se tordre et de s'arquer en des spasmes tels que leur tête touchait leurs talons. Tous ces symptômes bizarres renforçaient naturellement la notion générale de fragilité féminine.

Les hommes frustrés avaient une autre possibilité, le recours aux prostituées, qui souvent étaient vivantes, gaies, spirituelles, toutes choses qu'il était inconcevable de trouver chez une dame. A un niveau plus simple, les hommes trouvaient les prostituées agréables parce qu'ils pouvaient en leur compagnie laisser de côté les contraintes formelles de la bonne société, et se détendre dans une atmosphère de « nonchalance débraillée ». Cette liberté par rapport aux contraintes était au moins aussi importante que les promesses sexuelles, et c'est probablement ce qui donna à l'institution de si larges assises dans la société, et permit aux prostituées de s'introduire hardiment sur des scènes favorables de la société victorienne, telles que l'Allée Pourrie.

Dès la fin de septembre 1854, Edward Pierce se mit à rencontrer Miss Elisabeth Trent au cours de promenades à cheval à l'Allée Pourrie. La première rencontre fut apparemment accidentelle, mais par une sorte de consentement tacite, ces rencontres devinrent régulières.

La vie d'Elisabeth Trent tournait maintenant autour de ces rencontres de l'après-midi : elle passait toute la matinée à s'y préparer et toute la soirée à les commenter. Ses amis se plaignaient qu'elle parlât constamment d'Edward. Son père se plaignait des insatiables demandes de nouvelles robes à crinoline que lui adressait sa fille. Elle semblait, dit-il, « exiger comme une nécessité un nouveau vêtement par jour, et elle en aurait préféré deux ».

Cette jeune femme au physique anodin ne trouva jamais étrange, semble-t-il, que Mr. Pierce l'ait choisie parmi la multitude de beautés éblouissantes qui venaient se promener dans l'Allée Pourrie. Elle était totalement captivée par les attentions du jeune homme. Au procès, Pierce déclara sommairement que leurs conversations étaient « légères et insignifiantes », et il n'en rapporta qu'une seule en détail.

Cela se passait un jour d'octobre 1854. C'était une époque d'agitation politique et de scandale militaire. La nation avait été cruellement blessée dans son orgueil. La guerre de Crimée tournait au désastre. « Quand elle s'engagea, note J. B. Priestley, les classes supérieures de la société accueillirent la guerre comme un glorieux pique-nique à grande échelle, en un lieu lointain et romantique. C'était un peu comme si la mer Noire avait été ouverte au tourisme. De riches officiers comme lord Cardigan décidèrent de prendre leurs yachts. Quelques femmes de commandants insistèrent pour partir, accompagnées de leurs femmes de chambre personnelles. Quelques civils annulèrent leurs vacances ailleurs, pour suivre l'armée et voir du sport. »

Le sport tourna rapidement à la débâcle. Les troupes

britanniques étaient mal entraînées, mal ravitaillées, et commandées de manière inepte. Lord Raglan, le commandant militaire, avait soixante-cinq ans, et il était « vieux pour son âge ». Raglan semblait souvent croire qu'on en était encore à la guerre de Waterloo, et quand il parlait des ennemis, il disait « les Français », bien que les Français fussent maintenant ses alliés. Il lui arriva même une fois d'être si troublé qu'il prit un poste d'observation derrière les lignes russes ennemies. L'atmosphère de chaos s'intensifia, et vers le milieu de l'été, même les femmes d'officiers écrivaient chez elles que « personne ne paraissait avoir la moindre idée du but poursuivi ».

En octobre, cette situation atteignit son apogée lors de la charge effectuée par la brigade légère de lord Cardigan. Ce fut un spectaculaire exploit d'héroïsme qui décima les trois quarts des forces en une tentative réussie pour s'emparer d'une batterie de canons ennemis. Malheureusement, la batterie n'était pas la bonne.

Le pique-nique était manifestement terminé et presque toute la haute société anglaise était profondément affectée. Les noms de Cardigan, Raglan et Lucan étaient sur toutes les lèvres. Mais en ce chaud après-midi d'octobre, dans Hyde Park, Mr. Pierce entraîna gentiment Elisabeth Trent dans une conversation sur son père.

« Il était terriblement nerveux, ce matin, dit-elle.

— Vraiment ? fit Pierce qui avançait au trot à côté d'elle.

— Il est nerveux chaque fois qu'il doit envoyer une cargaison d'or en Crimée. Dès le moment où il se lève, c'est un homme différent. Il se montre distant et extrêmement préoccupé.

— Je suis certain qu'il assume une lourde responsabilité.

— Si lourde que je crains qu'il ne se mette à trop boire, dit Elisabeth avec un petit rire.

— J'espère que vous vous trompez, mademoiselle.

— Ma foi, il a un comportement étrange, il n'y a pas à dire. Vous savez qu'il est tout à fait opposé à la consommation d'alcool avant la tombée de la nuit.

— Je sais, et je trouve ça très raisonnable.

— Je le soupçonne, poursuivit Elisabeth Trent, d'enfreindre ses propres principes, car le matin du chargement, il se rend chaque fois dans la cave à vin sans le moindre domestique pour l'accompagner ou lui tenir les lampes à gaz. Il insiste pour y aller seul. Ma belle-mère l'a gourmandé plusieurs fois en lui disant qu'il risquait de trébucher ou d'avoir quelque accident sur les marches de l'escalier qui conduit au sous-sol. Mais aucune remontrance n'y fait. Il passe un moment dans la cave, puis il réapparaît et se rend à la banque.

— Je pense, dit Pierce, qu'il vérifie simplement le cellier pour une raison quelconque. N'est-ce pas logique ?

— Non, sûrement pas, dit Elisabeth, car il se repose toujours de ces questions sur ma belle-mère. C'est elle qui s'occupe de la réserve et du cellier, ainsi que du décantage des vins.

— Alors c'est évidemment curieux. J'espère, dit Pierce avec gravité, que ses responsabilités ne sont pas un fardeau trop lourd pour son système nerveux.

— Je l'espère, répondit la jeune fille avec un soupir. N'est-ce pas une délicieuse journée ?

— Délicieuse, reconnut Pierce. Absolument délicieuse, mais pas plus que vous. »

Elisabeth Trent étouffa un petit rire et répliqua qu'il était un affreux coquin de la flatter si ouvertement.

« On pourrait même vous soupçonner d'intentions cachées, dit-elle en riant.

— Seigneur, non, dit Pierce avec une légère pression de sa main sur les siennes pour la rassurer.

— Je suis si heureuse, dit-elle.

— Et je suis heureux avec vous », dit Pierce, et c'était la vérité, car il savait maintenant où étaient cachées les quatre clefs, et pouvait passer à l'étape suivante.

DEUXIÈME PARTIE

Les clefs

Novembre 1854 - février 1855

CHAPITRE 17
On demande une fille vierge

Mr. Henry Fowler, assis dans un recoin sombre de l'estaminet à l'heure du déjeuner, offrait tous les signes d'un grand trouble. Il se mordait les lèvres, faisait tourner son verre entre ses mains et pouvait à peine prendre sur lui pour regarder en face son ami Edward Pierce.

« Je ne sais par où commencer, dit-il, c'est une situation très embarrassante.

— Vous êtes assuré de mon entière discrétion, dit Pierce en levant son verre.

— Je vous remercie, répondit Fowler. Voyez-vous », commença-t-il. Il se troubla. « Voyez-vous, c'est... » Il s'interrompit et hocha la tête. « C'est terriblement embarrassant.

— Alors parlez carrément, lui conseilla Pierce. Nous sommes entre hommes. »

Fowler vida son verre d'un trait et le reposa bruyamment sur la table.

« Très bien. Pour parler franc, je vous dirai en deux mots que j'ai la maladie française.

— Oh, ciel, dit Pierce.

— Je crains d'avoir abusé, dit tristement Fowler, et maintenant, il me faut payer le prix. C'est à la fois affreux et vexant. »

On croyait à cette époque que les maladies vénériennes résultaient d'une trop grande dépense sexuelle. Il y avait peu de traitements, et encore moins de médecins disposés à soigner un patient atteint de la maladie. La plupart des hôpitaux n'étaient pas équipés pour soigner la gonorrhée (blennorragie) et la syphilis. L'homme respectable qui contractait ces maladies devenait une proie facile pour les maîtres chanteurs. D'où les réticences de Mr. Fowler.

« En quoi puis-je vous aider? demanda Pierce qui connaissait déjà la réponse.

— J'ai nourri l'espoir, pas à tort j'espère, qu'étant célibataire, vous pourriez connaître, heu... que vous pourriez me présenter une fille vierge, une fille de la campagne.

— Ce n'est plus aussi facile qu'avant, répondit Pierce en fronçant les sourcils.

— Je sais, je sais, dit Fowler », avec emportement. Il se ressaisit et prit un ton plus calme. « Je comprends la difficulté, mais j'espérais... »

Pierce acquiesça.

« Il y a une femme dans Haymarket, dit-il, qui a souvent une ou deux vierges. Je peux m'informer discrètement.

— *Je vous en prie* », dit Mr. Fowler, la voix tremblante. Et il ajouta : « C'est très pénible.

— Tout ce que je peux faire, c'est m'informer, dit Pierce.

— Je vous en serai à jamais reconnaissant, dit Mr. Fowler. Et si par la grâce de Dieu je peux me débarrasser de cette horreur, je ferai tout ce que vous me demanderez en échange.

— Je vais me renseigner, promit Pierce. Vous aurez de mes nouvelles dans un jour ou deux. Entre-temps, ne perdez pas courage.

— Oh merci, merci, dit Fowler en se faisant servir un autre verre.

— Ce sera peut-être cher, avertit Pierce.

— Tant pis pour la dépense, mon vieux. Je paierai n'importe quoi. » Il parut alors se reprendre. « Combien, à votre avis?

— Une centaine de guinées si on veut être sûr d'avoir une véritable vierge.

— Cent guinées ! »

Il eut l'air malheureux.

« Eh oui, et seulement si j'ai la chance de tomber sur une affaire favorable. Elles sont très demandées, vous savez.

— Alors ne lésinons pas, dit Mr. Fowler en vidant un autre verre. De toute manière, j'accepte. »

Deux jours plus tard, Mr. Fowler reçut à ses bureaux de la banque *Huddleston & Bradford* une lettre affranchie à deux sous, selon un usage postal institué depuis peu. Mr. Fowler fut très rassuré par la qualité du papier et l'élégante écriture, certainement due à une main féminine.

11 nov. 1854

Monsieur,

Notre relation commune, Mr. P... m'a priée de vous tenir au courant si je connaissais une demoiselle vierge. Je suis heureuse de vous recommander une très jolie jeune fille blonde qui vient d'arriver de la campagne, et je pense qu'elle vous plaira beaucoup. Si cela vous agrée, vous pourrez la rencontrer dans quatre jours, rue Lichfield, au bas du passage St. Martin, à 8 heures. Elle vous y attendra et des dispositions ont été prises dans le voisinage pour un logement particulier.

Je reste, Monsieur, votre très obéissante et humble servante.

M. B.
rue South Moulton

Il n'était fait aucune mention du prix de la fille, mais Mr. Fowler ne s'en souciait guère. Ses parties intimes étaient maintenant enflées et extrêmement douloureuses, à tel point qu'il ne pouvait penser à rien d'autre quand il s'asseyait à son bureau et tentait de mener à bien le travail de la journée. Il considéra à nouveau la lettre et de nouveau fut rassuré par l'excellente impression qu'elle faisait. De toute façon, elle inspirait une grande confiance, et c'était important. Fowler savait que beaucoup de vierges n'avaient rien de virginal. C'était des jeunes filles initiées de nombreuses fois, avec leur « condition de vierge » fraîchement renouvelée par l'application d'un petit point de suture à l'endroit stratégique.

Il savait aussi que les relations sexuelles avec une vierge n'étaient pas un traitement garanti des maladies vénériennes. Beaucoup d'hommes juraient que cette expérience amenait la guérison. D'autres rejetaient cette idée. On objectait souvent que les échecs résultaient du fait que la fille n'était pas vraiment vierge. Ainsi Mr. Fowler regardait-il le papier et l'écriture pour se rassurer et y trouvait le réconfort qu'il attendait. Il envoya une note rapide avec de vagues remerciements à son ami Pierce pour le concours que celui-ci lui avait apporté.

CHAPITRE 18
Le coup de la voiture

Le jour même où Mr. Fowler écrivait à Mr. Pierce une lettre de remerciement, Mr. Pierce se préparait à cambrioler la résidence de Mr. Trent. Ils étaient quatre à participer à ce plan : Pierce, qui connaissait quelque peu la disposition intérieure des pièces, Agar qui devait prendre l'empreinte à la cire de la clef, l'amie d'Agar qui jouerait le rôle de « corneille » ou guetteur, et Barlow qui serait le compère chargé de faire diversion.

Il y avait aussi une cinquième personne, la mystérieuse Myriam. Elle était un membre essentiel de l'opération projetée car elle devait effectuer ce qu'on appelait le « coup de la voiture ». C'était l'une des méthodes les plus habiles pour s'introduire dans une maison. Si le coup de la voiture réussissait, c'est qu'il reposait sur une solide coutume de l'époque, le pourboire aux serviteurs.

Dans l'Angleterre victorienne, à peu près dix pour cent de la population était « placée », et presque tous les serviteurs étaient peu payés. Les moins payés étaient ceux que leurs tâches mettaient en contact avec les visiteurs et les hôtes de la maison : le maître d'hôtel et le portier comptaient sur les pourboires qui constituaient la plus grande partie de leur revenu annuel. D'où le dédain notoire du portier envers les hôtes peu fortunés — et le coup de la voiture.

Au soir du 12 novembre 1854, Pierce avait mis ses complices en place. La guetteuse, la compagne d'Agar, se promenait de l'autre côté de la rue, en face de la maison Trent. Barlow, l'agitateur, s'était glissé dans l'allée jusqu'à l'entrée de service, et les niches des chiens, derrière la maison. Pierce et Agar s'étaient dissimulés dans un bosquet tout à côté de la porte d'entrée. Quand tout fut prêt, une voiture fermée arriva à hauteur de la maison, et la cloche d'entrée retentit.

Le portier de la maison Trent entendit le son et ouvrit la porte. Il vit la voiture arrêtée le long du trottoir.

Digne, et flairant le pourboire possible, le portier n'allait certainement pas rester debout à la porte, et crier dans la nuit pour demander ce que l'on désirait. Comme personne ne sortait de la voiture, il descendit les marches jusqu'au trottoir pour voir s'il pouvait être utile.

A l'intérieur de la voiture, il vit une femme belle et raffinée qui lui demanda si c'était là la résidence de Mr. Robert Jenkins. Le portier répondit par la négative. Mais il connaissait Mr. Jenkins, dit-il à la femme. La maison se trouvait au coin de la rue. Il indiqua la direction.

Pendant ce temps, Pierce et Agar se glissaient dans la maison par la porte d'entrée restée ouverte. Ils se dirigèrent tout droit vers la porte du cellier. La porte était fermée, mais Agar l'ouvrit instantanément à l'aide d'une fausse clef ou d'un rossignol. Au moment où le portier recevait son shilling des mains de la dame en voiture, les deux hommes se trouvaient à l'intérieur du cellier, la porte refermée derrière eux. Le portier lança la pièce en l'air, la rattrapa, rentra dans la maison, et referma la porte à clef sans soupçonner un instant qu'il avait été joué.

C'était cela le coup de la voiture.

Éclairé par l'étroit faisceau de lumière d'une lanterne, Pierce vérifia l'heure à sa montre. Il était 9 h 04. Cela leur laissait une heure pour trouver la clef avant que Barlow ne fasse une diversion pour couvrir leur fuite.

Pierce et Agar descendirent à pas de loup les marches craquantes qui s'enfonçaient dans les profondeurs du cellier. Ils virent les casiers à vin derrière des grillages de fer. Ces nouvelles serrures cédèrent facilement grâce aux soins d'Agar. A 9 h 11, ils ouvraient la porte de la grille et pénétraient dans la cave à vin proprement dite. Ils se mirent immédiatement à chercher la clef.

En l'occurrence, l'intelligence ne pouvait servir à rien. C'était un travail lent et pénible. Pierce ne pouvait faire que des suppositions : puisque c'était la femme de Mr. Trent qui descendait d'habitude dans le cellier, et puisque Mr. Trent ne voulait pas qu'elle tombe accidentellement sur la clef, il était probable que le banquier cachait la clef assez haut pour qu'elle soit difficile à atteindre. Ils inspectèrent d'abord le haut des casiers en y passant les doigts. C'était plein de poussière et bientôt il y en eut une grande quantité dans l'air.

Agar, malade des poumons, avait du mal à réprimer sa toux. Plusieurs fois, ses grognements étouffés inquiétèrent Pierce, mais dans la maison Trent, on n'entendait rien.

Il fut bientôt 9 h 30. Pierce savait que maintenant, le temps commençait à travailler contre eux. Il cherchait avec plus de frénésie et s'impatientait en chuchotant ses plaintes à Agar qui dirigeait le faisceau de lumière, projeté par la chaude lanterne voilée.

Dix minutes s'écoulèrent encore et Pierce se mit à transpirer. Puis sur le casier à vins, ses doigts sentirent brusquement quelque chose de froid sur le dessus des barres de traverse. L'objet tomba sur le sol avec un bruit métallique. Quelques instants de recherche à quatre pattes sur le sol du cellier, et ils avaient la clef. Il était 9 h 45.

Pierce la tint dans la lumière de la lanterne. Agar grogna dans l'obscurité.

« Qu'y a-t-il ? chuchota Pierce.

— Ce n'est pas celle-là.

— Que voulez-vous dire ?

— Je veux dire que ce n'est pas la bonne clef, c'en est une autre.

— Vous en êtes sûr ? » chuchota-t-il.

En posant la question, il savait déjà qu'Agar avait raison. La clef était poussiéreuse et ancienne. Il y avait de la suie dans les dentelures. Agar formula tout haut ce qu'il pensait tout bas.

« Personne n'y a touché depuis des années. »

Pierce jura et continua ses recherches tandis qu'Agar tenait la lanterne. Agar considéra la clef d'un œil critique.

« Nom de Dieu, elle est bizarre, cette clef, chuchota-t-il. Je n'en ai jamais vu de pareille. Petite comme elle est, délicate, ça pourrait être une agrafe pour une frivolité de bonne femme, si vous permettez...

— La ferme », siffla Pierce.

Agar se tut. Pierce cherchait, son cœur battant à grands coups dans sa poitrine. Il ne regardait pas sa montre, car il ne voulait pas savoir l'heure. Puis de nouveau, ses doigts sentirent le froid du métal. Il approcha l'objet de la lumière.

C'était une clef brillante.

« Celle-là, c'est une clef de coffre, dit Agar en la voyant.

— Exact », dit Pierce avec un soupir.

Il prit la lanterne et la tint de façon qu'Agar puisse voir. Celui-ci sortit deux feuilles de cire de ses poches. Il les tint un moment dans ses mains pour les réchauffer, puis il pressa la clef sur la cire, d'abord d'un côté, puis de l'autre.

« Quelle heure ? demanda-t-il en chuchotant.

— 9 h 51 », répondit Pierce qui répéta l'opération avec un nouvel assortiment de feuilles.

C'était une pratique commune chez les cambrioleurs les plus expérimentés car on ne savait jamais si une feuille ne serait pas abîmée après une effraction. Quand il eut deux échantillons, Pierce remit la clef dans sa cachette.

« 9 h 57.

— Mince, faut se magner ! »

Ils quittèrent le cellier, refermèrent la porte derrière eux et montèrent sans bruit l'escalier menant à la porte du sous-sol. Là, ils attendirent.

Barlow, qui guettait dans l'ombre près des communs, vérifia l'heure à sa montre de gousset et vit qu'il était 10 heures. D'un côté, chaque minute passée par ses complices à l'intérieur de la maison Trent était dangereuse ; d'un autre côté, ils pouvaient ne pas avoir fini leur travail en dépit de l'horaire prévu. Il ne désirait pas du tout être le vilain, accueilli par des visages furieux, quand ils prendraient la fuite.

« Dix c'est dix », finit-il par marmonner tout seul.

Il retourna vers les chenils, un sac à la main. Il y avait là trois chiens, y compris le chien entraîné qu'avait récemment offert Mr. Pierce. Barlow se pencha par-dessus la barrière et sortit du sac quatre rats qu'il précipita dans l'enclos. Immédiatement, les chiens se mirent à japper et à aboyer contre les rats qui couinaient, en faisant un terrible tapage.

Barlow se retira dans l'ombre quand il vit les lampes s'allumer l'une après l'autre aux fenêtres des communs.

En entendant l'agitation, Pierce et Agar ouvrirent la porte du cellier et se dirigèrent vers le vestibule après avoir fermé la porte à clef derrière eux. Il y eut des bruits de pas rapides sur l'arrière de la maison. Ils ouvrirent la porte d'entrée, sortirent rapidement et disparurent dans la nuit.

Ils ne laissaient derrière eux qu'une seule trace de leur visite, les serrures ouvertes de la porte d'entrée. Ils savaient qu'au matin, le portier serait le premier à se lever et qu'il viendrait à cette porte et trouverait les serrures ouvertes. Mais le portier se souviendrait de l'incident de la voiture au cours de la nuit précédente et il penserait avoir oublié de refermer ensuite les verrous. Il pourrait soupçonner secrètement un cambriolage, mais si la journée passait sans qu'on découvre la moindre disparition, il oublierait toute l'affaire.

En tout cas, aucun cambriolage dans la maison Trent ne fut signalé aux autorités. La mystérieuse agitation des chiens fut expliquée par les corps des rats morts trouvés dans l'enclos. On se demanda comment les rats avaient pu pénétrer dans le parc des chiens. Mais la maison Trent était grande et il y avait beaucoup à faire. On n'avait pas le temps de se livrer à des spéculations oiseuses sur des questions sans importance.

Ainsi, à l'aube du 13 novembre 1854, Edward Pierce détenait la première des quatre clefs dont il avait besoin. Son attention se porta immédiatement sur les moyens d'obtenir la seconde clef.

CHAPITRE 19
Le rendez-vous

Mr. Fowler en croyait à peine ses yeux. Là, dans la faible lumière d'un réverbère à gaz, il y avait une délicate créature aux joues roses, étonnamment jeune. Elle ne devait guère avoir dépassé la douzième année, âge auquel elle pouvait donner son consentement, et son attitude même, son comportement et sa timidité dénotaient sa jeunesse et son manque d'initiation.

Il s'approcha ; elle répondit doucement, les yeux baissés et le conduisit à une maison de passe qui se trouvait non loin de là. Mr. Fowler regarda l'établissement avec quelque émoi car l'extérieur n'en était pas particulièrement engageant. Ainsi, ce fut une agréable surprise lorsque, au coup timide frappé à la porte par l'enfant, ce fut une femme très belle, appelée par l'enfant Miss Myriam, qui répondit. Dans le vestibule, il vit que la maison de passe n'était pas un de ces établissements miteux où les lits étaient loués à l'heure pour cinq shillings et où le propriétaire venait cogner à la porte avec un bâton quand le temps était écoulé. Au contraire, les meubles étaient recouverts de velours pelucheux et il y avait de riches draperies, de beaux tapis persans, et un équipement de goût et de qualité. Miss Myriam opéra elle-même avec une extrême dignité en demandant cent cinquante livres. Ses manières étaient si distinguées que Fowler paya sans protester, et monta tout droit à l'étage avec la petite fille nommée Sarah.

Sarah expliqua qu'elle était arrivée récemment du Derbyshire, que ses parents étaient morts, qu'elle avait un frère aîné en Crimée et un frère plus jeune à l'assistance. Elle parlait presque gaiement de ces événements tandis qu'ils montaient l'escalier. Fowler crut cependant déceler dans ses propos une certaine surexcitation : la pauvre enfant était sans doute nerveuse à l'idée de cette première expérience et il se rappela qu'il devait se montrer gentil.

La pièce dans laquelle ils entrèrent était aussi luxueusement meublée que le salon du bas; elle était rouge et élégante, et l'air était légèrement parfumé d'une senteur de jasmin. Il regarda rapidement autour de lui, car on n'était jamais trop prudent. Ensuite, il ferma le verrou de la porte et se tourna vers la fille.

« Alors, dit-il.

— Monsieur ? dit-elle.

— Alors, voyons, dit-il. Est-ce que nous, ah... ?

— Bien sûr, monsieur », dit-elle, et l'enfant encore innocente se mit à le déshabiller. Il trouvait extraordinaire, debout au milieu de cette pièce élégante — presque du décadent —, de voir une enfant lui arrivant à peine à la ceinture se hausser pour tirer de ses petits doigts sur ses boutons et le déshabiller. Tout bien pesé, c'était tellement singulier qu'il se soumit passivement et fut bientôt nu alors qu'elle était encore habillée.

« Qu'est-ce que c'est ? demanda-t-elle, touchant une clef qu'il portait à son cou sur une chaîne d'argent.

— Simplement, heu, une clef, répondit-il.

— Il vaudrait mieux l'enlever, dit-elle, elle pourrait me blesser. »

Il l'enleva. Elle baissa la lumière et ôta sa robe.

Les deux heures qui suivirent furent pour Henry Fowler des heures magiques. C'était une expérience si incroyable, si étonnante, qu'il en oublia complètement son état douloureux. Et il ne remarqua certainement pas qu'une main furtive se glissait autour de l'une des lourdes draperies de velours rouge et s'emparait de la clef placée sur ses vêtements. Quand la clef fut remise en place peu de temps après, il ne s'en rendit pas compte non plus.

« Oh, monsieur, cria-t-elle à l'instant crucial. Oh, *monsieur !* »

Et Mr. Fowler ne se souvenait pas avoir jamais été, durant ses quarante-sept ans, aussi heureux et excité que pendant ce bref instant.

CHAPITRE 20
La caisse fermée

L'aisance avec laquelle Pierce et ses compagnons conspirateurs avaient obtenu les deux premières clefs leur donna un sentiment de confiance qui s'avéra vite erroné. Presque immédiatement après avoir obtenu la clef de Fowler, ils se heurtèrent à des difficultés venues d'une direction inattendue : la Compagnie des chemins de fer du Sud-Est modifia ses dispositions en ce qui concernait les bureaux d'expédition, à la gare.

Le gang envoya Miss Myriam observer la marche des bureaux et fin décembre 1854, elle revint avec de mauvaises nouvelles. Lors d'une réunion chez Pierce, elle apprit à Pierce et à Agar que la Compagnie avait engagé un factotum qui gardait maintenant les appartements la nuit.

Comme ils avaient projeté d'opérer de nuit, c'était une nouvelle désagréable. Aux dires d'Agar, Pierce surmonta rapidement son désappointement.

« Quel est son horaire ? demanda-t-il.

— Il prend son travail chaque soir, à la fermeture, à 7 heures pile, dit Myriam.

— Et quel genre de bonhomme est-ce ?

— Un vrai poulet, répondit-elle. A peu près quarante ans, gras, mais des épaules carrées, je parierai qu'il ne lésine pas sur le travail et que ce n'est pas un poivrot.

— Est-il armé ?

— Oui, dit-elle avec un mouvement de tête.

— Où est-ce qu'il se planque?

— Juste à la porte. Il s'assied en haut de l'escalier, près de la porte, et n'en bouge pas d'un poil. Il a près de lui un petit sac en papier qui doit contenir son souper. »

Miss Myriam ne pouvait en être sûre car elle n'osait surveiller le bureau trop tard dans la journée de peur d'éveiller les soupçons.

« Sacrebleu, dit Agar, dégoûté. Il est juste à la porte? De ce côté-là, c'est foutu.

— Je me demande pourquoi ils ont mis un gardien de nuit, dit Pierce.

— Peut-être savaient-ils qu'on connaissait leurs habitudes », dit Agar.

Ils avaient en effet surveillé le bureau pendant des mois, à différentes reprises, et quelqu'un pouvait l'avoir remarqué.

Pierce soupira.

« Plus d'issue cette fois, dit Agar.

— Il y a toujours une issue, répondit Pierce.

— C'est foutu, y a pas, se plaignit Agar.

— Pas foutu, seulement un peu plus difficile.

— Et comment allez-vous vous y prendre? demanda Agar.

— On fera ça à l'heure du déjeuner.

— En plein jour? fit Agar éberlué.

— Pourquoi pas! »

Le jour suivant, Pierce et Agar surveillèrent à midi les allées et venues du bureau. A 1 heure, la gare du London Bridge était bondée de voyageurs arrivant et partant, de porteurs transportant les bagages derrière d'élégants voyageurs qui allaient rejoindre leur voiture, de camelots offrant en criant des rafraîchissements. Trois ou quatre agents de police circulaient pour maintenir l'ordre et surveiller les pickpockets pour qui les gares étaient devenues un terrain de chasse favori. Le détrousseur agrafait sa proie quand elle montait dans le train, et la victime ne découvrait le vol que lorsqu'elle était bien loin de Londres.

L'association entre pickpockets et gares était si notoire que lorsque William Frith peignit l'un des tableaux les plus célèbres de sa génération, « La gare de chemin de fer », en 1862, le sujet principal de la composition était la capture d'un voleur par deux détectives.

La gare de London Bridge avait maintenant plusieurs gardiens de la paix, et les compagnies de chemin de fer avaient aussi des gardiens privés.

« Ça grouille de poulets, dit Agar tristement en parcourant les quais du regard.

— Ne vous en faites pas pour ça », dit Pierce qui observait le bureau du chemin de fer.

A 1 heure de l'après-midi, les employés dévalèrent en bavardant les marches de l'escalier de fer pour aller prendre leur déjeuner. Le chef du trafic, un gentleman sévère aux favoris en côtelettes, resta à l'intérieur. Les employés rentrèrent à deux heures pour reprendre le travail.

Le lendemain, le chef alla déjeuner mais deux des employés restèrent au bureau et se passèrent de déjeuner.

Le troisième jour, ils connaissaient le système : un ou plusieurs hommes du bureau s'en allaient à 1 heure pour un déjeuner d'une heure, mais le bureau n'était jamais laissé sans surveillance. La conclusion était claire.

« Pas mèche le jour, dit Agar.

— Peut-être le dimanche », dit Pierce, réfléchissant à haute voix.

A cette époque, et en fait jusqu'à maintenant, le réseau des chemins de fer britanniques refusait opiniâtrement de fonctionner le dimanche. On jugeait inutile et inacceptable qu'une compagnie quelconque travaille le dimanche. Les chemins de fer avaient toujours manifesté une tendance étrangement moraliste. Par exemple, il fut défendu de fumer dans les wagons longtemps après que cette coutume se fut largement répandue dans la société. Le gentleman qui souhaitait fumer un cigare était obligé de donner la pièce au garçon du train, ce qui était également interdit — et cet état de choses continua en dépit de la vive protestation de l'opinion publique, jusqu'en 1868, date à laquelle le Parlement fit passer une loi qui obligeait les compagnies de chemin de fer à permettre aux passagers de fumer.

Bien que tout le monde reconnût que les gens qui craignaient le plus Dieu avaient besoin de voyager le dimanche, et que la coutume populaire des excursions de week-end exerçât une pression encore plus grande sur les horaires du dimanche, les chemins de fer luttèrent avec entêtement contre cette tendance. En 1854, la Compagnie du Sud-Est ne mettait en marche que quatre trains le dimanche, et la Compagnie de Londres-Greenwich, ne mettait en service que six trains, moins de la moitié du chiffre habituel.

Pierce et Agar examinèrent la gare le dimanche suivant et trouvèrent une double garde postée à l'extérieur du bureau du directeur. L'un des garçons était debout près de la porte, et le second avait pris position au pied de l'escalier.

« Pourquoi? se demanda Pierce en voyant les deux gardiens. Pourquoi, au nom de Dieu, *pourquoi?* »

Il apparut plus tard, au cours du procès, que la direction de la Compagnie du Sud-Est avait changé de main, fin 1854. Son nouveau propriétaire, Mr. Willard Perkins, avait des tendances philanthropiques. Son souci pour les classes inférieures était tel qu'il érigea une politique consistant à employer davantage d'individus dans tous les postes de la ligne, « pour fournir un travail honnête à ceux qui pourraient être tentés de mal tourner ». C'est pour cette unique raison qu'on avait engagé du personnel supplémentaire. La Compagnie n'avait jamais songé à un vol, et Mr. Perkins fut très choqué lorsque sa ligne fit l'objet d'un hold-up.

Il est vrai aussi qu'à ce moment la Compagnie du Sud-Est essayait de construire de nouvelles lignes, donnant accès au centre de Londres, ce qui entraînait l'expulsion de nombreuses familles et la démolition de leurs maisons.

Ainsi, cette tentative philanthropique avait-elle dans l'esprit des propriétaires du Chemin de fer, un certain côté relations publiques.

« Pas mèche le dimanche, dit Agar en considérant les deux gardiens. Peut-être à Noël. »

Il était possible que les mesures de sécurité soient relâchées le jour de Noël, mais ils ne pouvaient tabler dessus.

« Il nous faut quelque chose de sûr, dit Pierce.

— On ne peut rien faire en plein jour.

— En effet, dit Pierce. Mais nous ne savons rien de ce qui se passe en pleine nuit. Nous n'avons jamais veillé une nuit entière. »

La nuit, la gare était déserte, et au cours de ses rondes le policier écartait rapidement les rôdeurs et les clochards.

« Ils ficheront dehors tous les guetteurs, dit Agar. Et peut-être les colleront-ils au trou.

— Je pensais, dit Pierce, à un guetteur planqué. Un homme caché peut rester toute la nuit dans la gare.

— Clean Willy?

— Non, répondit Pierce. Clean Willy est un benêt et un dégonflé. Il n'a pas le moindre atome de ruse. Il est demeuré.

— C'est vrai qu'il est demeuré! »

Les témoignages recueillis par la cour de justice indiquent que Clean Willy, décédé au moment du procès, avait des facultés de raisonnement amoindries. Plusieurs témoins l'affirmèrent. Pierce lui-même dit : " Nous sentions que nous ne pouvions lui confier le guet. S'il avait été appréhendé, il aurait tout mis sur notre dos et révélé nos plans sans difficulté. "

« Qui allons-nous prendre à la place? demanda Agar en parcourant la gare des yeux.

— Je pensais à un skipper, dit Pierce.

— Un skipper? répéta Agar surpris.

— Oui, dit Pierce, je crois qu'un clochard ferait l'affaire. Est-ce que vous connaîtriez un bon clochard?

— Je peux en trouver un. Mais où le cacher?

— Nous le mettrons dans une caisse », dit Pierce.

Pierce s'arrangea ensuite pour faire faire une caisse qui soit livrée chez lui. Agar, trouva selon ses propres dires « un skipper de toute confiance », et ils prirent des dispositions pour expédier la caisse à la gare.

On ne retrouva jamais trace de ce skipper nommé Henson. En fait, on ne se donna guère de mal pour retrouver sa trace. C'était dans le schéma général un personnage très secondaire, et sa nature même en faisait quelqu'un qui ne valait pas la peine qu'on s'occupât de lui. Le terme « skipper » n'impliquait pas, en effet, une occupation, mais plutôt un mode de vie, et plus spécialement une manière de passer la nuit.

Pendant ce demi-siècle, la population augmentait à raison de dix pour cent par décennie. Le nombre des habitants de la ville croissait de plus de mille par jour, et même avec la quantité de programmes de construction et la foule entassée dans les bas quartiers, une grande partie de la population manquait à la fois de gîtes et de ressources pour s'en payer un. Ces gens passaient la nuit dehors, là où la police avec ses insupportables lanternes à œil de bœuf les laissait tranquilles. Les endroits favoris étaient ce qu'on appelait les « hôtels aux arcades sèches », c'est-à-dire les arcades des ponts de chemin de fer. Il y avait cependant d'autres repaires : immeubles en ruine, porches de boutiques, chaufferies, dépôts d'omnibus, stands vides de marché, haies touffues, tout endroit fournissant une couchette. Les skippers étaient des gens constamment à la recherche d'un abri : étables ou hangars, par exemple. A cette époque, même les maisons luxueuses manquaient fréquemment de sanitaires intérieurs. Il y avait partout des appentis, et même sur la place publique. Le skipper se faufilait dans ces espaces étroits pour y passer la nuit.

Au cours de son procès, Agar expliqua fièrement

comment il s'était procuré un skipper digne de confiance. La plupart des gens de la nuit étaient des clochards ou vagabonds, de véritables miséreux ; les skippers étaient un peu plus entreprenants mais ils appartenaient néanmoins à la lie de la société. Et c'était souvent des poivrots. L'alcool les aidait probablement à supporter l'odeur de leurs gîtes.

Si Pierce voulait un skipper, c'était pour avoir quelqu'un qui soit capable de rester plusieurs heures dans un lieu inconfortable. Ce Henson aurait dit avoir trouvé sa caisse d'emballage « très spacieuse », tandis qu'on la clouait sur lui.

La caisse fut placée en un endroit stratégique à l'intérieur de la gare de London Bridge. Henson pouvait surveiller les mouvements du gardien de nuit à travers les lattes. La première nuit écoulée, la caisse fut enlevée, peinte en une autre couleur, et rapportée à la gare. Ce processus se répéta trois nuits de suite. Henson relata ensuite ce qu'il avait découvert. Il n'y avait là rien d'encourageant.

« Le gars est sérieux, dit-il à Pierce. Aussi réglé que cette montre. »

Dans sa main levée, il montra le chronomètre que Pierce lui avait confié pour mesurer la durée des diverses activités.

« Il arrive à 7 heures pile avec son petit sac en papier contenant son repas. Il s'assied sur l'escalier, et reste là en éveil, sans jamais somnoler, et salue le flic qui fait sa ronde.

— Parle-nous des rondes.

— Le premier flic travaille jusqu'à minuit ; il fait le tour de la gare toutes les onze minutes. Quelquefois, c'est douze, une ou deux fois, c'était treize, mais la règle, pour lui, c'est onze. Le second flic fonctionne de minuit à l'aube. Celui-là, c'est un fumiste. Il n'a pas de parcours fixe, et il va dans toutes les directions. Il surgit tout à coup comme un diable dans sa boîte, avec un œil méfiant dans toutes les directions. Et il a deux pétards à la ceinture.

— Et le type assis à la porte du bureau ? demanda Pierce.

— Sérieux, comme je vous l'ai dit, sérieux comme un

pape. Il s'amène à 7 heures, bavarde avec le premier poulet
— le second, il peut pas le piffer, et il lui lance un de ces
regards froids, je vous dis que ça. Mais le premier poulet
lui botte. Il bavarde de temps en temps avec lui, mais
jamais longtemps. Le poulet s'arrête à peine. Ils se disent
juste quelques mots.

— Le gardien quitte-t-il parfois sa place? demanda
Pierce.

— Non, dit le skipper. Il reste assis là et il entend sonner
les cloches de Saint-Falsworth, et chaque fois que la cloche
sonne l'heure, il penche la tête et écoute. Mais à 11 heures,
il ouvre son sac et bouffe son casse-croûte, toujours lorsque
la cloche sonne. Ça dure peut-être dix à quinze minutes, et
il a une bouteille de bière. Ensuite, le poulet se ramène.
Alors le gardien s'assied plus à l'aise et attend le nouveau
passage du poulet. A ce moment, il est environ 11 h 30.
Alors le gardien repasse et le type va aux chiottes.

— Il quitte donc sa place? dit Pierce.

— Seulement pour pisser.

— Et il s'en va pour combien de temps?

— Je pensais bien que vous voudriez le savoir, dit
Henson, alors j'ai mesuré exactement. Une nuit, ça a duré
soixante-quatre secondes, la nuit suivante, soixante-huit, et
la troisième nuit, soixante-quatre. C'est toujours au même
moment de la nuit, vers 11 h 30. Et il est de retour à son
poste quand le poulet fait sa dernière ronde, à minuit
moins le quart, et ensuite c'est l'autre poulet qui vient
prendre son tour.

— Ça s'est passé comme ça toutes les nuits?

— Toutes les nuits. C'est la faute à la bière. Ça vous
donne des envies urgentes.

— Oui, dit Pierce, la bière a cet effet-là. Mais est-ce qu'il
quitte son poste à d'autres moments?

— Rien vu de semblable.

— Et tu n'as pas dormi du tout?

— Quoi? Alors que je roupille ici toute la journée sur

votre bon lit, vous me demandez si je pionce encore la nuit?

— Il faut me dire la vérité », dit Pierce sans y mettre trop d'insistance.

Voici le témoignage qu'en fit plus tard Agar : " Pierce lui pose les questions, vous voyez, mais il ne laisse voir aucun intérêt, il joue le simple cambrioleur, un peu balourd, le détrousseur d'ivrognes, et tout ça pour que le skipper, il n'aille pas se dire qu'un gros coup se prépare. Si le skipper avait été au parfum, on aurait eu des tas d'ennuis, et il aurait pu nous donner aux miltoniens, et pour une coquette somme, mais il était pas assez malin pour ça, sinon pourquoi il aurait été skipper, hein? "

Cette déclaration provoqua le tumulte dans la salle d'audience. Quand sa Seigneurie demanda une explication, Agar dit avec une expression de surprise qu'il s'était contenté d'expliquer les choses de son mieux. Il fallut plusieurs minutes d'interrogatoire pour faire comprendre, selon Agar, que Pierce s'était fait passer pour un détrousseur, un voleur à l'esbrouffe, un voleur de bas étage, ou détrousseur d'ivrognes, pour tromper le skipper afin que celui-ci ne se rende pas compte qu'un grand projet criminel était sur pied. Agar dit aussi que le skipper aurait dû piger et manger le morceau — c'est-à-dire les donner à la police, mais il n'était pas assez malin pour ça. Ce fut l'une des nombreuses occasions où l'argot criminel stoppa le déroulement d'un procès.

« Je le jure, monsieur Pierce, dit le skipper, je jure que j'ai pas dormi une seconde.

— Et le type ne s'est levé chaque nuit que cette fois-là?

— Ouais, et chaque nuit pareil. Il est réglé comme cette toquante — il montra le chronomètre — comme ça qu'il est. »

Pierce remercia le skipper, lui remit une demi-couronne pour son travail, se laissa supplier et flatter un moment et ajouta une autre demi-couronne, et renvoya l'homme à ses affaires.

La porte fermée, Pierce dit à Barlow de s'occuper de l'homme. Barlow acquiesça et quitta la maison par une autre issue.

Pierce se tourna vers Agar.

« Alors, toujours pas mèche?

— Soixante-quatre secondes, dit Agar en hochant la tête. C'est pas du nanan — pas exactement un jeu d'enfant.

— Je n'ai jamais dit que ça l'était, répliqua Pierce. Mais vous n'avez cessé de me dire que vous étiez le meilleur crocheteur de coffre-fort du pays. Voilà une belle occasion de montrer vos talents : alors, toujours pas possible?

— Peut-être que si, dit Agar. Faut que j'étudie l'affaire de près. On peut aller voir sur place?

— Certainement », dit Pierce.

CHAPITRE 21

Un acte audacieux

« Depuis quelques semaines, écrit l'*Illustrated News,* le 21 décembre 1854, les agressions de rues ont atteint des proportions alarmantes, surtout le soir. Mr. Wilson comptait sur l'éclairage au gaz, pour servir de prévention contre le crime, mais il semble que cette confiance n'ait pas été justifiée. Les bandits sont de plus en plus plus audacieux. Ils s'attaquent avec la plus grande audace à une population confiante. Hier encore, un gardien de la paix, Peter Farrell, a été attiré dans une allée, où une bande d'assassins lui sont tombés dessus, l'ont battu et se sont emparé de tout ce qu'il possédait, y compris son uniforme. Nous ne devons pas oublier non plus qu'il y a juste quinze jours, Mr. Parkington, membre du Parlement, fut rudement assailli sur une place bien éclairée, alors qu'il se rendait du Parlement à son club. Les autorités doivent prendre des mesures efficaces pour enrayer cette épidémie d'agressions. »

L'article poursuivait en décrivant l'état du policier Farrell qui « n'était pas meilleur qu'on pouvait s'y attendre ». Le policier raconta qu'il avait été interpellé par une femme bien vêtue, qui discutait avec le cocher de son fiacre, « un gredin hargneux avec une cicatrice blanche au front ». Quand le policier intervint, le cocher lui tomba dessus en jurant et sacrant, et le frappa avec un bâton ou gourdin. Lorsque l'infortuné policier revint à lui, il découvrit qu'on l'avait dépouillé de ses vêtements.

En 1854, de nombreux Victoriens habitant à la ville, s'inquiétaient de ce que l'on considérait comme une poussée du crime de rue. Des « épidémies » de violence dans les rues déchaînèrent finalement la panique des piétons, durant les années 1862, 1863, et le vote par le Parlement du « décret sur l'agression ». Cette loi prévoyait pour les délinquants des peines extrêmement sévères, y compris la flagellation fractionnée — afin de permettre aux prisonniers de récupérer avant la séance suivante — et la pendaison. Il y eut en Angleterre en 1863, plus de pendaisons qu'en aucune année depuis 1838.

L'agression brutale dans la rue était la forme la plus basse de délinquance. Agresseurs et détrousseurs étaient souvent méprisés par les autres criminels qui détestaient les méthodes grossières et les actes de violence. Les détrousseurs opéraient en général de la façon suivante : ils attiraient leur victime dans un coin, en choisissant de préférence un individu ivre. Ils se faisaient aider en l'occurrence par un complice, de préférence une femme. Sur quoi le détrousseur se jetait sur la victime, la frappait avec un gourdin, et la laissait dans le caniveau. Ce n'était pas une façon élégante de gagner sa vie.

Les articles de journaux donnaient en général force détails sur le gredin se jetant sur une proie sans défense. Apparemment, personne ne prit le temps de réfléchir à l'étrangeté de l'agression contre le policier Farrell. Pourtant, elle n'avait guère de sens. A cette époque, comme maintenant, les criminels évitaient autant que possible de se frotter à la police. « S'attaquer à un poulet », c'était déclencher une chasse à l'homme énergique dans tous les repaires, jusqu'à ce que les coupables soient appréhendés, car la police s'intéressait plus spécialement aux attaques dirigées contre ses propres membres.

Il n'y avait non plus aucune raison valable d'attaquer un policier. Celui-ci pouvait mieux se défendre que la plupart de ses victimes, et n'avait jamais beaucoup d'argent en poche. Souvent, il n'en avait pas du tout.

Et enfin, quel intérêt pouvait-on avoir à déshabiller un policier? A cette époque, le vol de vêtements était un délit courant, en général accompli par des femmes âgées qui attiraient des enfants dans les ruelles et les dépouillaient de leurs vêtements qu'elles allaient vendre aux boutiques d'occasion. Mais il n'y avait rien à tirer des effets d'un poulet; il était impossible de maquiller pour la revente un uniforme de policier. Les boutiques d'occasion étaient toujours sous surveillance et on les accusait toujours d'accepter des objets volés. Aucun receleur ne voudraient jamais d'un uniforme de policier. C'était peut-être dans tout Londres le seul vêtement qui n'ait aucune valeur de revente.

Ainsi, l'agression du policier Farrell n'était pas seulement dangereuse, elle était aussi inexplicable, et n'importe quel observateur sérieux se serait demandé pourquoi elle avait eu lieu.

CHAPITRE 22
Le voleur de poulains

Vers la fin décembre 1854, Pierce rencontra à l'auberge *King's Arms*, près de Regent Street, un homme du nom d'Andrew Taggert. Taggert avait alors près de soixante ans, et c'était une figure bien connue dans le voisinage. Il avait survécu à une carrière longue et variée, qui mérite d'être brièvement racontée, car il est l'un des rares participants de La Grande Attaque du Train, dont on connaisse le passé.

Taggert était né dans les faubourgs de Liverpool, vers 1790, et il vint à Londres, vers la fin du siècle, avec sa mère célibataire qui était une prostituée. A l'âge de dix ans, il fut employé dans l'« entreprise de résurrection » qui avait pour tâche de déterrer des corps intacts dans les cimetières pour les vendre aux instituts médicaux. Il acquit bientôt une réputation de grande audace. On raconte qu'il transporta une fois un cadavre en plein jour à travers les rues de Londres. Le cadavre était simplement installé dans sa charrette comme un passager.

La loi sur l'anatomie, de 1838, mit fin au commerce des corps, et Andrew Taggert se tourna vers le métier de « resquilleur à la fausse monnaie ». La manœuvre consistait à offrir au marchand une pièce vraie pour un achat quelconque, puis le voleur fouillait dans sa bourse en disant qu'il pensait avoir assez de petite monnaie et il reprenait sa pièce. Au bout d'un moment, il disait : « Non, finalement, je n'en ai pas », et il tendait une fausse pièce à la place de la première. C'était un travail mineur et Taggert s'en lassa vite. Il pratiqua toutes sortes d'escroqueries et vers le milieu des années 1840, c'était devenu un malfaiteur d'envergure. Apparemment, il réussissait très bien dans son travail ; il prit un appartement respectable à Camden Ville, qui n'était pas un quartier parfaitement respectable (Charles Dickens y avait vécu quelque quinze ans plus tôt alors que son père était en prison). Taggert prit aussi une femme, une certaine Mary Maxwell, veuve, et l'une des petites ironies du sort est que le maître escroc fût lui-même trompé.

Mary Maxwell travaillait dans la fausse monnaie et se spécialisait dans les petites pièces d'argent. Cette faussaire qui avait fait de la prison à plusieurs reprises, ne s'était pas mariée sans motif, elle en savait pas mal sur la loi, ce qui apparemment n'était pas le cas de son mari.

La position légale des femmes faisait déjà l'objet de tentatives de réforme ; mais à cette époque, les femmes n'avaient pas le droit de vote ; elles ne pouvaient être propriétaires, ou rédiger de testaments, et les gains d'une femme mariée séparée de son mari restaient légalement la propriété de celui-ci. Dans cette loi qui traitait les femmes comme de simples demeurées et semblait nettement favoriser l'homme, il y avait d'étranges équivoques, comme devait bientôt le découvrir Taggert.

En 1847, la police prit Mary Maxwell en flagrant délit de fabrication de fausse monnaie. Elle était en train d'imprimer des pièces de six pences. Elle accueillit calmement cette descente de police et annonça d'un ton affable qu'elle était mariée, en indiquant à la police où se trouvait son mari.

D'après la loi, le mari était responsable de toutes les activités illégales de sa femme. On supposait que de telles activités ne pouvaient avoir été mises au point et exécutées que par le mari. La femme ne pouvait être qu'un simple participant, peut-être même involontaire.

Andrew Taggert fut arrêté en juillet 1847. Accusé de fabriquer de la fausse monnaie, il fut condamné à huit ans d'incarcération à la prison Bridewell; Mary Maxwell fut relaxée avec une simple réprimande. On dit qu'au moment où fut prononcée la sentence contre son mari, elle déploya au tribunal « une exubérance railleuse ».

Taggert resta trois ans en prison et fut ensuite libéré sous condition. Son cran l'avait abandonné, ce qui est la conséquence habituelle de l'emprisonnement. Il n'avait plus assez d'énergie et de confiance pour être un escroc et il se fit pilleur de fers à cheval ou voleur de chevaux. En 1854, on le voyait souvent dans les cafés sportifs tapageurs, fréquentés par les turfistes. On dit qu'il fut impliqué dans le scandale de 1853, où un quatre-ans fut donné au Derby pour un trois-ans. Personne n'avait de certitude, mais comme on le connaissait comme voleur de poulains, on pensa que c'était lui qui avait organisé le vol du poulain le plus célèbre de l'époque : Silver Whistle, un trois-ans du comté de Derby.

Pierce le rencontra au *King's Arms*, et lui fit une proposition très spéciale. Taggert avala son verre de gin.

« Vous voulez piquer quoi?

— Un léopard.

— Voyons, où un honnête homme comme moi trouve-rait-il un léopard?

— Ça ne me regarde pas, dit Pierce.

— Je ne sais pas où trouver un léopard, peut-être dans les zoos, où il y a toutes sortes de bêtes.

— Voilà ce que je veux, dit calmement Pierce

— Il faudra le maquiller? »

C'était un problème particulièrement difficile à résoudre. Taggert était un maquilleur expert — un homme capable de changer l'aspect de marchandises volées. Il pouvait changer les marques d'un cheval de telle sorte que même son propriétaire n'aurait pu le reconnaître. Mais maquiller un léopard, ça devait être plus difficile.

« Non, dit Pierce, je peux le prendre tel quel.

— Il ne trompera personne.

— Pas la peine.

— Alors c'est pour quoi faire? »

Pierce lança à Taggert un regard particulièrement sévère et ne répondit pas.

« Y a pas de mal à questionner, dit Taggert. Ce n'est pas tous les jours qu'on vous demande de piquer un léopard, alors je demande pourquoi — faut pas le prendre mal.

— C'est un cadeau, dit Pierce. Pour une dame.

— Ah, une dame!

— Sur le continent.

— Ah, sur le continent.

— A Paris.

— Ah! »

Taggert l'examina de la tête aux pieds. Pierce était bien vêtu.

« Vous pourriez aussi bien l'acheter, dit-il. Ça ne vous coûterait pas plus cher que de me l'acheter à moi.

— Je vous ai fait une proposition.

— En effet, et une proposition convenable, mais vous n'avez pas parlé de prix. Vous avez seulement dit que vous vouliez un léopard volé.

— Je vous le paierai vingt guinées.

— Eh, vous m'en donnerez quarante, et vous pourrez dire que vous avez de la veine.

— Je vous en donnerai vingt-cinq et c'est *vous* qui pourrez vous considérer comme chanceux », dit Pierce.

Taggert prit un air malheureux. Il fit tourner son verre de gin entre ses mains.

« Bon, d'accord, dit-il, c'est pour quand cette affaire?

— Ne vous en occupez pas. Vous trouvez l'animal et vous préparez l'opération. Vous entendrez parler de moi bientôt. »

Il laissa tomber une guinée d'or sur le comptoir.

Taggert s'en saisit, la mordit, et porta la main à sa casquette.

« Bonne journée, monsieur », dit-il.

CHAPITRE 23
La mascarade

L'attitude craintive ou indifférente des citadins, au XXᵉ siècle, devant les progrès de la criminalité, aurait étonné les Victoriens. En ces jours-là, toute personne volée ou escroquée se mettait à pousser des cris et la victime espérait et obtenait une réponse immédiate de ses concitoyens. Ceux-ci, respectueux de la loi, se joignaient rapidement à la bagarre, afin d'attraper le vilain bandit. On voyait même des dames bien nées participer au tapage avec enthousiasme.

L'empressement de la populace à s'engager dans une querelle s'explique de plusieurs façons. En premier lieu, les forces de police organisées étaient encore nouvelles. La police métropolitaine de Londres était la meilleure de l'Angleterre, mais elle n'existait que depuis vingt-cinq ans, et les gens ne croyaient pas encore que la délinquance relevait de la police.

Deuxièmement, les armes à feu étaient rares, et en Angleterre, elles le sont restées jusqu'à ce jour. Il était peu probable qu'un passant reçoive une rafale de balles en poursuivant un malfaiteur. Et en dernier lieu, la majorité des délinquants étaient des enfants, souvent des enfants très jeunes, et les adultes n'hésitaient pas à les poursuivre.

En tout cas, un voleur professionnel prenait bien soin de ne pas se laisser surprendre dans l'exercice de ses fonctions, car si l'alarme était donnée, il y avait de grandes chances qu'il fût pris. C'est pour cette raison que les voleurs travaillaient souvent en équipe, avec plusieurs complices servant à faire diversion au cas où ça tournerait mal. Les criminels de cette époque utilisaient aussi le tapage pour couvrir les activités illégales, et cette manœuvre était connue sous le nom de « mascarade ».

Une bonne mascarade réclamait un plan et un horaire soigneusement mis au point, car c'était, comme son nom l'indique, une forme théâtrale. Au matin du 9 janvier 1855, Pierce parcourut du regard l'intérieur caverneux de la gare de London Bridge et vit que tous les acteurs étaient en place.

Pierce lui-même devait jouer le rôle clef, celui d' « accusateur ». Il était en tenue de voyage, comme Miss Myriam qui se tenait près de lui. Elle serait la « plaignante ».

A quelques mètres, se trouvait le coupable, un petit bonhomme de neuf ans, mal soigné, et visiblement déplacé dans cette foule de passagers de première classe. Pierce avait lui-même choisi le gamin parmi une douzaine d'enfants de la *Terre sainte*. Le choix s'était fait rapidement et simplement.

Un peu plus loin, se trouvait le « poulet », Barlow, en uniforme de gardien de la paix, la casquette enfoncée sur son front pour cacher sa cicatrice blanche. Barlow devait permettre à l'enfant de lui échapper pendant que se déroulerait la scène.

Le point central de tout ce déploiement se trouvait non loin de l'escalier menant au bureau du directeur : Agar, dans un costume de gentleman, dernier cri.

A l'instant où devait partir le train de 11 heures Londres-Greenwich, Pierce se gratta le cou de la main gauche. Immédiatement, l'enfant s'élança et heurta brutalement par la droite Miss Myriam, dont il chiffonna la robe de velours pourpre.

« On m'a volée, John! », cria Miss Myriam.

Pierce hurla son accusation.

« Au voleur! » cria-t-il en courant après l'enfant qui décampait. « Au voleur! »

Quelques personnes, alertées par ces cris, se saisirent immédiatement de l'enfant, mais celui-ci était vif et agile. Il s'arracha bientôt à l'étreinte de la foule et courut vers le fond de la gare.

C'est alors que Barlow, en uniforme de policier, s'avança d'un air menaçant. Tel un gentleman à l'esprit civique, Agar se joignit à la poursuite. L'enfant était cerné, son seul recours était d'escalader l'escalier menant au bureau, ce qu'il fit à toute allure, avec Barlow, Agar et Pierce sur ses talons.

Les instructions données au petit garçon étaient claires : il devait monter l'escalier, entrer dans le bureau, passer devant les pupitres des employés, et reculer vers une lucarne qui ouvrait sur le toit de la gare. Il devait briser cette fenêtre dans l'intention apparente de s'échapper. Là, Barlow se saisirait de lui. Mais il devait se battre vaillamment jusqu'à ce que Barlow lui lance une taloche ; c'était le signal de la fin du spectacle.

L'enfant surgit dans le bureau des Chemins de fer du Sud-Est à la grande surprise des employés. Pierce se précipita immédiatement à sa suite.

« Arrêtez-le, c'est un voleur », cria-t-il. Pierce hurlait et dans l'élan de la poursuite, il renversa un des employés.

L'enfant luttait pour parvenir à la fenêtre. Barlow, le policier, fit alors son entrée.

« Je vais m'occuper de lui », dit-il d'une voix autoritaire et dure.

Mais il eut la maladresse de renverser l'un des pupitres et les papiers s'envolèrent.

« Attrapez-le, attrapez-le », cria Agar en pénétrant dans le bureau.

A ce moment, l'enfant grimpait sur le bureau du directeur du trafic pour atteindre une haute fenêtre étroite ; il brisa le verre de son petit poing et se coupa. Le directeur ne savait que répéter :

« Oh mon Dieu! Oh mon Dieu!

— Je suis un gardien de la paix, laissez-moi passer, cria Barlow.

— Arrêtez-le, cria Pierce, en se permettant lui-même de feindre l'hystérie. « Arrêtez-le, il file. »

Des bouts de verre de la fenêtre tombèrent à terre. Barlow et l'enfant roulèrent au sol dans une lutte inégale qui mit plus de temps à se résoudre qu'on ne s'y serait attendu. Les employés et le directeur regardaient, ébahis.

Personne ne s'aperçut qu'Agar avait tourné le dos à la scène et crochetait la serrure de la porte du bureau. Il essaya plusieurs de ses pinces monseigneur et finit par en trouver une qui déclencha le mécanisme. Personne ne remarqua non plus Agar lorsqu'il s'avança jusqu'au placard latéral, également muni d'une serrure, sur laquelle il essaya une clef après l'autre jusqu'à ce qu'il eût trouvé celle qui convenait.

Il s'écoula trois ou quatre minutes avant que le jeune gredin — qui glissait sans cesse des mains du policier au visage rouge — fût saisi par Pierce qui le maintint fermement. Le policier assena au petit bandit un bon coup de poing sur l'oreille, et le garçon cessa de lutter et tendit la bourse qu'il avait volée. Le policier l'emmena. Pierce tapota ses vêtements, jeta un coup d'œil circulaire sur le désordre du bureau, et présenta ses excuses aux employés et au directeur du trafic.

« Je crains, monsieur, que vous n'ayez manqué votre train », dit alors l'autre gentleman qui avait participé à la poursuite.

« Sapristi, c'est vrai, dit Pierce. La maudite fripouille! »

Et les deux messieurs s'en allèrent, l'un remerciant l'autre de l'avoir aidé à coincer le voleur, et l'autre disant que ce n'était rien. Ils laissèrent aux employés le soin de nettoyer le désordre.

C'était, se dit Pierce par la suite, une mascarade presque parfaite.

CHAPITRE 24

Des actes incompréhensibles

Lorsque Clean Willy Williams, l'homme-serpent, arriva chez Pierce, le 9 janvier 1855, en fin d'après-midi, il trouva dans le salon un très étrange spectacle.

Pierce, vêtu d'une veste d'intérieur de velours rouge, était tranquillement installé dans un fauteuil, et fumait un cigare, chronomètre en main.

Agar, en revanche, était debout en manches de chemise, au centre de la pièce, comme prêt à bondir. Il observait Pierce, l'air légèrement essoufflé.

« Vous êtes prêt ? » demanda Pierce.

Pierce acquiesça de la tête.

« Partez », fit Pierce en faisant claquer le chronomètre.

A la surprise de Clean Willy, Agar s'élança à travers la pièce jusqu'à la cheminée où il commença à trottiner sur place en comptant tout bas, « sept... huit... neuf... »

« Ça y est, dit Pierce. Porte.

— Porte », répéta Agar en faisant mine de manœuvrer une poignée de porte.

Il fit ensuite trois pas sur la droite et leva la main comme pour toucher quelque chose en l'air.

« Armoire, dit Pierce.

— Armoire... »

Agar sortit alors de sa poche deux feuilles de cire et fit semblant de prendre l'empreinte d'une clef.

« Temps? demanda-t-il.

— Trente et une », dit Pierce.

Agar se mit en demeure de prendre une seconde empreinte sur un autre assortiment de feuilles tout en continuant à compter tout bas :

« Trente-trois... trente-quatre... trente-cinq... »

De nouveau, il leva les mains en l'air comme pour fermer quelque chose.

« Armoire fermée », dit-il. Et il fit trois pas dans la pièce.

« Porte.

— Cinquante-quatre, dit Pierce.

— Escalier », fit Agar qui revint à sa place en courant, puis traversa la pièce d'un bond pour s'arrêter près du fauteuil de Pierce.

« Ça y est », cria-t-il.

Pierce regarda son chronomètre et hocha la tête.

« Soixante-neuf. » Il tira une bouffée de son cigare.

« Voyons, dit Agar, d'un ton blessé, c'est mieux qu'avant. Quel était le dernier temps?

— Votre dernier temps était soixante-treize.

— Eh bien, c'est mieux.

— Mais ce n'est pas encore suffisant. Peut-être si vous ne refermez pas l'armoire. Et si vous ne raccrochez pas non plus les clefs. Willy peut le faire.

— Faire quoi? » demanda Willy qui observait la scène.

Agar reprit sa position de départ.

« Prêt? dit Pierce.

— Prêt », répondit Agar.

Ils répétèrent l'étrange scène. Agar traversa la pièce en courant, sautilla sur place, fit semblant d'ouvrir une porte, prit deux empreintes à la cire, fit trois pas, ferma une porte, sautilla sur place, puis retraversa la pièce en courant.

« Temps?

— Soixante-trois », dit Pierce avec un sourire.

Agar rit à belles dents, tout en reprenant son souffle.

« Encore une fois, dit Pierce. Juste pour être sûr du coup. »

Plus tard dans l'après-midi, Clean Willy reçut ses instructions.

« C'est pour ce soir, dit Pierce. Quand il fera nuit, vous irez à London Bridge et vous grimperez sur le toit de la gare. Pas de problème? »

Clean Willy hocha négativement la tête.

« Et ensuite? demanda-t-il.

— Quand vous serez sur le toit, vous le traverserez jusqu'à une fenêtre brisée. Vous la verrez. C'est la fenêtre du chef du trafic. Une petite fenêtre d'un pied carré à peine.

— Et après?

— Vous entrez dans le bureau.

— Par la fenêtre?

— Oui.

— Ensuite?

— Vous verrez une armoire peinte en vert. » Pierce regarda le petit homme-serpent et poursuivit : « Il faudra monter sur une chaise pour l'atteindre. Ne faites pas de bruit, il y a un gardien posté sur l'escalier, à l'extérieur du bureau. »

Clean Willy fronça les sourcils.

« Vous ouvrirez l'armoire avec cette clef », reprit Pierce.

Il fit un signe à Agar qui remit à Willy le premier des rossignols.

« Vous manœuvrez la serrure, et vous ouvrez l'armoire, et ensuite vous attendez.

— J'attends quoi.

— Vers 10 h 30, il y aura un peu de tapage. Un poivrot viendra causer avec le gardien dans la gare.

— Et ensuite?

— Ensuite vous ouvrez la porte principale du bureau avec cette seconde clef — Agar lui donna la clef — et vous attendez.

— J'attends jusqu'à quand?

— Jusque vers 11 h 30 quand le type va aux W.C. A ce

moment, vous fermez l'armoire, remettez la chaise en place, et filez par la fenêtre sans faire de bruit.

— C'est ça le coup? demanda Clean Willy d'un air de doute.

— C'est ça.

— Et vous m'avez sorti de Newgate pour ça? dit Clean Willy. Entrer dans une planque vide, ça n'a rien de sorcier.

— C'est une planque avec un gardien posté à la porte, et il n'y a pas le moindre bruit. Il vous faudra faire ça dans le plus grand silence. »

Clean Willy grimaça un sourire.

« Ces clefs doivent avoir une drôle de valeur. Vous avez un plan?

— Obéissez aux instructions, dit Pierce, et en silence.

— C'est du gâteau, dit Clean Willy.

— Garde bien ces doubles, dit Agar en montrant les clefs, et que les portes soient ouvertes quand j'arriverai, autrement il y aura pour nous tous un drôle de ramdam, et le poulet nous piquera.

— Je ne veux pas être piqué, dit Clean Willy.

— Alors fais gaffe et sois prêt. »

Clean Willy acquiesça.

« Qu'est-ce qu'il y a pour dîner? » demanda-t-il.

CHAPITRE 25
L'effraction

Au soir du 9 janvier, la purée de pois caractéristique, fortement chargée de suie, recouvrait la ville. Clean Willy Williams ralentit le pas devant la façade de la gare de London Bridge, en se demandant si ce brouillard lui était favorable. Cela rendait ses mouvements au sol moins perceptibles, mais le brouillard était si dense qu'il ne pouvait voir le second étage du bâtiment, et il se demandait avec inquiétude comment il accéderait au toit. Ce serait trop bête de faire la moitié de l'escalade pour découvrir que c'était un angle mort.

Mais Clean Willy en savait assez long sur la façon dont les immeubles étaient construits et au bout d'une heure de manœuvres autour de la gare, il trouva le point de départ idéal. En grimpant sur un chariot à bagages, il put attraper une gouttière, et de là le rebord des fenêtres de l'étage. Là, une corniche courait sur toute la longueur de l'étage ; il s'y avança et progressa jusqu'au coin de la façade. Puis il escalada l'angle, le dos au mur, comme il l'avait fait pour s'évader de la prison de Newgate. Il allait naturellement laisser des traces. A cette époque, presque tous les immeubles de la ville basse de Londres étaient couverts de suie, et dans son ascension, Clean Willy laissait, jusqu'à hauteur du coin, un étrange motif d'éraflures blanches.

A 8 heures du soir, il se tenait debout sur le large toit de la gare. La plus grande partie du toit était recouverte d'ardoises; sur les traverses, la toiture était en verre, et il les évita. Clean Willy ne pesait que trente-quatre kilos, mais c'était assez pour briser le verre.

Il s'avança prudemment dans le brouillard et fit le tour de l'immeuble jusqu'à ce qu'il trouve la fenêtre brisée dont lui avait parlé Pierce. Il regarda à l'intérieur et vit le bureau du directeur. Il eut la surprise de constater qu'il régnait là un certain désordre, comme s'il y avait eu dans la journée une lutte et que les dégâts n'aient été que partiellement réparés.

Par le trou de verre aux bords coupants, il put atteindre la poignée de l'imposte et relever la fenêtre. C'était une fenêtre de forme carrée, d'environ trente centimètres de côté. Il s'y faufila sans difficulté en se tortillant, descendit sur le bureau et fit une pause.

On ne lui avait pas dit que les murs de la pièce étaient en verre.

Il pouvait voir au travers les voies et quais déserts de la gare. Il pouvait voir aussi le gardien sur l'escalier, près de la porte, avec à côté de lui un sac en papier contenant son dîner.

Clean Willy descendit prudemment de la table. Son pied écrasa un filament de verre brisé; il s'immobilisa. Mais si le gardien entendit, il n'en manifesta rien. Au bout d'un instant, Willy traversa la pièce, souleva une chaise et la posa près de la grande armoire. Il grimpa sur cette chaise, tira de sa poche le rossignol que lui avait donné Agar, et l'introduisit dans la serrure de l'armoire. Puis il s'assit pour attendre, tandis que les cloches d'une église lointaine sonnaient 9 heures.

Agar, tapi dans les ténèbres épaisses de la gare, entendit aussi les cloches de l'église. Il soupira. Encore deux heures et demie alors qu'il était déjà coincé depuis deux heures dans ce coin étroit. Il savait combien ses jambes seraient raides et douloureuses quand il lui faudrait sprinter jusqu'à l'escalier.

De sa cachette, il avait pu voir Clean Willy entrer dans le bureau derrière le gardien ; et il vit la tête de Willy quand, debout sur la chaise, celui-ci ouvrit la porte de l'armoire. Puis Willy disparut.

Agar soupira de nouveau. Il se demandait pour la millième fois ce que Pierce voulait faire de ces clefs. Tout ce qu'il savait, c'est que ça devait être un drôlement gros coup. Quelques années auparavant, Agar avait participé à un vol dans les entrepôts de Brighton. Il avait fallu neuf clefs : une pour la grille extérieure, deux pour la grille intérieure, trois pour la porte principale, deux pour une porte de bureau, et une pour la serrure. Le butin avait été de 10 000 livres en billets de la Banque d'Angleterre, et l'organisateur avait mis quatre mois à préparer le coup.

Et voilà que Pierce, plein aux as comme aucun autre escroc, passait huit mois pour obtenir quatre clefs ; deux, des banquiers, et deux du bureau du Chemin de fer. Tout cela avait coûté gros, Agar en était certain, et cela signifiait que le butin en valait la peine.

Mais de quoi s'agissait-il ? Pourquoi fallait-il maintenant fracturer ce placard ? La question le préoccupait davantage que la manœuvre à exécuter en soixante-quatre secondes. C'était un professionnel ; il gardait son sang-froid. Tout était bien préparé et il n'avait aucune inquiétude. Il n'eut aucune émotion en voyant le gardien, sur les marches, de l'autre côté de la gare, parler au poulet qui faisait ses rondes.

« Tu sais qu'il va y avoir bientôt un P.R.? » dit l'agent au gardien.

Le P.R. était un match de boxeurs professionnels.

« Non, répondit le gardien. Quels sont les combattants ?

— Stunning Bill Hampton et Edgard Moxley.

— Et où est-ce que ça sera ?

— On m'a dit Leicester, dit l'agent.

— Sur lequel tu paries ?

— Sur Stunning Bill, c'est mon favori.

— Il est fort », dit le gardien. « C'est un coriace, ce Bill.

— Ouais », dit l'agent, « j'ai gagné une demi-couronne ou deux sur lui. C'est un dur. »

Et l'agent poursuivit sa ronde.

Agar sourit ironiquement dans l'obscurité. Un flic parlant d'un pari de cinq shillings, comme d'une grosse mise. Agar avait parié dix livres, au dernier P.R., sur le Lancaster Dervish, John Boynton et le brave Kid Ballew. Agar s'était dit que les chances étaient de deux contre un et avait gagné là un joli paquet.

Il tendit les muscles de ses jambes ankylosées, en essayant d'activer sa circulation, puis il se laissa aller. Il avait devant lui une longue attente. Il pensa à la tignasse de sa petite amie. Chaque fois qu'il travaillait, il pensait à la toison de sa belle. C'était naturel. La tension émoustillait le bonhomme. Puis ses pensées revinrent à Pierce, et à la question sur laquelle Agar s'était creusé la tête depuis bientôt un an : quel était donc ce fameux coup ?

Un Irlandais à barbe rousse et au chapeau rabattu, s'avança dans la gare déserte, la démarche chancelante, en chantant « Molly Malone ». Avec son allure traînante et ses pieds plats, il avait l'air d'un véritable ivrogne et il était tellement pris par sa chanson qu'il aurait pu ne pas remarquer le gardien assis sur l'escalier.

Mais il le vit et lorgna d'un air soupçonneux le sac en papier, avant de faire un salut laborieux et vacillant.

« Bonne soirée, monsieur, dit l'ivrogne.

— Bonsoir, dit le gardien.

— Et si je peux me permettre, qu'est-ce que vous fichez là-haut ? demanda l'ivrogne en se raidissant. On prépare un mauvais coup, hein ?

— Je garde le bureau. »

L'ivrogne hoqueta.

« C'est ce que vous dites, mon vieux, mais avec moi, ça ne prend pas.

— Eh! là.

— Je crois, dit l'ivrogne, en essayant vainement de pointer un doigt accusateur sur le gardien, je crois, monsieur, que la police devrait un peu venir voir, et on saurait ce que vous cherchez là-haut.

— Dites donc, dit le gardien.

— Vous n'avez pas droit à la parole, dit l'ivrogne qui se mit brusquement à hurler : Police! *Po-lice!*

— Eh là! dit le gardien en descendant les marches. Dominez-vous, espèce de poivrot.

— Poivrot? répéta l'homme en haussant un sourcil et en brandissant le poing. Je suis un citoyen de Dublin, monsieur.

— Vous commencez à me fatiguer », grogna le gardien.

A ce moment, le policier tourna le coin en courant, attiré par les cris de l'ivrogne.

« Ah, un bandit, monsieur le policier, fit l'ivrogne. Arrêtez ce gredin, dit-il en désignant le gardien qui se trouvait alors au bas de l'escalier. Il prépare un mauvais coup. »

L'ivrogne eut un hoquet.

Le policier et le gardien échangèrent un regard et sourirent ouvertement.

« Vous trouvez ça drôle, monsieur, dit l'ivrogne en se tournant vers l'agent. Je ne vois là rien de risible. Cet homme est un scélérat.

— Circulez, dit le policier, ou je vous arrête pour tapage.

— Tapage? dit l'ivrogne en se dégageant. Je crois, que vous êtes de mèche avec ce vaurien.

— Ça suffit, dit le policier. Circulez et sans histoires. »

L'ivrogne se laissa entraîner par l'agent. On l'entendit encore dire :

« Vous n'auriez pas une goutte de bière, non? »

Le policier l'assura qu'il n'avait rien à boire sur lui.

« Dublin », soupira le gardien en remontant l'escalier pour manger son casse-croûte. 11 heures sonnèrent aux cloches lointaines.

Agar avait observé toute la scène, et tout en s'amusant de la performance de Pierce, il se demandait si Clean Willy avait saisi l'occasion d'ouvrir la porte du bureau. Il n'avait aucun moyen de le savoir avant de s'élancer lui-même en trombe, ce qui devait avoir lieu dans moins d'une demi-heure.

Il regarda sa montre, regarda la porte du bureau, et attendit.

Pendant ce temps, le policier emmenait l'ivrogne vers la rue Tooley. La partie la plus délicate de la performance était maintenant pour Pierce de se dégager du policier, car il ne voulait pas interrompre le rythme régulier de ses rondes. Il lui fallait donc faire vite.

Lorsqu'ils pénétrèrent dans la nuit brumeuse, Pierce prit une profonde respiration.

« Ah, fit-il, c'est une belle soirée, l'air est vif, ça revigore. »

Le policier considéra le brouillard épais.

« Pour moi, c'est plutôt frisquet.

— Eh bien, mon vieux, dit Pierce en ôtant la poussière de ses vêtements, et en affectant de se redresser comme si l'air de la nuit l'avait dessoûlé, je vous suis très reconnaissant de votre aide, et je peux vous assurer que je peux continuer tout seul.

— Vous n'allez pas créer d'autres ennuis ?

— Cher monsieur, dit Pierce en se redressant encore davantage, pour qui me prenez-vous ? »

Le policier regarda derrière lui la gare de London Bridge. Sa tâche était de faire sa ronde ; il n'était plus responsable de l'ivrogne qui s'était aventuré dans les lieux.

Et la ville était pleine d'ivrognes, surtout d'Irlandais qui parlaient trop.

« Alors tenez-vous tranquille, hein », dit le flic en le laissant partir.

« Bonne soirée monsieur l'agent », dit Pierce en s'inclinant. Puis il s'éloigna dans le brouillard en chantant : « Molly Malone ».

Pierce n'alla pas plus loin que le bout de la rue Tooley, à moins d'un bloc d'immeubles après l'entrée de la gare. Là, se trouvait une voiture, dissimulée dans le brouillard. Il regarda le cocher.

« Comment ça s'est passé? demanda Barlow.

— Pas de pépins, dit Pierce. J'ai donné deux ou trois minutes à Willy; ça devrait suffire.

— Willy est plutôt branque.

— Tout ce qu'il a à faire, répliqua Pierce, c'est de tourner les clefs dans les deux serrures. C'est quand même à sa portée! (Il regarda sa montre.) Nous allons le savoir bientôt. »

Et il s'éloigna sans bruit dans le brouillard, en direction de la gare.

A 11 h 30, Pierce occupait un poste lui permettant de voir l'escalier du bureau et le gardien. Le flic faisait sa ronde. Il fit signe de la main au gardien qui répondit à son salut. L'agent poursuivit son chemin; le gardien bâilla, se leva, et s'étira.

Pierce reprit son souffle et posa le doigt sur le bouton du chronomètre.

Le gardien descendit l'escalier, bâilla à nouveau, et se dirigea vers les waters. Il fit quelques pas et disparut au coin.

Pierce enfonça le bouton et compta tout bas :

« Une... deux... trois... »

Il vit apparaître Agar qui courait à toute vitesse, pieds nus pour ne pas faire de bruit, et qui s'élançait dans l'escalier.

« Quatre... cinq... six... »

Agar arriva à la porte, tourna le bouton; la porte s'ouvrit et Agar entra. La porte se referma.

« Sept... huit... neuf... »

« Dix », fit Agar, haletant, en parcourant le bureau du regard.

Clean Willy, tapi dans l'ombre, reprit le compte en grimaçant un sourire.

« Onze... douze... treize... »

Agar traversa la pièce jusqu'à l'armoire déjà ouverte. Il tira de sa poche la première des feuilles de cire, puis regarda les clefs dans l'armoire.

« Crédieu! chuchota-t-il.

— Quatorze... quinze... seize... »

Il y avait dans le placard des douzaines de clefs; des clefs de toutes sortes, grandes et petites, étiquetées et non étiquetées, toutes suspendues à des crochets. Il fut inondé de sueur.

« Crédieu!

— Dix-sept... dix-huit... dix-neuf... »

Agar était en train de prendre du retard. Cette certitude lui donnait la nausée; il était déjà en retard sur le minutage. Il observait les clefs, impuissant. Il ne pouvait prendre l'empreinte de toutes les clefs. Lesquelles étaient les bonnes?

« Vingt... Vingt et un... vingt-deux... »

La voix monotone de Clean Willy le rendait furieux. Agar aurait voulu s'élancer à travers la pièce pour étrangler le petit drôle. Il regardait l'armoire, pris d'une panique croissante. Il essaya de se remémorer l'aspect des deux autres clefs. Peut-être ces deux clefs-là étaient-elles semblables. Il scrutait l'armoire, en clignant des yeux, dans la mauvaise lumière du bureau.

« Vingt-trois... vingt-quatre... vingt-cinq... »

« Non de non, ça ne sert à rien », se dit-il tout bas. Puis il s'aperçut de quelque chose d'étrange; chaque crochet n'avait qu'une clef, sauf un qui en avait deux. Vite, il les décrocha. Elles ressemblaient à celles qu'il avait faites.

« Vingt-six... vingt-sept... vingt-huit... »

Il étala la première feuille, pressa dessus une face de la première clef sans la bouger, puis la détacha à l'aide de l'ongle. Comme tous les cambrioleurs, il avait l'ongle du petit doigt long.

« Vingt-neuf... trente... trente et un... »

Il prit la seconde feuille, retourna la clef d'une chique-naude, la pressa sur la cire pour obtenir l'autre face. Il la maintint d'une main ferme puis la souleva.

Le savoir-faire d'Agar entrait maintenant en jeu. Il avait au moins cinq secondes de retard sur le compte, mais il savait qu'il fallait absolument éviter de confondre les clefs. Il arrivait souvent qu'un cambrioleur pressé par le temps prenne deux empreintes de la même face de la clef; avec deux clefs, le risque de confusion était double. Rapidement, mais soigneusement, il remit la première clef à son clou.

« Trente-cinq... trente-six... trente-sept..., patron », dit Clean Willy. Clean Willy regardait par les fenêtres; le gardien allait revenir dans moins de trente secondes.

« Trente-huit... trente-neuf... quarante... »

Agar pressa doucement la seconde clef sur la troisième feuille de cire. Il la tint un instant, puis la sortit. L'empreinte était convenable.

« Quarante et un... quarante-deux... quarante-trois... »

Agar empocha l'empreinte et sortit sa quatrième feuille de cire. Il pressa l'autre face de la clef sur la matière molle.

« Quarante-quatre...   quarante-cinq...   quarante-six... quarante-sept... »

Tandis qu'Agar sortait la clef de la cire, la feuille se craqua en deux.

« Merde!

— Quarante-huit... quarante-neuf... cinquante... »

Il plongea la main dans sa poche pour prendre une autre feuille. Ses doigts étaient fermes mais la sueur lui coulait du front.

« Cinquante et un... cinquante-deux... cinquante-trois... »

Il tira une feuille vierge et refit la seconde face.

« Cinquante-quatre... cinquante-cinq... »

Il retira la clef, l'accrocha à son clou, et se précipita vers la porte, en tenant toujours entre ses doigts la dernière feuille de cire. Il quitta le bureau sans jeter un autre regard sur Willy.

« Cinquante-six », dit Willy en se précipitant immédiatement vers la porte pour la fermer.

Pierce vit sortir Agar avec cinq bonnes secondes de retard sur l'horaire. Son visage était rouge d'excitation.

« Cinquante-sept... cinquante-huit... »

Agar dévala les marches trois par trois.

« Cinquante-neuf... soixante... soixante et un... »

Agar traversa la gare en courant jusqu'à sa cachette.

« Soixante-deux... soixante-trois... »

Agar était caché.

Le gardien tourna le coin en reboutonnant son pantalon. Il se dirigea vers les marches.

« Soixante-quatre », dit Pierce en donnant une chiquenaude sur sa montre.

Le gardien reprit son poste sur l'escalier. Au bout d'un moment, il se mit à fredonner très doucement, et Pierce mit un moment à se rendre compte que c'était « Molly Malone ».

CHAPITRE 26

Le pot-de-vin du cheminot

« La distinction entre la cupidité sordide et l'ambition honnête peut être extrêmement subtile », déclarait, à ses lecteurs, le révérend Noël Blackwell, en 1853, dans son traité sur *Le progrès moral de la race humaine*. Personne n'appréciait mieux que Pierce le bien-fondé de ses paroles. Il avait préparé une entrevue qui devait avoir lieu au casino de Venise, rue Windmill. C'était un hall vaste et animé, brillamment éclairé par des myriades de lampes à gaz. Les jeunes gens faisaient tournoyer des filles enjouées, vêtues de couleurs vives. L'ensemble donnait une impression de faste élégant qui contredisait la réputation de l'endroit, lequel était censé être un lieu mal famé où se donnaient rendez-vous les prostituées et leur clientèle.

Pierce alla droit au bar où se trouvait un homme corpulent, en uniforme bleu à revers rayés d'argent, penché sur son verre. Dans le casino, l'homme paraissait nettement déplacé.

« Êtes-vous déjà venu ici ? » demanda Pierce.

L'homme se retourna.

« Vous êtes Mr. Simms ?

— En effet. »

L'homme parcourut la salle du regard, avec les femmes, les fanfreluches, les lampes brillantes.

« Non, dit-il, c'est la première fois que je viens ici.

— C'est animé, vous ne trouvez pas? »

L'homme haussa les épaules.

« Ça me dépasse un peu », dit-il finalement en se retournant pour considérer son verre.

« Et c'est cher », dit Pierce.

L'homme leva son verre.

« Deux shillings ce breuvage? Ouais, c'est cher.

— Laissez-moi vous en offrir un autre, dit Pierce en faisant signe au barman de sa main gantée. Où habitez-vous, Mr. Burgess?

— J'ai une piaule route Moresby, répondit l'homme corpulent.

— On m'a dit que l'air n'était pas bon par là.

— Oh, ça va, dit Burgess en haussant les épaules.

— Vous êtes marié?

— Oui. »

Le barman s'approcha et Pierce commanda deux autres verres.

« Que fait votre femme?

— De la couture. Ça rime à quoi toutes ces questions? » demanda Burgess avec impatience.

« Juste une petite conversation pour savoir si vous voudriez avoir davantage d'argent, dit Pierce.

— Faudrait être stupide pour cracher sur l'argent », dit brièvement Burgess.

— Vous travaillez sur le *Mary Blaine,* dit Pierce.

De plus en plus impatient, Burgess acquiesça en montrant d'une chiquenaude les lettres d'argent S.E.R. inscrites sur son col : c'était l'insigne de la *South Eastern Railway*; le Chemin de fer du Sud-Est.

Si Pierce posait ces questions, ce n'était pas pour s'informer. Il en savait déjà long sur Richard Burgess, surveillant du *Mary Blaine,* c'est-à-dire gardien de la voie ferrée. Il savait où vivait Burgess, ce que faisait sa femme, il savait qu'ils avaient deux enfants de deux et quatre ans, que celui de quatre ans était malade et avait besoin des visites fréquentes du médecin, ce que Burgess et sa femme ne pouvaient se permettre. Il savait que leur studio de la route Moresby était une pièce étroite, malpropre, aux murs écaillés, qui n'était aérée que par les fumées sulfureuses d'une usine à gaz adjacente.

Il savait que Burgess faisait partie de la catégorie de cheminots la plus mal payée. Un mécanicien était payé 35 shillings par semaine, un conducteur 25 shillings, un cocher, 20 ou 21, mais le garde était payé 15 shillings par semaine et devait s'estimer heureux de toucher cette somme.

La femme de Burgess gagnait 10 shillings par semaine, ce qui signifiait que la famille vivait sur un total de soixante-cinq livres par an.

Il fallait prélever là-dessus des dépenses particulières.

Burgess devait fournir son uniforme, de sorte que le revenu était sans doute plus proche de cinquante livres par an, et pour une famille de quatre personnes, c'était plutôt juste.

Beaucoup de Victoriens avaient des revenus de cet ordre, mais la plupart se faisaient des suppléments : heures supplémentaires, pourboires, un enfant employé dans l'industrie, tels étaient les moyens les plus usités. La famille Burgess ne bénéficiait d'aucun de ces expédients. Ils étaient obligés de vivre sur leur revenu et il n'y avait rien d'étonnant à ce que Burgess se sente mal à l'aise dans un établissement qui faisait payer un verre deux shillings. C'était bien au-dessus de ses moyens.

« De quoi s'agit-il ? demanda Burgess sans regarder Pierce.

— Je m'inquiétais au sujet de votre vue.

— Ma vue ?

— Oui, vos yeux.

— Mes yeux sont assez bons.

— Je me demande, dit Pierce, ce qui pourrait vous troubler la vue. »

Burgess soupira et garda un moment le silence. Finalement, il dit d'une voix fatiguée.

« J'ai fait un séjour à Newgate, il y a quelques années. Je n'ai pas envie de revoir le moulin.

— C'est tout à fait votre droit, dit Pierce. Et moi, je ne désire voir personne bousiller mon affaire. Nous avons chacun nos craintes. »

Burgess vida son verre d'un trait.

« Et qu'est-ce qu'il y a à gagner ? dit Burgess.

— Deux cents livres », dit Pierce.

Burgess toussa en se frappant la poitrine de son poing serré.

« Deux cents livres, répéta-t-il.

— Exactement, dit Pierce. En voilà déjà dix, pour vous prouver ma bonne foi. » Il tint le portefeuille de telle sorte que Burgess ne pouvait manquer de remarquer qu'il était gonflé. Il déposa les billets sur le bar.

« On se croirait dans un rêve, dit Burgess sans toucher a l'argent. Et le coup, c'est quoi ?

— Inutile de vous en inquiéter. Tout ce que vous aurez à faire, c'est vous occuper de votre vue.

— Alors qu'est-ce que je ne dois pas voir ?

— Rien qui puisse vous causer des ennuis. Vous ne serez plus jamais coffré, je vous le promets.

— Parlez clairement », s'entêta Burgess.

Pierce poussa un soupir. Il tendit la main vers l'argent.

« Je regrette, dit-il, je crois qu'il va me falloir m'adresser ailleurs. »

Burgess lui saisit la main.

« Pas si vite, dit-il, je m'informe, c'est tout.

— Je ne peux rien vous dire.

— Vous avez peur que je vous vende aux flics ?

— Ce sont des choses qui arrivent, dit Pierce.

— Je n'irai pas moucharder. »

Pierce haussa les épaules.

Il y eut un moment de silence. Finalement, Burgess tendit son autre main et s'empara des deux billets de cinq livres.

« Dites-moi ce que je dois faire, demanda-t-il.

— C'est très simple, répondit Pierce. Vous serez bientôt contacté par un homme qui vous demandera si c'est votre femme qui coud vos uniformes. Quand vous rencontrerez cet homme, il vous suffira de... regarder ailleurs.

— C'est tout?

— C'est tout.

— Pour deux cents livres?

— Pour deux cents livres. »

Burgess fronça un instant les sourcils puis se mit à rire.

« Qu'est-ce qu'il y a de drôle? demanda Pierce.

— Vous n'y arriverez jamais. Je peux vous le dire, c'est impossible. Même si je regarde ailleurs, vous ne pourrez jamais fracturer ces coffres. Il y a quelques mois, un môme s'est glissé dans le fourgon à bagages. Il voulait s'en prendre à ces coffres. Vas-y, que je lui ai dit. Il s'est échiné une demi-heure et n'est pas allé plus loin que le bout de mon nez. Alors je l'ai vivement éjecté, et il est tombé sur la caboche.

— Je sais, dit Pierce, j'observais. »

Burgess cessa de rire.

Pierce tira de sa poche deux guinées d'or qu'il jeta sur le comptoir.

« Il y a une poupée dans le coin, une belle petite vêtue de rose, je crois qu'elle vous attend », dit Pierce en se levant pour partir.

CHAPITRE 27

Perplexité de l' « éplucheur d'anguilles »

Les économistes du milieu de la période victorienne notent qu'un nombre croissant d'individus gagnaient leur vie avec ce qu'on appelle alors le *dealing*, terme général définissant la fourniture de biens et de services à la classe moyenne qui commence à se manifester. L'Angleterre était alors la plus riche nation de la terre et la plus riche en histoire. Pour toutes sortes de biens de consommation, la demande était insatiable, et la réponse était une spécialisation de la fabrication, de la distribution et de la vente des biens. C'est dans l'Angleterre victorienne que l'on entend parler pour la première fois d'ébénistes spécialisés dans les joints d'armoires, et de magasins vendant uniquement certains types d'armoires.

Cette spécialisation croissante se manifestait aussi dans la pègre, et elle n'était nulle part aussi marquée que dans le personnage de l' « éplucheur d'anguilles ». C'était en général un métallurgiste qui avait mal tourné ou qui était trop vieux pour suivre la marche impétueuse d'une production légale. Dans l'un ou l'autre cas, il disparaissait des milieux honnêtes pour réapparaître en fournisseur spécialisé d'articles métalliques pour malfaiteurs. Parfois ce fabricant de matraques était un faux-monnayeur n'ayant pu obtenir les coins qui lui auraient permis de frapper les pièces.

Quelle que soit son expérience son principal travail était de fabriquer des peaux d'anguille, ou matraques. Les plus anciennes étaient des saucissons de grosse toile, remplis de sable. Les agresseurs et détrousseurs pouvaient les porter dans leur manche jusqu'au moment où ils les abattaient sur leurs victimes. Plus tard, ces saucissons furent remplis de grenaille, de plomb, et utilisés de la même façon.

Un « éplucheur d'anguilles » fabriquait aussi d'autres articles. Le *needy* était une trique, parfois une simple barre de fer terminée par une bosse à l'une des extrémités. Le *sack* était fait de deux livres de grenaille de fer placées dans une solide enveloppe. Le *whippler* était un boulet attaché à une corde, que l'on utilisait pour frapper la tête de la victime. L'agresseur tenait le boulet à la main et le lançait au visage de la victime « comme un terrible yoyo ». Quelques manipulations avec ces armes, et l'on était sûr de neutraliser n'importe quelle proie; le vol pouvait alors s'effectuer sans encombres.

Lorsque les armes à feu se répandirent, les fabricants de matraques passèrent à la fabrication de balles. Quelques artisans habiles se mirent à fabriquer des assortiments de crochets ou rossignols, mais cela demandait pas mal de travail et la plupart s'en tinrent à des tâches plus simples.

Au début de juillet 1855, un fabricant de matraques, du nom de Harkins, reçut la visite d'un gentleman à barbe rousse. Celui-ci lui déclara qu'il voulait acheter une certaine quantité de grenaille LC.

« C'est facile, dit le fabricant. Je fais toutes sortes de plombs et je peux très bien faire du LC. Combien vous en faut-il?

— Cinq mille, dit le gentleman.

— Je vous demande pardon?

— J'ai dit que je voulais cinq mille plombs LC. »

Le fabricant cligna des paupières.

« Cinq mille... ça fait un paquet. C'est... voyons... six LC l'once. Donc... » Il regarda fixement le plafond en tirant sur sa lèvre supérieure.

« Et seize... voyons, ça fait... Miséricorde, plus de cinquante livres en tout.

— Je crois bien, dit le gentleman.

— Vous voulez cinquante livres de plombs LC?

— J'en veux cinq mille, oui.

— Cinquante livres de plombs, ça demande du travail, et avec le moulage... oui, c'est pas rien. Ça prendra du temps, cinq mille LC, un bon bout de temps.

— Il me les faut dans un mois, dit le gentleman.

— Un mois... un mois. Voyons un peu... coulage, une centaine par matrice... Oui, bon. »

Le fabricant acquiesça.

« Ça ira, vous aurez vos cinq mille dans un mois. Vous en faites collection?

— Oui », dit le gentleman et en se penchant d'un air de conspirateur. « C'est pour l'Écosse, voyez-vous.

— L'Écosse?

— Oui, l'Écosse.

— Ah oui, je comprends maintenant », dit le fabricant de matraques, visiblement dans le noir. L'homme à la barbe rousse donna un acompte et s'en alla, laissant le fabricant dans un état de perplexité avancée. Celui-ci aurait été encore plus perplexe s'il avait su que ce gentleman avait rendu visite à des fabricants de Newcastle-sur-Tyne, Birmingham, Liverpool et Londres, et qu'il avait fait à chacun une commande identique, de sorte que le total était de deux cent cinquante livres de plombs. A quoi cela pouvait-il servir?

CHAPITRE 28

La touche finale

Au milieu du siècle, Londres avait six journaux du matin, trois du soir et vingt hebdomadaires influents. Cette période marque le début d'une presse organisée, dotée d'assez de pouvoir pour modeler l'opinion publique, et finalement les événements politiques. On put voir en janvier 1855, le caractère imprévisible de cette puissance.

Le premier correspondant de guerre de l'histoire, William Howard Russel, se trouvait en Russie avec les troupes de Crimée, et ses dépêches au *Times* avaient soulevé une violente indignation dans son pays. La charge de la brigade légère, le gâchis de la campagne de Balaklava, l'hiver désastreux pour les troupes britanniques, qui faute de nourriture et de médicaments avaient subi cinquante pour cent de mortalité, tout cela était rapporté dans la presse à un public de plus en plus furieux.

En janvier cependant, le commandant des forces britanniques, lord Raglan, tomba gravement malade, et lord Cardigan, « hautain, riche, égoïste et stupide », l'homme qui avait bravement conduit sa brigade légère à un désastre complet, puis était retourné sur son yacht pour boire du champagne et dormir, lord Cardigan était rentré chez lui et toute la presse le célébrait comme un grand héros national. Il n'était que trop heureux de jouer ce rôle. Vêtu de l'uniforme qu'il avait porté à Balaklava, il était assiégé dans chaque ville par les foules. On arrachait des poils de la queue de son cheval pour les garder en souvenir. Les boutiques de Londres copiaient sous le nom de cardigan la jaquette de laine qu'il avait portée en Crimée, et il s'en vendait des milliers.

Cet homme, connu par ses propres troupes comme « l'âne dangereux », parcourait le pays en débitant des discours relatant ses prouesses, lorsqu'il avait conduit la charge.

Au fur et à mesure que les mois s'écoulaient, son émotion augmentait ; il était souvent obligé de s'arrêter dans ses péroraisons et de se ressaisir. La presse ne cessa jamais de le porter aux nues, sans pressentir l'opprobre que jetteraient plus tard les historiens sur le héros.

Si la presse était capricieuse, les goûts du public l'étaient encore plus. En dépit de toutes les nouvelles irritantes venues de Russie, les dépêches qui intriguaient le plus les Londoniens en ce mois de janvier, concernaient un léopard mangeur d'hommes qui menaçait Naini Tal, au nord de l'Inde, non loin de la frontière de la Birmanie. On disait que le mangeur d'hommes de Panar avait tué plus de quatre cents indigènes, et les comptes rendus étaient remarquables par leurs détails vivants, presque attrayants. « La vicieuse bête de Panar, écrit un correspondant, tue pour le plaisir, et non pour se nourrir. Elle goûte rarement le corps de ses victimes, cependant elle a mangé il y a deux semaines la partie supérieure du buste d'un enfant qu'elle avait arraché de son berceau. La majorité de ses victimes sont d'ailleurs des enfants de moins de dix ans qui ont le malheur de s'écarter du centre du village après la tombée de la nuit. Les victimes sont en général mutilées et meurent par suite d'infection de leurs blessures. Mr. Redby, un chasseur de la région, dit que ces infections sont provoquées par la chair pourrie, logée dans les griffes de la bête. Le tueur de Panar est d'une vigueur extrême et on l'a vu emporter entre ses mâchoires une fillette déjà grande. La victime se débattait en criant lamentablement. »

Toutes ces histoires faisaient les délices des conversations; les femmes rougissaient en étouffant de petits rires, et s'exclamaient, tandis que les hommes, surtout ceux qui avaient fait les Indes, parlaient, en connaisseurs, des mœurs de cette bête et de sa nature. La Compagnie des Indes orientales possédait une maquette intéressante de tigre en train de dévorer un Anglais et les foules fascinées allaient l'admirer. (On peut encore voir cette maquette au musée Victoria et Albert.)

Et lorsque le 17 février 1855, un léopard adulte arriva dans une cage à la gare terminale de London Bridge, il suscita une considérable agitation — bien plus que l'arrivée, peu de temps auparavant, de gardes armés portant des coffres remplis d'or qui furent chargés dans le fourgon à bagages de la S.E.R.

C'était une bête hargneuse, et de bonne taille. Elle gronda en se jetant sur les barreaux de sa cage quand on la chargea dans le même fourgon à bagages que l'or, dans le train Londres-Folkestone. L'animal était accompagné de son gardien, chargé de veiller au bien-être de la bête, et de protéger le surveillant du fourgon s'il survenait quelque problème imprévu.

Avant le départ du train, le gardien expliqua à la foule de badauds et enfants curieux que la bête ne mangeait que de la viande crue, que c'était une femelle de quatre ans, et qu'elle était destinée au continent où elle devait être offerte à une dame de la bonne société.

Le train quitta la gare peu après 8 heures et le surveillant du fourgon ferma la porte coulissante. Il y eut un bref silence tandis que le léopard arpentait sa cage d'un pas majestueux en poussant des grognements intermittents. Le surveillant du chemin de fer finit par dire :

« Avec quoi la nourrissez-vous? »

Le garde de l'animal se tourna vers lui :

« C'est votre femme qui vous coud vos uniformes? » demanda-t-il.

Burgess se mit à rire.

« Vous voulez dire que c'est vous ? »

Le garde ne répondit pas. Il ouvrit un petit sac de cuir, et en sortit un bocal de graisse, plusieurs clefs, et une collection de limes, de formes et de tailles différentes.

Il s'approcha immédiatement des deux coffres-forts Chubb, enduisit les quatre serrures de graisse et commença à ajuster ses clefs. Burgess regardait sans trop s'intéresser ; il savait que des clefs grossièrement copiées sur des empreintes de cire ne pouvaient fonctionner sur un coffre perfectionné sans être au préalable polies et affinées. Il était tout de même impressionné ; il n'aurait jamais imaginé que l'affaire serait exécutée avec une telle audace.

« Où avez-vous pris les empreintes ? demanda-t-il.

— Çà et là, répondit Agar en ajustant et en limant.

— Ils gardent ces clefs séparément.

— Eh oui, dit Agar.

— Alors, comment avez-vous pu les avoir ?

— Ne vous occupez pas de ça », dit Agar en continuant à travailler.

Burgess l'observa un moment puis regarda le léopard.

« Combien pèse-t-il ?

— Demandez-le-lui, dit Agar d'un ton irrité.

— Vous allez prendre l'or aujourd'hui ? » demanda Burgess tandis qu'Agar arrivait à ouvrir l'une des portes du coffre. Agar ne répondit pas ; pétrifié, il fixa un moment des yeux l'intérieur du coffre.

« Je vous demande si vous allez prendre l'or aujourd'hui ?

— Non, dit Agar en fermant la porte. Maintenant cessez de bavasser. »

Burgess se tut.

Tandis que le train de voyageurs cheminait de Londres vers Folkestone, Agar travaillait sur ses clefs. Au bout d'une heure, il put ouvrir et fermer les deux coffres. Ensuite il nettoya les serrures à l'alcool et les sécha avec un linge. Il reprit finalement ses quatre clefs, les mit soigneusement dans sa poche et s'assit pour attendre l'arrivée du train, à la gare de Folkestone.

Il retrouva Pierce à la gare et celui-ci l'aida à décharger le léopard.

« Ça a marché?

— Les dernières retouches sont faites, dit Agar avec un sourire. C'est l'or, n'est-ce pas? L'or de Crimée? C'est ça le gros coup?

— Oui, dit Pierce.

— Quand?

— Le mois prochain. »

Le léopard montra les dents.

TROISIÈME PARTIE

Retards et difficultés

Mars-mai 1855

CHAPITRE 29

Empêchements mineurs

A l'origine, les cambrioleurs avaient eu l'intention de prendre l'or pendant la prochaine expédition en Crimée. Le plan était extrêmement simple. Pierce et Agar devaient monter dans le train à Londres et chacun d'eux devait avoir fait enregistrer plusieurs lourdes sacoches, mises dans le fourgon à bagages.

Les sacoches étaient remplies de sacs de plombs.

Agar devait retourner dans le fourgon à bagages, et pendant que Burgess détournerait les yeux, Agar ouvrirait les coffres, retirerait l'or et le remplacerait par la grenaille. Ces sacoches seraient jetées du train à un endroit déterminé et ramassées par Barlow. Celui-ci irait ensuite en voiture à Folkestone où il retrouverait Pierce et Agar.

Pendant ce temps les coffres d'or — toujours aussi lourds — seraient transportés jusqu'au bateau partant pour Ostende, et les autorités françaises ne découvriraient le vol que des heures plus tard. Il y aurait tellement de gens impliqués dans l'affaire qu'il n'y aurait aucune raison de soupçonner spécialement Burgess; en tout cas, les relations franco-anglaises étaient plutôt tendues à cause de la guerre de Crimée, et les Français auraient tendance à accuser les Anglais du vol, et vice-versa. Les cambrioleurs pouvaient compter sur la confusion pour brouiller les idées de la police.

Le plan semblait à toute épreuve et l'équipe se préparait à l'exécuter à la prochaine expédition d'or, prévue pour le 14 mars 1855.

Le 2 mars, « ce démon à forme humaine » qu'était le tsar Nicolas Ier de Russie mourut subitement. La nouvelle de sa mort provoqua un trouble considérable dans les milieux d'affaires et les milieux financiers. Pendant plusieurs jours, on douta de la véracité des informations reçues, et quand la nouvelle de sa mort fut confirmée, les cours de la bourse, à Paris et à Londres, remontèrent largement. Mais l'une des conséquences de l'incertitude générale fut que l'expédition d'or fut reportée au 27 mars. Après le 14, Agar était tombé dans une sorte de dépression, et il était gravement malade : ses ennuis pulmonaires reprenaient de façon aiguë. L'occasion fut donc manquée.

La société *Huddleston & Bradford* faisait des expéditions d'or une fois par mois ; il n'y avait plus maintenant que onze mille hommes en Crimée, par rapport au soixante-dix mille Français, et la plupart des soldes étaient payées directement de Paris. Pierce et ses compagnons furent donc obligés d'attendre jusqu'en avril.

La prochaine expédition était prévue pour le 19 avril. Les cambrioleurs recevaient alors leurs informations sur le programme des expéditions, d'une fille du nom de Susan Lang, favorite de Mr. Fowler. Mr. Fowler aimait impressionner la simple fille avec des épisodes montrant son importance dans le monde de la banque et du commerce, et de son côté la pauvre fille, ne comprenant pas grand-chose à tout cela, semblait absolument fascinée par tout ce qu'il disait.

Susan Lang n'était pas du tout simplette, mais elle donna cependant des renseignements erronés ; l'or partit le 18 avril, mais quand Pierce et Agar arrivèrent à la gare de London Bridge pour prendre le train de 19 heures, Burgess les informa de leur erreur. Pour sauvegarder les apparences, Pierce et Agar firent tout de même le trajet, mais

Agar déclara au tribunal que Pierce fut durant ce voyage
« de très méchante humeur ».

La prochaine expédition était prévue pour le 22 mai.
Pour empêcher d'autres accrocs, Pierce prit le risque
d'établir un système de communication entre Agar et
Burgess. Ce dernier pouvait atteindre Agar à n'importe
quelle heure par l'intermédiaire d'un propriétaire d'une
maison de jeu, du nom de Smashing Billy Banks; et Agar
devait entrer en contact avec Banks s'il y avait quelque
changement au programme prévu. Agar se manifesterait
quotidiennement auprès de Banks.

Le 10 mai, Agar alla trouver Pierce avec des nouvelles
désastreuses : les deux coffres avaient été enlevés de
l'entrepôt du Chemin de fer du Sud-Est et retournés au
fabricant, Chubb, pour « réfection ».

« Réfection? dit Pierce. Qu'est-ce que vous voulez dire
par là? »

Agar haussa les épaules.

« C'est ce qu'on dit dans le métier.

— Ce sont les coffres les plus soignés du monde, dit
Pierce. On ne les rapporte pas pour réfection. (Il fronça les
sourcils.) Qu'ont-ils donc qui ne va pas? »

Agar haussa les épaules.

« Espèce de bâtard, dit Pierce, est-ce que vous auriez
éraflé les serrures avec vos retouches? Je jure que si
quelqu'un a repéré vos éraflures...

— J'ai soigneusement graissé la serrure, dit Agar. Je sais
qu'ils ont l'habitude de chercher les éraflures. Je peux vous
l'affirmer, je n'ai pas laissé la moindre trace dessus. »

L'assurance calme d'Agar convainquit Pierce que le
perceur de coffres-forts disait la vérité. Pierce soupira.

« Alors pourquoi?

— Je ne sais pas, dit Agar. Vous connaissez un homme
de chez Chubb qui nous refilerait des renseignements?

— Non, dit Pierce, et je n'essaierai pas de ce côté. Ils
ne sont pas tombés de la dernière pluie, chez Chubb. »

La firme du fabricant de coffres choisissait soigneusement ses employés. Les hommes n'étaient engagés et renvoyés qu'avec réticence et on leur répétait constamment de prendre garde aux gens de la pègre qui pourraient essayer de les acheter.

« On essaie de les mettre dedans, alors », suggéra Agar.

Pierce secoua la tête.

« Pas moi, dit-il. Ils sont trop attentifs. Je ne serais jamais capable de leur faire avaler ça. »

Il regarda pensivement au loin.

« Qu'y a-t-il ? demanda Agar.

— Je pensais, dit Pierce, qu'ils ne soupçonneraient jamais une dame. »

CHAPITRE 30

Une visite à Mr. Chubb

Chubb était depuis longtemps devenu, dans le domaine des coffres, ce que deviendra Rolls-Royce, dans le domaine des automobiles, et Otis, dans celui des ascenseurs. Le chef de cette vénérable firme, Mr. Laurence Chubb Jr, ne se souvint pas plus tard — ou prétendit ne pas se souvenir — de la visite d'une belle jeune femme, en mai 1855. Mais un employé de la compagnie avait été suffisamment impressionné par la beauté de la dame pour se la rappeler avec précision.

Elle arriva dans une voiture élégante avec des valets de pied en livrée, et se précipita d'un pas impérieux dans la firme, sans la moindre escorte. Elle était extrêmement bien vêtue et parlait avec autorité; elle demanda à voir Mr. Chubb, et immédiatement.

Quand Mr. Chubb apparut un moment plus tard, la dame déclara être lady Charlotte Simms; elle et son mari invalide avaient une propriété à la campagne, dans les Midlands, et de récents cas de vol dans le voisinage, l'avaient convaincue de la nécessité d'avoir un coffre.

« Eh bien, vous êtes ici dans le meilleur magasin de Christendom, dit Mr. Chubb.

— C'est ce qu'on m'a dit », répliqua lady Charlotte, d'un air nullement convaincu.

« C'est vrai, madame, nous fabriquons les coffres les

plus fins du monde, et dans toutes les tailles et tous les genres, et ils surpassent même les meilleurs coffres allemands de Hambourg.

— Je vois.

— Qu'y a-t-il pour votre service? »

Malgré toute son autorité, lady Charlotte sembla alors embarrassée. Elle fit des gestes avec ses mains :

« Oh! simplement un large coffre, comme ça.

— Madame, dit sévèrement Mr. Chubb, nous fabriquons des coffres à simple épaisseur et à double épaisseur; des coffres en acier et des coffres en fer; des coffres à serrure et des coffres à combinaison; des coffres portables et des coffres fixes; des coffres d'un volume de cent centimètres cubes et des coffres d'un volume de deux cents mètres cubes; des coffres montés avec serrure simple et double serrure — ou triple si le client le souhaite.

Cette énumération parut décontenancer lady Charlotte. Elle semblait un peu perdue — comme toute femme confrontée avec des questions matérielles.

« Eh bien, dit-elle, je, ah, je ne sais plus...

— Peut-être madame veut-elle consulter notre catalogue, qui est illustré et montre nettement l'aspect de nos différents modèles?

— Oui, très bien, c'est une bonne idée.

— Par ici, je vous en prie. »

Mr. Chubb la conduisit dans son bureau et la fit asseoir à sa table. Il sortit le catalogue et l'ouvrit à la première page. La femme y jeta à peine les yeux.

« Ils semblent plutôt petits.

— Ce ne sont que des dessins, madame. Vous remarquerez que les véritables dimensions sont indiquées à côté de chaque modèle. Par exemple, ici...

— Monsieur Chubb, l'interrompit-elle d'un ton sérieux. J'ai besoin de votre aide. Il se trouve que mon mari vient de tomber malade et qu'il ne peut s'occuper de cette affaire lui-même. A dire vrai, je ne connais rien à ces questions, et je prierais mon frère de m'aider s'il n'était actuellement à l'étranger pour affaires. Peut-être pourriez-vous me montrer quelques coffres?

— Pardonnez-moi, madame, dit Mr. Chubb en se précipitant pour l'aider à se lever. Bien sûr. Comme vous pouvez l'imaginer, nous n'avons pas de salle d'exposition — et je vous demande vivement de nous excuser pour la poussière, le bruit et l'agitation que vous pourrez trouver. Je peux vous montrer les divers coffres que nous fabriquons. »

Il reconduisit lady Charlotte dans le long atelier situé derrière les bureaux. Une douzaine d'hommes étaient occupés à marteler, ajuster, fondre et souder. Le bruit était si intense que Mr. Chubb dut crier pour se faire entendre de lady Charlotte, et la charmante jeune femme frémit devant un tel vacarme.

« Nous avons cette version, dit-il, d'un volume de deux cent soixante centimètres cubes, double épaisseur, acier trempé d'un millimètre et demi, avec isolation de brique séchée, provenant de la Cornouaille. C'est un excellent coffre intermédiaire, pour de nombreuses utilisations.

— Il est trop petit.

— Très bien, madame, trop petit. Il y a celui-là — il redescendit la rangée — c'est une de nos plus récentes créations. C'est un coffre à paroi simple en acier de trois millimètres, d'épaisseur avec charnière intérieure et d'un volume de... »

Il se tourna vers l'ouvrier. « Quel est le volume?

— Celui-là, est de deux et demi », dit l'homme.

— Soixante-dix décimètres cubes, dit Mr. Chubb.

— Encore trop petit.

— Très bien, madame, trop petit. Si vous voulez venir par ici, et il conduisit sa cliente plus loin dans l'atelier. Lady Charlotte toussa délicatement en traversant un nuage de poussière de brique.

« Il y a ce modèle », commença Mr. Chubb.

« Là », dit lady Charlotte, pointant le doigt vers l'autre côté de la salle. « C'est cette taille que je veux.

— Vous voulez dire ces deux coffres là-bas?

— Oui, ceux-là. »

Ils traversèrent la pièce.

« Ces coffres », dit Mr. Chubb, « sont les exemples les plus raffinés de notre fabrication. Ils sont la propriété de la banque *Huddleston & Bradford,* et on les utilise pour les expéditions d'or en Crimée. Naturellement, la sécurité est parfaite. Mais on les vend en général pour des sociétés et pas pour des particuliers.

— C'est le coffre que je veux, dit-elle. Elle les considéra d'un air soupçonneux. Ils n'ont pas l'air très neufs.

— Oh non, madame, ils ont près de deux ans maintenant. »

Cette information sembla inquiéter lady Charlotte.

« Deux ans? Pourquoi sont-ils retournés? Ont-ils quelque défaut?

— Non, absolument pas. Un coffre Chubb n'a pas de défauts. On les a simplement retournés pour faire remplacer les chevilles servant à fixer le chariot. Deux d'entre elles ont cédé. Voyez-vous, le voyage en chemin de fer, et la vibration des roues travaillent sur les boulons qui fixent le coffre au plancher du fourgon à bagages. » Il haussa les épaules. « Ces détails ne vous concernent pas. Ces coffres n'ont aucun défaut et nous ne faisons aucune modification. Nous ne faisons que remplacer les boulons de fixation.

— Je vois qu'ils ont des doubles serrures.

— Oui, madame, la firme a demandé des mécanismes à double serrure. Comme je crois vous l'avoir mentionné, nous installons aussi des triples serrures si le client le demande. »

Lady Charlotte examina les serrures.

« Trois semble excessif. Ça doit plutôt être un ennui de manœuvrer trois serrures pour ouvrir un coffre. Ces serrures sont-elles sûres?

— Oh! absolument. Tellement qu'en deux ans, aucun cambrioleur n'a essayé de les forcer. Ce serait en tout cas sans espoir. Ces coffres sont à paroi double en acier trempé de trois millimètres d'épaisseur. Il est impossible de les fracturer. »

Lady Charlotte examina pensivement les coffres pendant quelques instants et inclina la tête.

« Très bien, dit-elle, j'en prends un. Veuillez le faire porter dans ma voiture.

— Je vous demande pardon.

— Je dis que je prends un coffre comme ceux que je vois là. C'est exactement ce dont j'ai besoin.

— Madame, dit patiemment Mr. Chubb, nous ne travaillons que sur commande.

— Vous voulez dire que vous n'en avez pas de disponible pour la vente?

— Aucun coffre terminé, non, madame, je regrette beaucoup. Chaque coffre est fabriqué séparément selon les désirs du client. »

Lady Charlotte sembla très irritée.

« Alors puis-je l'avoir demain matin? »

Mr. Chubb déglutit.

« Demain matin? — hum, en règle générale, madame, il nous faut six semaines pour fabriquer un coffre. Si besoin est, nous pouvons en faire un en quatre semaines, mais...

— Quatre semaines? Ça veut dire un *mois*?

— Oui, madame.

— Je désire acheter un coffre *aujourd'hui*.

— Oui, madame, je comprends. Mais comme j'ai essayé de vous l'expliquer, chaque coffre doit être fabriqué séparément, et le délai le plus court...

— Monsieur Chubb, vous me prenez pour une idiote. Mais je vous ferai revenir sur votre opinion. Je suis venue ici dans le but d'acheter un coffre et maintenant je découvre que vous n'en avez aucun à vendre...

— Madame, je vous en prie.

— Mais au contraire que vous voulez m'en faire un pour dans un mois seulement. Dans un mois, les brigands du voisinage seront probablement venus et repartis, et votre coffre n'aura plus le moindre intérêt pour moi ou mon mari. Je vais faire affaire ailleurs. Bonjour monsieur, et merci pour le temps que vous m'avez consacré. »

Et lady Charlotte quitta sur ses mots la maison Chubb. Et l'on entendit Mr. Laurence Chubb Jr murmurer à voix basse : « Ah les femmes! »

C'est ainsi que Pierce et Agar apprirent que la réfection n'impliquait pas un changement de serrures sur les coffres. C'était tout ce qu'ils voulaient savoir et ils firent leurs derniers préparatifs pour le hold-up qui devait avoir lieu le 22 mai 1855.

CHAPITRE 31

L'homme-serpent moucharde

Une semaine plus tard, les plans étaient encore bouleversés. Le 17 mai 1855, Pierce reçut une lettre écrite d'une main gracieuse et cultivée. Voici ce que disait la lettre :

> *Cher monsieur,*
>
> *Je vous serais extrêmement obligé si vous acceptiez de me rencontrer au Palace, à Sydenham, cet après-midi à 4 heures, pour discuter certaines questions d'intérêt mutuel.*
>
> *Très respectueusement vôtre.*
>
> William Williams, Esq.

Pierce regarda la lettre avec consternation. Il la montra à Agar, mais Agar ne savait pas lire, de sorte que Pierce dut lui faire la lecture à voix haute. Agar fixait la calligraphie.

« Clean Willy s'est trouvé un scribouillard pour ce machin, dit-il.

— Manifestement, affirma Pierce, mais pourquoi ?

— Peut-être qu'il veut vous taper.

— Si c'est tout ce qu'il veut, tant mieux, dit Pierce.

— Vous allez le rencontrer ?

— Naturellement. Vous faites le guet pour moi ? »

Agar acquiesça.

« Vous voulez Barlow? Une bonne matraque peut éviter pas mal de grabuge.

— Non, dit Pierce. Ça leur mettrait la puce à l'oreille.

— Bon, dit Agar, simplement le guet ne sera pas facile au *Palace*.

— Je suis sûr que Willy le sait », dit mélancoliquement Pierce.

Il faut dire un mot sur le *Crystal Palace,* ce bâtiment magique symbole du siècle victorien. C'était une énorme bâtisse de verre à trois étages, couvrant dix-neuf acres. Elle avait été érigée en 1851 à Hyde Park, pour loger la Grande Exposition de cette année-là, et impressionnait tous les visiteurs. Même dans les croquis qu'on en a gardés, le *Crystal Palace* est étonnant pour un œil moderne, et toute cette surface de verre brillant dans la lumière de l'après-midi, devait être un spectacle unique. Il n'est pas surprenant que le *Palace* ait représenté dès cette époque l'esthétique technologique d'avant-garde de la nouvelle société victorienne, axée sur l'industrie.

Mais ce bâtiment fabuleux est pratiquement dû au hasard. Le prince Albert en personne entreprit dès 1850 d'organiser la Grande Exposition. Il fallut bientôt décider du Grand hall d'exposition et de l'endroit où il serait placé.

Le bâtiment devait être très large. Mais quelle sorte de bâtiment et où le mettre? Un concours organisé en 1850 apporta plus de deux cents projets, mais il n'y eut aucun gagnant. C'est ainsi que le Comité de la construction ébaucha lui-même un plan qui prévoyait une monstruosité de brique : cette effrayante bâtisse devait durer quatre fois plus que l'abbaye de Westminster et s'enorgueillir d'un dôme plus large que celui de St. Peter. La construction serait située à Hyde Park.

L'opinion publique protesta contre la destruction des arbres, la gêne pour les cavaliers, la ruine générale du site, etc. D'autre part, le Parlement sembla répugner à permettre que Hyde Park soit utilisé comme emplacement.

Entre-temps, le Comité de la construction découvrit que

ces plans nécessitaient dix-neuf millions de briques. Jusqu'à l'été de 1850, il y avait trop peu de temps pour faire toutes ces briques et construire simultanément le grand hall pour l'ouverture de l'exposition. Il courait même de sombres rumeurs selon lesquelles l'exposition serait supprimée ou du moins retardée.

C'est à ce moment que le jardinier du duc du Devonshire, Joseph Paxton, proposa qu'on érige une grande serre qui servirait de hall d'exposition. Finalement, on accepta son plan original qui, tracé sur un morceau de papier buvard, présentait diverses qualités.

Premièrement, les arbres de Hyde Park étaient épargnés; deuxièmement, le matériau principal, le verre, pouvait être repris après l'exposition et replacé ailleurs. Le Comité accepta d'un entrepreneur un devis de 79 800 livres pour ériger cette structure géante, ce qui fut fait en sept mois seulement, et suscita ensuite les applaudissements de tous.

La réputation d'une nation et d'un empire fut ainsi sauvée par un jardinier, et le jardinier, fait chevalier.

Après l'exposition, le grand hall fut démonté et transporté à Sydenham dans le sud-est de Londres. A cette époque, Sydenham était un endroit plaisant avec de belles maisons et des champs ouverts, et le *Crystal Palace* s'accordait parfaitement au paysage. Un peu avant 4 heures, Edward Pierce pénétra dans le bâtiment pour retrouver Clean Willy Williams.

Le hall gigantesque contenait plusieurs expositions permanentes dont la plus impressionnante offrait des reproductions grandeur nature des statues massives de Ramsès II, à Abou Simbel. Mais Pierce ne prêta aucune attention à ces curiosités, ni aux bassins de lis et pièces d'eau disposés partout.

Il y avait un concert de cuivres. Pierce aperçut Clean Willy assis sur l'un des rangs de gauche. Il vit aussi Agar, déguisé en officier en retraite, qui somnolait dans un autre coin. L'orchestre jouait bruyamment. Pierce se glissa sur le siège à côté de Willy.

« Qu'y a-t-il ? » demanda Pierce à voix basse. Il regarda l'orchestre et se dit qu'il n'aimait pas la musique de fanfare.

« J'ai besoin de fric, dit Willy.

— On vous a payé.

— J'ai besoin de plus », dit Willy.

Pierce lui jeta un regard. Willy transpirait et il était crispé, mais il ne regardait pas nerveusement autour de lui comme l'aurait fait tout homme nerveux ordinaire.

« On vous a monté le coup, Willy ?

— Non.

— On a pris contact avec vous ?

— Non, je jure que non.

— Willy, dit Pierce, si vous m'avez mouchardé, je vous descends.

— Je le jure, dit Willy. Un fafiot ou deux, c'est tout ce que je demande, et après c'est fini. »

A ce moment, l'orchestre entonna la *Marseillaise*, dans un élan de soutien pour ses alliés. Quelques auditeurs eurent la mauvaise grâce de siffler.

« Vous transpirez, Willy, dit Pierce.

— S'il vous plaît, monsieur, un fafiot ou deux, c'est tout ce que je demande. »

Pierce plongea la main dans son portefeuille et en retira deux billets de cinq livres.

« Ne me blousez pas, dit Pierce, sinon, je ferai ce qui doit être fait.

— Merci monsieur, merci », dit Willy en empochant prestement l'argent. « Merci monsieur. »

Pierce le laissa sur place. Il quitta le *Palace*, sortit dans le parc, et se dirigea rapidement vers Harleigh Road. Là, il s'arrêta pour ajuster son chapeau. Ce geste fut repéré par Barlow dont le fiacre était posté au bout de la rue.

Pierce descendit ensuite lentement Harleigh Road, avec l'allure d'un gentleman détendu qui se promène tranquillement pour prendre l'air. Quelles que fussent ses pensées, elles furent interrompues par le bruit d'un sifflet de chemin de fer et le fracas d'un train passant tout près. En regardant par-dessus les arbres et les toits des maisons, il vit des bouffées de fumée noire se répandre dans les airs. Automatiquement, il consulta sa montre; c'était le train de l'après-midi du Chemin de fer du Sud-Est, qui revenait de Folkestone, et se dirigeait vers la gare de London Bridge.

CHAPITRE 32

Incidents mineurs

Le train continua en direction de Londres, ainsi que Mr. Pierce. Au bout de Harleigh Road, près de l'église St. Martin, il héla un fiacre et se fit conduire à Regent Street, au centre de la ville.

Pierce descendit Regent Street d'un air désinvolte, sans jeter un coup d'œil par-dessus son épaule, mais en s'arrêtant fréquemment pour regarder les vitrines le long de la rue, et observer le reflet dans les vitres.

Ce qu'il vit ne lui plut guère, mais de plus, cette voix familière qui lui criait : « Edward, cher Edward », le prenait entièrement au dépourvu.

En grommelant intérieurement, Pierce se tourna pour voir Elisabeth Trent. Elle faisait des courses, accompagnée par un groom en livrée qui portait des paquets aux emballages rutilants. Elisabeth Trent rougit fortement :

« Je... pourquoi, je dois dire que c'est une surprise extraordinaire.

— Je suis ravi de vous voir », dit Pierce en s'inclinant et en posant un baiser sur sa main.

« Je... oui, je... » Elle retira sa main et la frotta contre l'autre. « Edward, dit-elle en prenant une profonde respiration, Edward, je ne savais pas ce que vous étiez devenu.

— Je dois vous présenter mes excuses, dit Pierce doucement. J'ai été appelé brusquement à l'étranger pour affaires, et je suis sûr que ma lettre de Paris était insuffisante pour votre sensibilité heurtée.

— Paris? dit-elle en fronçant les sourcils.

— Oui. N'avez-vous pas reçu ma lettre de Paris?

— Non, pourquoi?

— Crénom », dit Pierce qui présenta immédiatement ses excuses pour son langage énergique. « Ce sont les Français, dit-il, ils sont horriblement empotés. Si seulement j'avais su, mais je n'ai jamais soupçonné... et comme vous ne m'avez pas répondu à Paris, j'ai supposé que vous étiez très en colère...

— Moi? En colère? Edward, je vous assure, commença-t-elle. Mais quand êtes-vous rentré?

— Il y a seulement trois jours, dit Pierce.

— Comme c'est étrange », dit Elisabeth Trent avec un soudain air de perspicacité non féminine, Mr. Fowler était à un dîner il y a quinze jours, et il a dit qu'il vous avait vu.

— Je ne voudrais pas contredire un associé de votre père, mais Henry a la déplorable habitude de mélanger les dates. Je ne l'ai pas vu depuis près de trois mois. Et comment va votre père? ajouta rapidement Pierce.

— Mon père? Oh, mon père va bien, merci. » Sa lucidité avait fait place à un air de confusion.

« Edward, je... mon père, a dit sur votre caractère des mots plutôt désagréables.

— Vraiment?

— Oui. Il vous a traité de fripouille. (Elle soupira.) Et pire.

— Je comprends très bien, étant donné les circonstances mais...

— Mais maintenant, dit Elisabeth Trent avec une soudaine détermination, puisque vous êtes rentré en Angleterre, j'espère que nous vous verrons à la maison? »

Ce fut alors au tour de Pierce d'être fortement décontenancé.

« Ma chère Elisabeth, bredouilla-t-il, je ne sais comment vous dire ça », et il s'arrêta et secoua la tête. Il semblait sur le point de fondre en larmes. « Comme je n'entendais pas parler de vous à Paris, j'ai naturellement supposé que vous étiez fâchée contre moi et... comme le temps passait... » Pierce se raidit soudainement. « J'ai le regret de vous informer que je suis fiancé. »

Elisabeth Trent écarquilla les yeux. Sa bouche s'ouvrit.

« Oui, dit Pierce, c'est vrai, j'ai donné ma parole.

— Mais à qui?

— A une dame française.

— Une dame *française*?

— Oui, hélas c'est vrai, absolument vrai. J'étais très malheureux, voyez-vous.

— Je vois, monsieur », dit-elle d'une voix cassante.

Elle tourna brusquement les talons. Pierce resta debout sur le trottoir, essayant d'apparaître aussi misérable que possible jusqu'à ce qu'elle ait grimpé dans son fiacre et se soit éloignée. Il continua à descendre Regent Street.

Quelqu'un qui l'aurait observé, une fois arrivé au bas de Regent Street, aurait pu noter que rien dans son attitude n'indiquait le moindre remords. Il monta dans un fiacre et se fit conduire Windmill Street où il pénétra dans un garni, bien connu comme maison de passe, mais du meilleur standing.

Dans le vestibule tendu de velours rouge pelucheux, Miss Myriam lui dit :

« Il est en haut, troisième porte sur la droite. »

Pierce monta l'escalier et pénétra dans une pièce où Agar était assis en train de mâcher un bonbon à la menthe :

« Vous êtes un peu en retard, dit Agar. Des ennuis?

— Je suis tombé sur une vieille connaissance. »

Agar fit un vague signe.

« Qu'est-ce que vous avez vu? demanda Pierce.

— J'en ai repéré deux, dit Agar. Tous les deux vous filaient le train. L'un est un flic déguisé, l'autre est accoutré comme un sportif. Ils vous ont suivi vers Harleigh et ont pris un fiacre quand vous êtes vous-même monté en voiture. »

Pierce fit un signe de tête.

« J'ai vu ces deux types dans la rue Regent.

— Ils sont probablement dehors en train de faire le guet, dit Agar. Et Willy?

— Willy a l'air de vouloir moucharder, dit Pierce.

— Il a dû se mettre en cheville. »

Pierce haussa les épaules.

« Alors qu'est-ce qu'il faut faire avec lui?

— Il aura ce que méritent les traîtres.

— Je le démolirai, dit Agar.

— Ce n'est pas mon genre, dit Pierce, mais on va lui ôter toute chance de nous doubler?

— Qu'allez-vous faire avec les poulets?

— Rien pour le moment, répondit Pierce. Il faut que je réfléchisse un peu. »

Il se cala sur son siège, alluma un cigare et fuma en silence.

Le hold-up n'était vieux que de cinq jours, et déjà la police était sur lui. Si Willy avait mangé le morceau, la police saurait que l'équipe de Pierce avait fracturé les bureaux de la gare de London Bridge.

« Il faut faire un nouveau coup, dit-il en fixant le plafond. Un coup fumant pour que les condés le découvrent. »

Il observa les volutes de fumée et fronça les sourcils.

CHAPITRE 33

Les miltoniens

Dans toute société, les institutions ont entre elles des interrelations, même celles qui semblent avoir des buts entièrement opposés. Gladstone lui-même l'observe : « Au cours de cette vie capricieuse et déconcertante, il existe souvent une opposition extérieure, et une condamnation sincère et même violente entre des personnes et des organismes qui sont néanmoins profondément unis par des liens et des relations qu'ils ne connaissent pas eux-mêmes. »

Peut-être le plus célèbre exemple, reconnu par les Victoriens, est-il la rivalité amère entre les sociétés de tempérance et les pubs. Ces deux institutions servaient en réalité des objectifs similaires et on les vit adopter finalement les mêmes attractions; les pubs acquirent des orgues entonnant des hymnes, et vendirent des boissons non alcoolisées, tandis que les réunions de société de tempérance avaient des animateurs professionnels, et prenaient un style nouveau et vivant. Les groupes de tempérance se mirent à acheter des pubs afin d'y supprimer l'alcool, ce qui accentuait encore le mélange de ces deux forces antagonistes.

Les Victoriens voyaient également une autre rivalité, centrée sur une nouvelle institution sociale, la force de police organisée. Presque immédiatement, cette nouvelle force se mit à nouer des relations avec son ennemi avoué, la pègre. Ces relations étaient très critiquées au XIXᵉ siècle et le sont encore de nos jours. La similitude dans les méthodes de la police et des criminels, et le fait que beaucoup de policiers étaient d'anciens criminels — et l'inverse — n'échappaient pas aux penseurs de l'époque. Et sir James Wheatstone nota aussi « que cette institution destinée à renforcer la loi posait un problème de logique, car si la police réussissait réellement à supprimer tout crime, elle s'éliminerait en même temps comme aide nécessaire à la société, et aucune force ou pouvoir organisé ne s'éliminait jamais de son plein gré ».

A Londres, la police métropolitaine, fondée par sir Robert Peel en 1829, avait son quartier général dans un district appelé Scotland Yard. Scotland Yard était à l'origine un nom géographique, désignant un quartier de Whitehall contenant beaucoup de bâtiments gouvernementaux. Ces bâtiments comprenaient la résidence officielle de l'inspecteur des travaux de la Couronne, occupée par Inigo Jones, et plus tard par sir Christopher Wren.

Quand John Milton travaillait pour Olivier Cromwell, de 1649 à 1651, il vivait à Scotland Yard et c'est apparemment à cause de cette association que deux siècles plus tard, le policier fut appelé en argot un « miltonien ».

Quand sir Robert Peel installa la nouvelle police métropolitaine, à Whitehall, l'adresse correcte du quartier général était le numéro 4 de la place Whitehall, mais le poste de police avait une entrée sur Scotland Yard même, et la presse désigna toujours la police sous le nom de Scotland Yard, jusqu'à ce que le terme devînt synonyme des forces de police elles-mêmes.

Dans les premières années, Scotland Yard s'accrut rapidement; en 1829, ses effectifs totaux étaient de 1 000 personnes, mais une décennie plus tard, ils étaient de 3 350, et en 1850 de plus de 6 000 personnes. En 1870, ils seront de 10 000 personnes. Le Yard assumait une énorme tâche. Il couvrait un secteur de près de sept cents milles carrés,

(181 300 ha) contenant une population de deux millions et demi de personnes.

Dès le commencement, le Yard adopta une attitude de déférence et de modestie dans sa façon de résoudre les crimes; les explications officielles mentionnaient toujours des coups de chance, tels qu'un informateur anonyme, une maîtresse jalouse, une rencontre inopinée; à tel point qu'il était difficile d'y croire. En fait, le Yard employait des informateurs et des agents en civil, et ces agents faisaient l'objet de débats passionnés, car beaucoup de gens craignaient qu'un agent ne provoque volontairement un délit et n'arrête ensuite les participants. Les traquenards étaient fréquents, et le Yard avait du mal à défendre sa position.

En 1855, la principale figure du Yard était Richard Mayne, « un homme de loi compréhensif » qui avait beaucoup fait pour améliorer l'attitude du public à l'égard de la police métropolitaine. Directement au-dessous de lui, il y avait Mr. Edward Harranby, et c'était Harranby qui supervisait le travail délicat des relations avec les indicateurs et les agents en civil. En général, Mr. Harranby avait des heures irrégulières; il évitait les contacts avec la presse et on voyait d'étranges silhouettes entrer dans son bureau, souvent la nuit.

En fin d'après-midi, le 17 mai, Harranby eut une conversation avec son adjoint, Mr. Jonathan Sharp. Mr. Harranby reconstitua la conversation dans ses mémoires, intitulés *Jours de Police*, publiés en 1879. Il faut prendre cet entretien avec beaucoup de réserves car Harranby tente d'expliquer dans ce volume pourquoi il ne réussit pas à déjouer les plans de Pierce avant qu'ils fussent exécutés.

« L'homme-serpent a mouchardé, lui dit Sharp, et nous avons surveillé notre homme.

— Quel genre de type est-ce? demanda Harranby.

— Il a l'air d'un gentleman. Probablement un cambrioleur ou un gangster-dandy. L'homme-serpent dit qu'il est de Manchester, mais qu'il vit dans une belle maison de Londres.

— Sait-il où?

— Il dit qu'il y est allé, mais il ne connaît pas exactement l'endroit. Quelque part dans Mayfair.

— On ne peut pas aller frapper à toutes les portes de Mayfair, dit Harranby. Peut-on l'aider à retrouver la mémoire?

— Possible, dit Sharp en soupirant.

— Amenez-le ici. Je vais lui parler. Est-ce que nous savons ce que projette l'homme?

— L'homme-serpent a dit qu'il ne savait pas, dit Sharp en secouant la tête. « Il a peur d'être refait, vous comprenez. Il répugne à dire tout ce qu'il sait. Il dit que le type prépare un gros coup. »

Harranby s'irrita.

« Ça ne peut pas nous aider à grand-chose, dit-il. En quoi consiste exactement son projet? Voilà la question, et il nous faut une réponse convenable. Qui est sur ce gentleman, pour l'instant?

— Cramer et Benton, monsieur.

— Ce sont des bons policiers. Qu'ils continuent à le filer, et faites venir l'indic dans mon bureau, et vite.

— Je m'en occuperai moi-même, monsieur », dit l'adjoint.

Harranby écrivit plus tard dans ses Mémoires : « Il y a des moments dans la vie professionnelle où les éléments requis pour la compréhension d'une affaire semblent presque à portée de main, et pourtant, on ne peut les saisir. Ce sont des moments de grande frustration, et tel fut le cas lors du hold-up de 1855. »

CHAPITRE 34

Le mouchard réduit au silence

Clean Willy, très nerveux, était en train de boire son verre au pub *Hound's Tooth*. Il quitta l'établissement vers 6 heures et se dirigea tout droit vers la *Terre sainte*. Il se glissa prestement à travers la foule du soir, puis s'esquiva dans une allée ; il sauta une haie, s'engagea dans un sous-sol, le traversa, se faufila dans un passage qui conduisait au bâtiment voisin, grimpa au rez-de-chaussée, sortit dans une rue étroite, remonta la moitié d'un bloc et disparut dans une autre maison, un taudis puant.

Là, il monta jusqu'au second étage, grimpa sur le toit, sauta sur un toit adjacent, escalada à quatre pattes un tuyau d'égout jusqu'au troisième étage d'un garni, se glissa par une fenêtre et descendit les escaliers jusqu'au sous-sol.

Une fois au sous-sol, il rampa dans un tunnel qui l'amena au côté opposé de la rue où il émergea dans une étroite écurie. Il pénétra par une porte latérale dans un pub, appelé *Golden Arms,* regarda autour de lui, et sortit par la porte de devant.

Il se dirigea vers le bout de la rue et tourna dans l'entrée d'une autre maison meublée. Il sut immédiatement qu'il y avait quelque chose d'anormal ; d'habitude, il y avait des enfants escaladant les escaliers en hurlant, alors que maintenant, l'entrée et l'escalier étaient déserts et silencieux. Il s'arrêta sur le seuil et s'apprêta à tourner les talons et s'enfuir quand une corde claqua et vint s'enrouler autour de son cou. Il fut attiré dans un coin sombre.

Clean Willy put voir Barlow, sa cicatrice blanche en travers de son front. Barlow tirait sur la corde. Willy toussa et se débattit, mais la force de Barlow était telle que le petit homme-serpent fut littéralement soulevé du sol, ses pieds battant l'air, ses mains tirant sur la corde.

Cette lutte dura une bonne minute, puis le visage de Clean Willy devint bleu, et il montra une langue grise. Ses yeux étaient révulsés. Il urina dans ses pantalons, et son corps s'affaissa.

Barlow le laissa tomber sur le sol. Il défit la corde de son cou, retira les deux billets de cinq livres de la poche de l'homme-serpent, et se glissa au-dehors dans la rue. Le corps de Clean Willy gisait, recroquevillé, dans un coin, et ne bougeait plus. Il s'écoula plusieurs minutes avant que le premier des enfants ne surgisse à nouveau, et s'approche prudemment du corps. Puis les enfants dérobèrent les chaussures de l'homme-serpent, et tous ses vêtements, et décampèrent.

CHAPITRE 35
Attrape-nigaud

Au troisième étage de la maison de passe, Pierce finissait son cigare, assis dans son fauteuil.

« Nous avons beaucoup de chance, finit-il par dire à Agar.

— De la chance? De la chance? Avoir les poulets aux basques cinq jours après le coup?

— Oui, de la chance, dit Pierce. Qu'importe si Willy a mangé le morceau! Il a dû leur dire que nous étions entrés par effraction à la gare de London Bridge.

— Je me demande même s'il en a tant dit. Il a dû leur mettre l'eau à la bouche. »

Les indicateurs avaient l'habitude de lâcher leurs informations au compte-gouttes, en se faisant chaque fois arroser par la police.

« Oui, dit Pierce, mais nous devons envisager la possibilité qu'il ait mouchardé, et c'est là que nous avons de la chance.

— Où est la chance? demanda Agar.

— Dans le fait que London Bridge est la seule gare de la ville qui desserve deux lignes. Le Sud-Est et le Londres-Greenwich.

— Ouais, c'est vrai, dit Agar, l'air perplexe.

— Il nous faut un mouchard de première pour manger le morceau.

— Vous voulez mettre les poulets sur une piste bidon?

— Il faut quelque chose pour les occuper, dit Pierce. Dans cinq jours, nous embarquons les malles sur ce train, et je ne veux pas avoir les poulets autour à surveiller.

— Où voulez-vous les attirer?

— Je pensais à Greenwich, dit Pierce. Ce serait bien qu'ils soient à Greenwich.

— Alors vous avez besoin d'un mouchard pour leur passer le tuyau?

— Oui », dit Pierce.

Agar réfléchit un moment.

« Il y a bien une gonzesse. Lucinda, à Seven Dials. On dit qu'elle connaît un ou deux miltoniens — elle leur allonge un petit renseignement chaque fois qu'ils la pincent, et quand on sait à quel point ils apprécient le mouchardage, ça doit arriver souvent.

— Non, dit Pierce, ils ne croiraient pas une femme; ils penseront que c'est juste pour les appâter.

— Il y a bien aussi Black Dick, le turfiste. Vous le connaissez? C'est un juif, on peut le trouver le soir vers Queens Crown.

— Je le connais, dit Pierce en hochant la tête. Black Dick est un poivrot, trop porté sur le gin. Il me faut un vrai mouchard, un homme du milieu.

— Un homme du milieu? Alors c'est Chokee Bill qu'il vous faut.

— Chokee Bill, ce vieux Mick [1]?

— Ouais, c'est un ancien détenu, acquiesça Agar, il a fait de la taule à Newgate. Mais pas longtemps.

— Ah oui? », dit Pierce soudain intéressé. Une peine écourtée impliquait que l'homme en avait fait beaucoup pour devenir indicateur.

« Il a été libéré de bonne heure, hein?

— De très bonne heure, dit Agar. Et les poulets lui ont aussi vite donné sa licence de prêteur sur gages.

1. Irlandais. N. de la T.

— Plutôt bizarre, étant donné que c'est un Mick. »

Les prêteurs sur gages obtenaient leur licence des mains de la police qui partageait les préjugés généraux contre les Irlandais.

« Alors maintenant, c'est un usurier ? dit Pierce.

— Ouais, dit Agar. Mais on dit que c'est une couverture. On dit que c'est un indic. »

Pierce réfléchit longuement et finit par acquiescer.

« Où est Billy maintenant ?

— Sa boutique de prêteur sur gages est à Battersea, chemin Ridgeby.

— Je vais le voir maintenant, dit Pierce en se levant. Je vais les mettre dedans.

— Ne rendez pas la chose trop facile. »

Pierce sourit.

« Ils devront faire tous leurs efforts », dit-il en se dirigeant vers la porte.

« Dites donc, l'interpella Agar, soudain traversé par une idée. J'y pense à l'instant, qu'est-ce que c'est le gros coup de Greenwich ?

— C'est la question que se poseront les poulets, dit Pierce.

— Mais y a-t-il pour de bon un coup ?

— Naturellement.

— Un gros coup ?

— Bien sûr.

— Mais qu'est-ce que c'est alors ? »

Pierce secoua la tête. Il grimaça un sourire devant la mine perplexe d'Agar, et quitta la pièce.

Quand Pierce sortit de la maison de passe, le jour tombait. Il vit immédiatement les deux agents cachés à des coins opposés de la rue. Il fit semblant de regarder nerveusement autour de lui, puis se dirigea à l'extrémité du pâté de maison et héla un fiacre.

Il laissa le fiacre rouler quelques mètres, puis sauta rapidement à un endroit très passant de la rue Regent, traversa la grande artère et prit un cab allant dans la

direction opposée. Selon toute apparence, il opérait avec
une extrême adresse. Pierce ne songeait pas avec ses
manœuvres à s'esquiver; c'était un truc qui réussissait
rarement, et quand il jeta un coup d'œil par la petite
fenêtre du fiacre, il vit qu'il n'avait pas semé ses poursui-
vants.

Il se fit conduire à la maison publique de *Regency Arms,*
qui était un endroit connu. Il entra et sortit par une porte
latérale (très en vue de la rue) et traversa vers la New
Oxford Street, où il prit un autre fiacre. Dans l'opération, il
perdit l'un des agents, mais l'autre était toujours avec lui. Il
se dirigea alors directement vers Battersea, de l'autre côté
de la Tamise, pour voir Chokee Bill.

Selon une optique moderne, l'image d'Edward Pierce,
gentleman respectable et bien vêtu, pénétrant dans les
locaux misérables d'un prêteur sur gages de Battersea, peut
sembler incongrue. A cette époque, cela n'avait rien
d'extraordinaire, car le prêteur sur gages ne servait pas que
la classe inférieure et quel que soit son client, sa fonction
restait essentiellement la même : il lui fallait servir de
banque impromptue, moins coûteuse que les firmes ban-
caires. On pouvait acheter un article cher tel qu'un
manteau, et le mettre au clou une semaine pour payer les
traites, le réclamer quelques jours plus tard pour le porter
un dimanche, le remettre au clou le lundi pour une somme
moins élevée, et ainsi de suite jusqu'à ce que le prêteur ne
puisse plus rien donner dessus.

Le prêteur sur gages occupait donc une place importante
dans la société, et le nombre de boutiques de prêteurs sur
gages doubla durant le milieu de la période victorienne. Les
gens de la classe moyenne allaient chez le prêteur, plus
pour l'anonymat du prêt que pour son caractère avantageux. Beaucoup de familles respectables ne souhaitaient
pas que l'on sache qu'une partie de leur argenterie était
mise au clou. A cette époque beaucoup de gens considéraient que la prospérité économique, et la bonne gestion
économique étaient sur le même plan que la conduite

morale ; et être à court d'argent signifiait quelque ratage.

Les boutiques de prêteurs n'étaient pas vraiment très louches, bien qu'elles en aient la réputation. Les délinquants cherchant des receleurs se tournaient en général vers des « transporteurs », sans licence, d'articles d'occasion, qui n'étant pas réglementés par la police, étaient moins susceptibles d'être sous surveillance. Pierce entra donc sans encombres par la porte surmontée de trois ballons.

Il trouva Chokee Bill assis dans un coin. C'était un Irlandais au visage rouge, dont le teint suggérait constamment un étranglement imminent. Chokee Bill sauta rapidement sur ses pieds en reconnaissant le vêtement et les manières d'un gentleman.

« 'Soir, monsieur, dit Bill.

— Bonsoir, dit Pierce.

— En quoi puis-je vous être utile, monsieur ? »

Pierce jeta un coup d'œil autour de lui.

« Est-ce que nous sommes seuls ?

— Nous le sommes, monsieur, aussi vrai que je m'appelle Bill. »

Mais Chokee Bill était encore sur ses gardes.

« Je songe à faire un certain marché, dit Pierce qui avait adopté un accent des docks de Liverpool dont il n'avait d'habitude aucun soupçon.

— Un certain marché...

— Certains articles dont vous disposez, dit Pierce.

— Vous voyez ma boutique, monsieur, dit Chokee Bill avec un geste du bras. Tout est devant vous.

— C'est tout ?

— Ouais, monsieur, tout ce que vous pouvez voir. »

Pierce haussa les épaules.

« On a dû me donner un faux renseignement. Bonsoir. »

Il se dirigea vers la porte. Il y était presque quand Chokee Bill toussa.

« Qu'est-ce qu'on vous a dit, monsieur ? »

Pierce tourna la tête vers lui.

« J'ai besoin de certains articles rares.

— Des articles rares, répéta Chokee Bill. Quel genre d'articles, monsieur ?

— Des objets en métal », dit Pierce en regardant le prêteur droit dans les yeux. Il trouvait toutes ces précautions fastidieuses mais c'était nécessaire pour convaincre Bill de la sincérité de sa transaction.

« En métal, vous dites ? »

Pierce fit un geste d'excuse.

« C'est une question de défense, voyez-vous.

— Défense ?

— J'ai des valeurs, des biens, des articles de prix... Et c'est pour cela qu'il me faut de la défense. Comprenez-vous ce que je veux dire ?

— Je comprends ce que vous voulez dire, dit Bill, et je peux avoir ce que vous demandez.

— En fait », dit Pierce en regardant de nouveau autour de lui, comme pour se convaincre qu'il était vraiment seul avec le propriétaire, « en fait, il m'en faut cinq.

— *Cinq pétards ?* » Chokee Bill écarquilla les yeux d'étonnement.

Maintenant que son secret était lâché, Pierce devint très nerveux.

« C'est exact, dit-il en jetant des coups d'œil à droite et à gauche, il m'en faut cinq.

— Ça fait un paquet, cinq », dit Bill en fronçant les sourcils.

Pierce se dirigea immédiatement vers la porte.

« Si vous ne pouvez pas les avoir...

— Attendez un peu, dit Bill, j'ai pas dit que je pouvais pas. Vous m'avez jamais entendu dire que je pouvais pas. Tout ce que j'ai dit, c'est que ça fait un paquet, et ça c'est vrai.

— On m'a dit que vous en aviez sous la main, dit Pierce, toujours nerveux.

— Peut-être bien.

— Bien, alors j'aimerais vous les acheter. »

Chokee Bill soupira.

« Ils ne sont pas ici, monsieur. Vous pouvez compter dessus, mais personne ne garde des pétards dans une boutique de prêteur, non, monsieur.

— Dans combien de temps pouvez-vous les avoir? »

A mesure qu'augmentait l'agitation de Pierce, Chokee Bill devenait plus calme. Pierce pouvait presque voir son esprit travailler. Chokee Bill pensait au sens de cette requête. Cinq pistolets, cela signifiait un coup important. Comme indic, il pourrait se faire quelques sous s'il connaissait les détails.

« Dans quelques jours, monsieur, et je vous mens pas, dit Bill.

— Je ne peux pas les avoir maintenant?

— Non, monsieur, il faut me donner un peu de temps et je vous garantis que vous les aurez.

— Combien de temps? »

Il s'ensuivit un long silence. Bill alla même jusqu'à marmonner tout seul en comptant les jours sur ses doigts.

« Quinze jours, ça irait.

— Quinze jours?

— Huit jours, alors.

— Impossible, dit Pierce, se parlant tout haut. Dans huit jours, je dois être à Greenw... Il s'interrompit. Non, dit-il, huit jours, c'est trop long.

— Sept? demanda Bill.

— Sept, dit Pierce en fixant le plafond. Sept, sept... sept jours... Sept jours, ça fait jeudi prochain?

— Ouais, monsieur.

— A quelle heure, jeudi prochain?

— C'est une question de minutage, hein! », demanda Bill avec une désinvolture peu convaincante.

Pierce se contenta de le fixer.

« C'est pas que je veux mettre mon nez là-dedans, monsieur, dit rapidement Bill.

— Alors tâchez de la fermer. A quelle heure, jeudi?

— Midi. »

Pierce secoua la tête.

« Nous n'arriverons jamais dans les temps. C'est impossible et je...

— Voyons, voyons. A quelle heure vous les voulez jeudi?

— Pas plus tard que 10 heures du matin. »

Chokee Bill réfléchit.

« Dix heures, ici?

— Oui.

— Et pas plus tard?

— Pas une minute plus tard.

— Est-ce que vous viendrez vous-même les chercher? »

Une fois de plus, Pierce lui lança un regard sévère.

« Ne vous occupez pas de ça. Pouvez-vous ou non fournir les objets?

— Je peux, dit Bill, mais il y aura un supplément pour la rapidité du service.

— Ça n'a pas d'importance, dit Pierce en lui donnant dix guinées d'or. Voici un acompte.

— Ça fait la moitié.

— Exactement.

— Et le reste sera payé en espèces?

— En or, oui. »

Bill secoua la tête.

« Vous voulez des balles aussi?

— Qu'est-ce que vous me donnez comme marque?

— Webley, calibre 48, percussion annulaire, modèles avec étui.

— Alors il me faut des balles.

— Ça fera trois guinées de plus pour le plomb, dit Chokee d'un air suave.

— D'accord », dit Pierce. Il se dirigea vers la porte et s'immobilisa. « Autre chose, dit-il, si quand j'arrive jeudi, la marchandise n'est pas là, ça ira mal pour vous.

— Vous pouvez compter sur moi, monsieur.

— Ça ira très mal, répéta Pierce. Pensez-y. »

Et il quitta la boutique.

Il ne faisait pas encore tout à fait nuit; la rue était faiblement éclairée par les réverbères à gaz. Le flic qui le guettait n'était pas en vue mais Pierce savait qu'il était là. Il prit un fiacre et se fit conduire à Leicester Square, où la foule se rassemblait pour les représentations théâtrales. Il se mêla à la cohue, acheta un billet pour une représentation de *Elle cesse de conquérir*, et se perdit dans le hall. Il arriva chez lui une heure plus tard après trois changements de fiacres, et quatre plongeons dans des pubs. Il était tout à fait certain de ne pas avoir été suivi.

CHAPITRE 36

Déductions de Scotland Yard

La matinée du 18 mai était extraordinairement chaude et ensoleillée, mais Mr. Harranby ne prenait aucun plaisir au temps. Les choses allaient très mal et quand il avait été informé de la mort de l'homme-serpent Clean Willy, dans un taudis de Seven Dials, il s'était vivement emporté contre son adjoint, Mr. Sharp. Quand il avait appris plus tard que ces hommes avaient perdu dans la foule du théâtre, le gentleman qu'ils connaissaient sous le nom de Simms, Mr. Harranby était entré dans une violente colère et s'était plaint vigoureusement de l'incapacité de ses subordonnés, y compris Mr. Sharp.

Mais la rage de Mr. Harranby était maintenant calmée car le seul indic restant au Yard était assis devant lui, le visage rouge, transpirant abondamment et se tordant les mains. Harranby fronça les sourcils en regardant Chokee Bill.

« Alors, Bill, dit Harranby, c'est une affaire très sérieuse.

— Je sais monsieur, dit Bill, pour sûr, je le sais.

— Cinq pétards, ça veut dire qu'il y a quelque chose en train, et je veux savoir quoi.

— Il n'a pas dit grand-chose.

— Je m'en doute », dit gravement Harranby.

Il sortit une guinée de sa poche et la jeta devant lui sur le bureau. « Tâchez de vous rappeler.

— C'était en fin de journée, sauf votre respect, et je n'étais pas au mieux de ma forme », dit Bill, les yeux fixés sur la pièce d'or.

Harranby n'avait nullement l'intention d'en donner une autre à l'indic.

« L'expérience m'a prouvé que beaucoup de mémoires s'améliorent sur le moulin, dit-il.

— Je n'ai rien fait de mal, protesta Bill. Je suis honnête comme l'enfant qui vient de naître, et je ne vous cache rien. Il n'y a aucune raison pour me bousculer.

— Alors essayez de vous souvenir, dit Harranby, et vite. »

Bill se tordit les mains.

« Il est entré dans la boutique vers 6 heures. Bien habillé, avec des bonnes manières, mais il jacte avec l'accent traînant des matafs de Liverpool, et il sait jacter romani. »

Harranby jeta un coup d'œil à Sharp dans le coin. De temps en temps, Harranby lui-même avait besoin qu'on l'aide à traduire.

« Il avait l'accent des marins de Liverpool et utilisait le jargon criminel », dit Sharp.

« Ouais, monsieur, comme je vous le dis, confirma Bill. Il est du milieu, c'est sûr. Il veut que je lui refile cinq pétards, et je dis que cinq c'est pas rien, et il dit qu'il les veut rapido, et il est nerveux et pressé et il me montre plein de pèze pour payer cash.

— Qu'est-ce que vous lui avez dit? » demanda Harranby en gardant les yeux fixés sur Bill. Un indicateur avisé comme Chokee Bill ne se gênerait pas pour jouer double jeu, et Bill pouvait mentir comme un arracheur de dents.

« Je lui dis, cinq c'est pas rien mais je peux le faire en temps voulu. Et il me demande combien de temps et je dis quinze jours. Ça le fait réfléchir un moment puis il dit qu'il en a besoin plus tôt que quinze jours. Je dis huit jours. Il dit que huit jours c'est trop long et il va pour dire qu'il doit être à Greenwich dans huit jours, mais il se reprend, comme je vous le dis.

— Greenwich, dit Harranby en fronçant les sourcils.

— Ouais monsieur, il avait Greenwich sur le bout de la langue, mais il s'arrête et dit que c'est trop long. Alors je demande, combien de temps? Et il dit sept jours. Alors je dis que je peux les avoir pour dans sept jours. Et il me demande à quelle heure? Je dis à midi. Et il dit que midi c'est trop tard. Il dit pas plus tard que 10 heures.

— Sept jours, dit Harranby, ça veut dire vendredi prochain?

— Non, monsieur, jeudi prochain. C'était sept jours à partir d'hier.

— Continuez.

— Alors je me fais un peu tirer l'oreille puis je lui dis que je peux avoir les articles pour jeudi à 10 heures. Et il dit que ça ira, mais c'est pas un débile ce type et il me dit, une entourloupette et ça bardera pour moi. »

Harranby regarda de nouveau Sharp, qui traduisit :

« Le monsieur n'est pas idiot et il avertit que si les revolvers ne sont pas prêts en temps voulu, ça ira mal pour Bill.

— Et qu'avez-vous répondu, s'enquit Bill.

— Je dis que je peux le faire et je lui promets. Et il me donne dix pièces d'or et je vois que c'est pas du faux, et il s'en va et il me dit qu'il sera de retour jeudi prochain.

— Quoi d'autre? demanda Harranby.

— C'est tout », dit Bill.

Il y eut un long silence.

« Qu'est-ce que vous pensez de ça Bill? dit finalement Harranby.

— C'est un gros coup, sûrement. C'est pas un voyou, ce gentleman, c'est un zèbre à la coule qui connaît son métier. »

Harranby tira sur le lobe de son oreille, ce qui était une habitude nerveuse.

« Qu'est-ce qu'on pourrait faire comme gros coup à Greenwich?

— Crénom, j'en sais rien, dit Chokee Bill.

— Qu'avez-vous entendu dire? demanda Harranby.

— Je laisse traîner mes oreilles, mais j'ai rien entendu dire sur un coup à Greenwich, je le jure. »

Harranby fit une pause.

« Il y a une autre guinée pour vous si vous pouvez dire quelque chose. »

Une lueur d'agonie passa sur le visage de Chokee Bill.

« Je voudrais pouvoir vous aider monsieur, mais j'ai rien entendu. C'est la vérité vraie, monsieur.

— J'en suis sûr », dit Harranby.

Il attendit encore un moment et renvoya finalement l'indic, qui s'empara de la guinée et s'en alla.

Quand Harranby fut seul avec Sharp, il demanda à nouveau.

« Qu'y a-t-il à Greenwich?

— Crénom, j'en sais rien, dit Sharp.

— Vous voulez aussi une guinée d'or? »

Sharp ne dit rien. Il était accoutumé aux humeurs moroses d'Harranby; il n'y avait rien d'autre à faire que d'écraser. Assis dans le coin, il observa son supérieur qui allumait une cigarette et la fumait par bouffées, d'un air pensif. Sharp considérait les cigarettes comme des petites choses stupides et sans consistance. La cigarette avait été introduite un an auparavant par un boutiquier londonien et elle avait la plus grande faveur auprès des troupes revenant de Crimée. Pour sa part, Sharp aimait un bon cigare et rien d'autre.

« Alors, dit Harranby, reprenons depuis le commencement. Nous savons que ce Simms travaille à quelque chose depuis des mois, et il est certain que c'est un type intelligent. »

Sharp acquiesça.

« L'homme-serpent a été tué hier, cela signifie-t-il qu'ils savent que nous sommes à leurs trousses?

— Peut-être.

— Peut-être, peut-être, dit Harranby avec irritation. Peut-être, ce n'est pas assez. Nous devons *décider* et nous devons le faire en accord avec les principes de la logique déductive. Les devinettes n'ont pas leur place dans notre travail. Il faut coller aux faits et les suivre où qu'ils nous mènent. Alors, que savons-nous d'autre? »

La question était purement réthorique et Sharp ne dit mot.

« Nous savons, dit Harranby, qu'après des mois de préparation, ce Simms se trouve brusquement, au moment de faire son coup, devant le besoin urgent d'avoir cinq pétards. Il a eu des mois pour les trouver calmement, un par un, et sans encombres. Mais il attend la dernière minute. Pourquoi?

— Vous pensez qu'il nous tend un piège?

— Aussi désagréable que soit cette idée, il faut l'envisager, dit Harranby. Est-ce que ça se sait que Billy est un indic?

— Peut-être.

— Au diable vos peut-être. Est-ce connu ou non?

— Il y a sûrement des bruits là-dessus.

— Et votre intelligent Mr. Simms choisit justement cette personne pour lui procurer cinq pétards. Je dis que ça sent le truc. » Il fixa d'un air maussade le bout incandescent de sa cigarette. « Ce Mr. Simms nous égare délibérément et nous ne devons pas marcher.

— Je suis sûr que vous avez raison », dit Sharp, espérant arranger ainsi l'humeur de son chef.

« Pas l'ombre d'un doute, dit Harranby. On nous mène en bateau.

Il y eut un long silence. Harranby pianota sur le bureau.

« Je n'aime pas ça. Nous cherchons la petite bête en faisant trop de crédit à ce Simms. Nous devons supposer qu'il a réellement des intentions sur Greenwich. Mais nom de Dieu, qu'y a-t-il à voler à Greenwich? »

Sharp secoua la tête. Greenwich était une ville portuaire, mais elle n'avait pas grandi aussi vite que les ports plus larges d'Angleterre. Elle était surtout connue pour son observatoire naval qui donnait l'étalon du temps — temps moyen de Greenwich — pour le monde nautique.

Harranby commença à fouiller dans son bureau.

« Où est donc passé ce truc?

— Quoi, monsieur?

— L'horaire, l'horaire, dit Harranby. Ah, le voilà. (Il sortit un petit dépliant imprimé.) Chemin de fer Londres-Greenwich... jeudi... Ah, le jeudi, il y a un train qui quitte le terminus de London Bridge, en direction de Greenwich, à 11 h 15 du matin. Alors qu'est-ce que ça suggère? »

Sharp avait soudain l'œil brillant.

« Notre homme veut ses armes à 10 heures pour avoir le temps d'arriver à la gare et de prendre le train.

— Justement, dit Harranby. En toute logique, il est évident qu'il se rend jeudi à Greenwich. Et nous savons aussi qu'il ne peut pas y aller plus tard que jeudi.

— Et les revolvers? demanda Sharp. Pourquoi en acheter cinq d'un coup?

— Eh bien, dit Harranby, nous pouvons conclure que son besoin d'armes est sincère et que s'il a attendu la dernière minute pour cet achat — ce qui à première vue paraît très suspect —, c'est pour une raison valable. On peut en imaginer plusieurs. Ses plans pour obtenir les revolvers ont pu être déjoués. Ou peut-être considère-t-il l'achat de ceux-ci comme dangereux — ce qui est certainement le cas; chacun sait que nous payons bien toute information sur les acheteurs d'armes; alors il attend le dernier moment. Il peut y avoir d'autres raisons que nous ne pouvons deviner. La raison exacte importe peu. Ce qui compte c'est qu'il a besoin de ces revolvers pour un acte criminel à Greenwich.

— Bravo », dit Sharp avec un enthousiasme ostentatoire.

Harranby lui lança un regard désobligeant.

« Ne soyez pas stupide, dit-il, nous ne sommes guère plus avancés qu'au début. La question principale n'est toujours pas résolue. *Qu'y a-t-il à voler à Greenwich?* »

Sharp ne dit rien et fixa ses pieds. Il entendit le

grattement de l'allumette quand Harranby s'alluma une autre cigarette.

« Tout n'est pas perdu, dit Harranby. Les principes de la logique déductive peuvent nous aider. Par exemple, l'affaire est probablement un hold-up. S'il a été projeté depuis de nombreux mois, il doit être bâti autour d'une circonstance fixe qu'on peut prévoir des mois à l'avance. Ce n'est pas une affaire occasionnelle arrivant à l'improviste. »

Sharp continuait à fixer ses pieds.

« Non, dit Harranby, il n'y a rien de fortuit là-dedans. En outre, nous pouvons en déduire que ce planning à long terme vise un but important, une escroquerie de taille avec un enjeu important. Il nous faut donc imaginer que son affaire a quelque chose à voir avec l'océan ou des activités de dock. Nous devons donc limiter notre enquête à ce qui dans la ville de Greenwich remplit notre... »

Sharp toussa.

Harranby le regarda en fronçant les sourcils.

« Avez-vous quelque chose à dire?

— Je réfléchissais seulement, monsieur, dit Sharp, que si c'est Greenwich, c'est en dehors de notre juridiction. Peut-être devons-nous télégraphier à la police locale et les avertir?

— Peut-être, peut-être. Quand apprendrez-vous à ne plus vous servir de ce mot? Si nous câblons à Greenwich, qu'est-ce que nous leur dirons? Hein? Que dirons-nous dans notre câble?

— Je pensais seulement...

— Bon Dieu, dit Harranby, se levant derrière son bureau. Bien sûr, le câble!

— Le câble?

— Bien sûr, le câble. Le câble est à Greenwich au moment même où nous parlons.

— Vous voulez dire le câble atlantique? demanda Sharp.

— Bien sûr, dit Harranby en se frottant les mains. Oh, ça colle parfaitement. Parfaitement. »

Sharp restait embarrassé. Il savait que le câble transat-

lantique avait été fabriqué à Greenwich : le projet était en
chantier depuis des semaines et représentait un des efforts
technologiques les plus considérables de l'époque. Il y avait
des câbles sous-marins dans la Manche, qui reliaient
l'Angleterre au continent. Mais ceux-ci n'étaient rien,
comparés au câble de deux mille cinq cents milles,
construit pour relier l'Angleterre à New York.

« Mais il n'y a sûrement aucun moyen de voler le câble,
dit Sharp.

— Pas le *câble*, dit Harranby. La paye de la firme.
Quelle firme est-ce? *Glass, Elliot & Compagnie* ou quelque
chose comme ça. C'est un projet énorme et le paiement
doit être en conséquence. Voilà l'objectif de notre homme.
Et s'il est pressé de s'en aller jeudi pour être là-bas
vendredi...

— *Jour de la paye*! s'écria Sharp.

— Exactement, dit Harranby. C'est tout à fait logique.
Vous voyez le processus déductif porté à sa conclusion la
plus juste.

— Félicitations, dit prudemment Sharp.

— Bagatelle », dit Harranby. Il était toujours très excité
et battait des mains. « Oh, il n'a pas froid aux yeux notre
ami Simms. Voler la paye du câble — quelle audace. Et
nous allons le prendre la main dans le sac. Venez Mr. Sharp.
Il nous faut aller à Greenwich et apprécier nous-mêmes la
situation. »

CHAPITRE 37

Autres congratulations

« Alors? » dit Pierce.

Myriam haussa les épaules.

« Ils ont pris le train.

— Combien étaient-ils?

— Quatre en tout.

— Et ils ont pris le train de Greenwich? »

Myriam acquiesça.

« Le chef était un homme carré avec des favoris et son laquais avait le menton rasé. Il y en a deux autres, des types en bleu. »

Pierce sourit.

« Harranby, dit-il. Il doit être très fier de lui. C'est un homme si intelligent. Il se tourna vers Agar. Et vous?

— Le gros Eye Lewis est à *Regency Arms,* à poser des questions sur un casse à Greenwich, et disant qu'il veut en être.

— Alors le mot est donné? » dit Pierce.

Agar acquiesça.

« Donnez-leur d'autres tuyaux, dit-il.

— Qui dois-je mentionner?

— D'abord Spring Heel Jack.

— Et si les miltoniens le trouvent? dit Agar.

— J'en doute, dit Pierce.

— Jack a été buté, hein?

— C'est ce que j'ai entendu dire.

— Alors je parlerai de lui.

— Faites payer Fat Eye, dit Pierce, c'est une information valable. »

Agar grimaça un sourire.

« Ça lui reviendra cher, promis. »

Agar s'en alla et Pierce resta seul avec Myriam.

« Félicitations, dit-elle en lui souriant. Maintenant, il ne peut plus y avoir de pépin. »

Pierce se renfonça dans son siège.

« Il peut toujours y avoir un pépin, dit-il en souriant.

— En quatre jours? demanda-t-elle.

— Même en une heure. »

Plus tard, durant sa déposition devant la cour, Pierce reconnut qu'il était étonné de voir à quel point ses paroles étaient prophétiques, car d'énormes difficultés l'attendaient et ces difficultés devaient venir du côté le plus invraisemblable.

CHAPITRE 38
Procédés indélicats

Henry Mayhew, grand observateur, réformateur et classificateur de la société victorienne, établit un jour la liste des différents types de criminels en Angleterre. La liste comprenait cinq catégories principales, vingt subdivisions et plus d'une centaine de postes séparés. Pour un œil moderne, la liste est caractérisée par l'absence de toute mention concernant ce qu'on appelle maintenant « le délit en col blanc ».

Bien entendu ce genre de délits existaient à cette époque et il y eut quelques exemples flagrants de détournements, de fabrication de fausse monnaie, de falsifications, de manipulation de valeurs et d'autres pratiques illégales qui se manifestèrent au milieu du siècle. En 1850, un employé de bureau, Walter Watts, fut pris après avoir détourné plus de 70 000 livres et il y eut plusieurs vols plus importants : les 150 000 livres escroquées par Leopold Redpath à la Compagnie de Chemins de fer, et les bons du Trésor imprimés par Beaumont Smith, pour un montant de 350 000 livres, pour ne citer que deux exemples.

Tout comme maintenant, les escroqueries en col blanc portaient sur les sommes les plus importantes, et avaient le moins de chances d'être élucidées. C'est là aussi que l'on manifestait le plus d'indulgence si d'aventure les coupables étaient appréhendés. Le catalogue criminel de Mayhew ignore cependant entièrement ce secteur. Car Mayhew, comme la majorité de ses contemporains, était fermement convaincu que le crime était le produit de la « classe dangereuse » et que la criminalité était le fruit de la pauvreté, de l'injustice, de l'oppression et du manque d'éducation. C'était presque une question de définition : un individu qui n'était pas de la classe criminelle ne pouvait commettre de crime. Les gens d'un plus haut niveau se contentaient de violer la loi. Pour plusieurs raisons, l'attitude des Victoriens, à l'égard des crimes de la classe supérieure, contribuait à consolider cette opinion.

Dans cette nouvelle société capitaliste où s'engageaient des milliers d'affaires, les principes d'une comptabilité honnête n'étaient pas solidement établis et les méthodes étaient encore plus variées qu'aujourd'hui.

En second lieu, le chien de garde moderne de tous les pays capitalistes occidentaux, n'était nullement aussi vigilant qu'aujourd'hui. Les revenus personnels inférieurs à 150 livres par an n'étaient pas taxés et le revenu de la plupart des citoyens se situait en dessous de cette limite. Ceux qui étaient taxés s'en tiraient à bon compte, suivant les standards modernes. Les gens se plaignaient des charges mais cela n'avait rien à voir avec la lutte frénétique du citoyen moderne pour payer le moins d'impôts possible. (En 1870, les impôts s'élevaient à neuf pour cent du produit national brut de l'Angleterre, en 1961, ils étaient de trente-huit pour cent.)

En outre, les Victoriens de toutes classes acceptaient dans leurs rapports entre eux une sorte de brutalité qui semblerait aujourd'hui outrageante. Pour citer un exemple, quand sir John Hall, le médecin chargé des troupes de Crimée, décida de se débarrasser de Florence Nightingale, il choisit de la faire mourir de faim en diminuant ses rations de nourriture... Tout le monde considérait ces méthodes comme normales. Miss Nightingale prit ses précautions en apportant elle-même ses provisions, et même Lyton Stracher qui n'était guère bienveillant à l'égard des Victoriens, écarta cet incident en le qualifiant de simple « malice ».

Si cela n'était que malice, on comprend pourquoi les observateurs de la classe moyenne répugnaient à qualifier de criminelles beaucoup de manœuvres illégales. Et plus le standing de l'individu dans la communauté était élevé, plus grande était cette répugnance.

Sir John Alderston et sa caisse de vin nous en donnent un exemple.

Le capitaine John Alderston fut armé chevalier après Waterloo, en 1815, et dans les années qui suivirent, il devint un citoyen prospère. Il était l'un des propriétaires du Chemin de fer du Sud-Est, depuis l'établissement de la ligne, et aussi un gros actionnaire dans plusieurs mines de charbon du Newcastle. D'après tous les rapports, c'était un gentilhomme corpulent au parler acerbe qui garda toute sa vie un comportement de militaire, aboyant des ordres brefs de façon de plus en plus comique à mesure qu'il prenait du ventre.

Le seul vice d'Alderston était sa passion pour les cartes qu'il avait acquise durant son séjour dans l'armée, et son originalité consistait à refuser de jouer pour de l'argent, préférant miser des articles et objets personnels plutôt que des espèces sonnantes. Cela lui permettait apparemment de considérer ce jeu comme un passe-temps de gentleman et non comme un vice. L'histoire de sa caisse de vin qui ressort de façon si curieuse dans La Grande Attaque du Train de 1855, ne vint à la lumière qu'en 1914, quarante ans environ après la mort d'Alderston. A ce moment, un auteur du nom de William Shawn fut chargé par la famille d'Alderston d'établir sa biographie officielle.

Voici le passage concernant l'affaire :

« Sir John eut de tout temps un sens du devoir très développé qui ne lui causa qu'une seule fois des remords particuliers. Un membre de sa famille raconte qu'un soir, après une partie de cartes, il rentra chez lui dans un état de grande détresse. On lui en demanda la raison, à quoi il répondit : « Je ne peux pas supporter ça. »

Après une enquête plus approfondie, il s'avéra que sir John avait joué aux cartes avec plusieurs associés, qui possédaient une part du Chemin de fer. Sir John avait perdu au jeu une caisse de madère vieux de douze ans et il répugnait beaucoup à s'en séparer. Il avait cependant promis de l'embarquer dans le train de Folkestone pour être livrée au gagnant qui résidait dans cette ville côtière où il surveillait le fonctionnement de la ligne à son terminus.

Sir John ne cessa de maugréer pendant trois jours, condamnant le gentleman qui avait gagné, le suspectant ouvertement d'avoir secrètement triché. A chaque jour qui passait, il était de plus en plus convaincu de la tricherie de l'homme, bien qu'il n'y eût aucune preuve.

Finalement, il donna des instructions à son serviteur pour que la caisse fût chargée dans le train et placée dans le fourgon à bagages avec beaucoup de précautions, et qu'on remplît les formulaires. Le vin était assuré contre la perte ou les avaries.

Quand le train arriva à Folkestone, on découvrit que la caisse était vide, et on supposa que le précieux vin avait été volé. Ceci provoqua une grande émotion parmi les employés du chemin de fer. Le garde du fourgon fut renvoyé et on procéda à des changements dans la façon de convoyer les marchandises. Sir John paya ses pertes au jeu avec l'argent de l'assurance.

Bien des années plus tard, il avoua à sa famille qu'il avait chargé sur le train une caisse vide car il ne pouvait supporter l'idée de se séparer de son précieux madère.

Cependant, il était accablé par un sentiment de culpabilité, spécialement vis-à-vis de l'employé de chemin de fer renvoyé. Il s'arrangea pour lui verser durant des années un traitement mensuel anonyme, de sorte que la somme payée dépassait de beaucoup la valeur de son vin.

Cependant, il ne ressentit jamais aucun remords envers

son créditeur, un certain John Banks. Au contraire, durant ses derniers jours, alors qu'il délirait, étendu sur son lit, on l'entendait souvent dire : « Ce maudit Banks n'est pas un gentleman, et que je sois pendu s'il obtient mon madère, vous entendez. »

Mr. Banks était alors décédé depuis plusieurs années. On a dit que de nombreux associés, proches de sir John, avaient trempé dans l'affaire de la mystérieuse disparition du vin, mais personne n'osa l'accuser. Au contraire on adopta certains changements dans les dispositifs de sécurité des trains (en partie sur l'ordre de la compagnie d'assurance). Et lorsque peu de temps après, un chargement d'or fut volé dans le train, tout le monde oublia l'histoire de la caisse de vin de sir John, sauf sir John lui-même, car sa conscience le tourmenta jusqu'à ses derniers jours. Telle était la force de caractère de ce grand homme.

CHAPITRE 39

Dernières difficultés

Au soir du 21 mai, quelques heures seulement avant le vol, Pierce dînait avec sa maîtresse Myriam dans sa maison de Mayfair.

Peu avant 9 h 30, leur repas fut interrompu par l'arrivée soudaine d'Agar qui paraissait très bouleversé. Il entra impétueusement dans la salle à manger sans s'excuser de son entrée brusque.

« Que se passe-t-il? demanda calmement Pierce.

— Burgess, dit Agar d'une voix essoufflé, Burgess, il est en bas.

— C'est vous qui l'avez amené ici? demanda Pierce en fronçant les sourcils.

— Il le fallait, dit Agar, attendez. »

Pierce se leva de table et descendit au fumoir. Burgess était là, debout, tournant entre ses mains sa casquette bleue de gardien. Il était visiblement aussi nerveux qu'Agar.

« Qu'est-ce qui ne va pas? dit Pierce.

— C'est la ligne, dit Burgess. Ils l'ont complètement changée; aujourd'hui même, ils ont tout changé.

— Qu'est-ce qu'ils ont changé? » demanda Pierce.

Burgess se lança dans un long discours.

« Je ne le sais que de ce matin, voyez-vous. J'arrive au travail à 7 heures tapant et je vois un tonnelier qui travaille dans mon fourgon, et je te tape et je te cogne à coups de marteau. Et il y a aussi un forgeron et quelques messieurs debout à côté surveillant le travail. Et c'est comme ça que j'ai vu qu'ils avaient tout changé, et juste aujourd'hui. Je veux dire que maintenant, pour le train, ce sera plus comme avant, ils ont tout changé et je ne sais pas...

— Qu'est-ce qu'ils ont changé exactement ? » demanda Pierce.

Burgess reprit haleine.

« La ligne, dit-il. La manière, tout ce qu'on faisait, ils ont tout changé. »

Pierce fronça les sourcils avec impatience.

« Dites-moi ce qui est changé. »

Burgess serra sa casquette si fort que ses articulations pâlirent.

« D'abord ils ont mis un nouveau surveillant sur la ligne. Il a commencé aujourd'hui — un type nouveau, un jeune.

— Il voyage avec vous dans le fourgon à bagages ?

— Non, monsieur. Il travaille seulement sur le quai à la gare. Il reste à la gare, lui. »

Pierce jeta un coup d'œil à Pierce. Peu lui importait qu'il y eût plus de surveillants sur le quai. Il pouvait y en avoir des douzaines, Pierce n'en avait cure.

« Qu'est-ce que ça fait ? dit-il.

— Ben voyez-vous, c'est le nouveau règlement.

— Quel nouveau règlement ?

— Personne ne voyage dans le fourgon à bagages, sauf moi comme surveillant. C'est ça le nouveau règlement, et c'est ce type qui va l'appliquer.

— Je vois », dit Pierce. C'était en effet un changement.

« Ce n'est pas tout, dit Agar, sombre.

— Non ? »

Burgess poursuivit :

« Ils sont venus poser une serrure à la porte du fourgon. Maintenant, ils ferment à London Bridge et ouvrent à Folkestone.

— *Sapristi,* dit Pierce qui se mit à arpenter la pièce de

long en large. Et les autres stations? Le train s'arrête à Redhill et à...

— Ils ont changé le règlement, dit Burgess. Le fourgon n'est pas ouvert avant Folkestone. »

Pierce continuait à marcher.

« Pourquoi ont-ils changé l'horaire?

— C'est à cause de l'express de l'après-midi, expliqua Burgess. Il y a deux express, un le matin, un l'après-midi. La semaine dernière, on dit qu'il y a eu vol dans le fourgon, au train de l'après-midi. On a volé à un gentleman un colis précieux; j'ai entendu dire que c'était du vin rare. En tout cas il a porté plainte contre la ligne. L'autre surveillant a été viré et ça a fait un sacré raffut. Le directeur lui-même m'a appelé ce matin et m'a passé un bon savon, en me menaçant des pires choses. Il m'engueulait presque. Et le nouveau surveillant du quai est le neveu du directeur. C'est lui qui ferme à London Bridge, juste avant que le train démarre.

— Du vin rare, dit Pierce. Dieu du Ciel, du vin rare! Est-ce qu'on peut embarquer Agar dans une malle? »

Burgess secoua négativement la tête.

« Pas s'ils font comme aujourd'hui. Ce neveu il s'appelle McPherson, c'est un Écossais et il en veut — il doit avoir grand besoin d'un boulot. Aujourd'hui, ce McPherson, il a fait ouvrir par les passagers toutes les malles et tous les paquets assez volumineux pour contenir un homme. Ça a fait un drôle de charivari, je peux vous le dire. Le neveu, il laisse rien passer. Vous comprenez, il est nouveau dans le travail, alors il fait du zèle, et on n'y peut rien.

— N'est-il pas possible de distraire son attention et de glisser Agar à l'intérieur pendant qu'il ne regarde pas?

— Pas regarder? Il ne cesse jamais de regarder. Il est là comme un rat affamé devant un bout de fromage et il a les yeux partout. Et quand tous les bagages sont chargés, il grimpe à l'intérieur et furète dans tous les coins pour voir s'il n'y a personne de planqué. Puis il sort et boucle la porte. »

Pierce sortit de sa poche sa montre de gousset. Il était 10 heures du soir. Ils avaient encore dix heures avant le départ du train, le lendemain matin. Pierce pouvait trouver une douzaine d'astuces pour faire passer Agar à l'insu d'un Écossais attentif, mais aucune manœuvre ne pourrait être préparée en si peu de temps.

Agar devait être du même avis et son visage respirait le pessimisme.

« Alors on remet ça au mois prochain?

— Non, dit Pierce en se tournant immédiatement vers le problème suivant. Cette serrure qu'ils ont installée à la porte du fourgon, est-ce qu'on peut la manœuvrer de l'intérieur? »

Burgess fit non de la tête.

« C'est un cadenas, accroché à un verrou, avec une serrure de sûreté en fer, à l'extérieur. »

Pierce continuait à arpenter la pièce. On n'entendait plus que le bruit de ses pas sur le tapis et le tic-tac de la pendule sur la cheminée. Agar et Burgess le regardaient. Au bout d'un long moment, Pierce finit par dire :

« Si la porte du fourgon est fermée, comment se fait l'aération?

— Oh, il y a assez d'air, dit Burgess, semblant un peu embarrassé. Le fourgon est en camelote et quand le train prend de la vitesse, la bise qui passe à travers les fentes et les crevasses siffle assez fort pour faire mal aux oreilles.

— Je veux dire, est-ce qu'il y a un dispositif pour aérer le fourgon?

— Eh bien, il y a les battants sur le toit.

— Qu'est-ce que c'est? demanda Pierce.

— Battants, battants, ben à vrai dire, c'est pas des vrais battants parce qu'il n'y a pas de gonds. Souvent je voudrais bien que ce soit des vrais battants, je veux dire montés sur charnière, parce quand il pleut, il y a là-dedans une vraie mare glacée...

— Qu'est-ce que c'est qu'un battant? interrompit Pierce. Le temps presse.

— Un battant? Un battant, c'est ce que les types du chemin de fer appellent une trappe. C'est une porte à charnière qui ouvre sur le toit et qui est montée au centre. A l'intérieur, vous avez une corde pour ouvrir ou fermer le battant. Les battants — je veux dire les vrais battants —, on en met deux par voiture, l'un en face de l'autre, pour qu'on ne reçoive jamais le vent. Mais il y a d'autres voitures qui ont leurs battants montés du même côté, mais c'est drôlement empoisonnant parce que ça veut dire que les battants doivent être fixés à l'arrière de la voiture et...

— Et vous avez deux de ces battants dans le fourgon à bagages?

— Ouais, c'est vrai, dit Burgess, mais ils sont pas réglementaires, parce qu'ils sont fixés ouverts, voyez-vous, ils n'ont pas de charnières et quand il pleut, moi je suis trempé...

— Les trappes donnent directement accès à l'intérieur du fourgon?

— Oui, directement, Burgess fit une pause et reprit : Mais si vous pensez à faire entrer un type par là, c'est impossible. Ils ne sont pas plus larges que ma main et...

— Ce n'est pas à ça que je pense, dit Pierce. Vous dites qu'il y a deux trappes. Où sont-elles placées?

— Sur le toit, comme je vous l'ai dit, au centre du toit et...

— A quel niveau, sur la longueur du fourgon? » demanda Pierce.

Ses allées et venues dans la pièce et ses façons brusques et irritées déroutaient totalement Burgess qui s'efforçait nerveusement d'être coopératif.

« A... A quel niveau? sur la longueur? »

Sa voix se perdit.

« Je ne sais pas ce que vous en pensez, dit Agar, mais j'ai mal au genou, mon genou gauche, et c'est toujours mauvais signe. Abandonnez cette affaire, c'est une vraie saloperie, qu'on n'en parle plus.

— La ferme », dit Pierce dans un brusque accès de colère qui fit reculer Agar d'un pas.

Pierce se tourna vers Burgess.

« Écoutez, dit-il, quand vous regardez ce fourgon, vous voyez une sorte de boîte. Une grande boîte, et au sommet de cette boîte, il y a les battants. Alors, où sont-ils?

— Ah ça, ils sont pas bien placés, on peut le dire. Les battants corrects, on les place à l'extrémité de la voiture, un à chaque bout, pour que l'air puisse circuler d'une extrémité à l'autre, d'un battant à l'autre. C'est comme ça que c'est le mieux.

— Et sur le fourgon, où sont-ils placés? demanda Pierce en regardant de nouveau sa montre. C'est la seule chose qui m'intéresse.

— C'est bien ça le diable, dit Burgess. Ils sont près du centre et séparés seulement par trois pas. Et il n'y a pas de gonds. Alors quand il pleut, l'eau tombe tout droit au milieu du fourgon, et ça fait une grande mare.

— Vous dites que les battants sont séparés par trois pas?

— Trois, quatre environ, dit Burgess. Je n'ai jamais cherché à savoir exactement, mais ce que je peux dire, c'est que je les hais ces sales trucs, et...

— Parfait, dit Pierce, vous m'avez dit ce que je voulais savoir.

— Je suis bien content, dit Burgess avec une sorte de soulagement embarrassé, mais je vous jure qu'il y a pas moyen qu'un homme ou même un moutard se glisse par ce trou et dès qu'ils m'ont enfermé là-dedans... »

Pierce l'interrompit d'un geste de la main et se tourna vers Agar.

« Ce cadenas extérieur, est-il difficile à crocheter?

— Je ne le connais pas, dit Agar, mais un cadenas c'est pas sorcier. Ils sont solides, mais ils ont de grosses gorges pour leur taille. En se servant du petit doigt en guise de rossignol, on peut l'ouvrir d'un coup.

— Est-ce que je pourrais? » demanda Pierce.

Agar le regarda fixement.

« C'est pas compliqué, mais ça pourrait vous demander une minute ou deux. Mais vous avez entendu ce qu'il a dit. Vous n'oserez pas briser ce cadenas aux arrêts des gares, alors pourquoi?... »

Pierce revint à Burgess.

« Combien de voitures de seconde classe y a-t-il au train du matin?

— Je sais pas exactement. Six le plus souvent. Sept au moment du week-end. Parfois, en milieu de semaine, ils en mettent cinq, mais plus tard, il y en a six. Pour la première classe...

— La première classe ne m'intéresse pas », dit Pierce.

Burgess se tint coi, totalement dérouté. Pierce regarda Agar. Agar avait saisi. Le crocheteur hocha la tête.

« Grand Dieu, dit-il, vous avez perdu l'esprit. Vous déraillez, aussi sûr que je suis là. Qu'est-ce que vous croyez? Ma parole, vous vous prenez pour Mr. Coolidge? »

Coolidge était un alpiniste bien connu.

« Je sais qui je suis », dit nettement Pierce.

Il se tourna à nouveau vers Burgess dont l'embarras avait empiré durant les dernières minutes. Il était maintenant complètement immobile, le visage blanc et inexpressif, ayant perdu la possibilité même de s'étonner.

« Votre nom est donc Coolidge? demanda-t-il. Vous aviez dit Simms...

— C'est Simms, dit Pierce, notre ami ne fait que plaisanter. Maintenant rentrez chez vous, dormez, et demain matin vous irez à votre travail comme d'habitude. Faites tout comme à l'ordinaire, quoi qu'il arrive. Vous n'avez qu'à faire votre travail sans vous occuper d'autre chose. »

Burgess regarda Agar, puis se tourna vers Pierce.

« Alors vous faites le coup demain?

— Oui, dit Pierce, maintenant rentrez chez vous et dormez. »

Quand les deux hommes se retrouvèrent seuls, Agar laissa libre cours à sa fureur et à son anxiété.

« Que je sois pendu si j'avale de telles " cingloteries " à cette heure. C'est pas de la bibine, le coup de demain. Vous vous rendez compte! » Agar leva les mains. « Abandonnez, je vous dis. Le mois prochain, je vous dis. »

Pierce garda un moment le silence.

« J'ai attendu un an, dit-il enfin, et ça sera demain.

— Tout ça c'est parler pour ne rien dire.

— On peut le faire, insista Pierce.

— Ah oui, explosa de nouveau Agar. Et comment? Écoutez, je sais que vous êtes malin, mais je suis pas branque, on me la fait pas. Le coup est foutu. C'est fichtrement dommage que le vin ait été piqué, mais c'est un fait et il faut en tenir compte. »

Agar était rouge et gesticulait frénétiquement.

Par contraste, le calme de Pierce était presque anormal. Il ne quittait pas Agar des yeux.

« C'est une affaire solide, dit Pierce.

— Dieu m'est témoin, comment?» Il regarda Pierce qui se dirigeait calmement vers un placard et remplissait deux verres de brandy.

« Vous n'en mettrez pas assez pour m'obscurcir la vue, dit-il. Maintenant, écoutez. » Agar leva la main et énuméra ses arguments en comptant sur ses doigts.

« Vous dites que je dois voyager dans le fourgon, mais je ne peux pas y entrer — il y a un salaud d'Écossais planté comme une statue devant la porte. Vous l'avez entendu comme moi. Mais à parler honnêtement, je vous fais confiance pour m'introduire quand même à l'intérieur. Deuxièmement. » Il pointa un autre doigt. « Mettons que je sois dans le fourgon. L'Écossais boucle de l'extérieur. J'ai aucun moyen d'attraper la serrure, alors même si je fais l'échange qu'on a dit, impossible d'ouvrir la porte et de balancer le butin dehors. Je suis enfermé jusqu'à Folkestone.

— A moins que je vous ouvre la porte », dit Pierce en versant à Agar une nouvelle rasade de brandy.

Agar l'avala d'un seul coup.

« Ouais, rien de plus facile. Vous vous amenez en trottant d'un pied léger par-dessus toutes ces voitures, et vous descendez en vous balançant sur le côté du fourgon, comme Mr. Coolidge, vous crochetez la serrure, et le tour est joué. Avant ça, j'aurai sûrement vu Dieu au Ciel.

— Je connais Mr. Coolidge », dit Pierce.

Agar cligna des paupières.

« C'est pas un bobard?

— Je l'ai rencontré l'année dernière sur le continent, et j'ai fait avec lui des ascensions en Suisse; trois pics en tout. J'ai appris ce qu'il sait. »

Agar était sans voix. Il scruta le visage de Pierce pour y déceler un signe de ruse. L'alpinisme était un sport nouveau qui ne datait que de trois ou quatre ans, mais qui avait enflammé l'imagination populaire, et le plus remarquable de ceux qui le pratiquaient : A. E. Coolidge, était devenu célèbre.

« C'est pas un bobard? répéta Agar.

— J'ai les cordes et l'équipement là-haut, dans le cabinet de débarras, dit Pierce. Je ne raconte pas des histoires.

— Donnez-moi un autre brandy », dit Agar en tendant son verre vide.

Pierce le remplit immédiatement et Agar l'avala d'une seule gorgée.

« Bon, dit-il. Disons que vous *pouvez* fracturer la serrure, vous pendre à une corde, et entrer dans le wagon, puis refermer et on n'y voit que du feu. Comment, moi, j'arriverai dedans, malgré l'Écossais, qui ne bouge pas d'un pouce?

— Il y a un moyen, dit Pierce. Ce n'est pas agréable, mais il y a un moyen. »

Agar n'était pas convaincu.

« Vous dites que vous me mettez dans une malle. Il va

sûrement l'ouvrir pour y jeter un coup d'œil et il me trouvera. Alors?

— Je compte qu'il l'ouvrira et vous verra, dit Pierce.

— Vous *comptez*?

— Je le pense, et cela se passera sans accroc si vous pouvez y mettre un peu d'odeur.

— Quel genre d'odeur?

— L'odeur d'un chien mort ou d'un chat, dit Pierce. Mort depuis quelques jours. Croyez-vous pouvoir vous débrouiller.

— Ma parole, je ne sais pas ce que vous mijotez. Oublions tout ça avec un petit verre ou deux, dit-il en tendant son verre.

— Ça suffit, dit Pierce. Vous avez du pain sur la planche. Rentrez chez vous et revenez avec votre meilleur vêtement, le plus beau que vous ayez, et vite. »

Agar soupira.

« Allez maintenant, dit Pierce, et faites-moi confiance. »

Après le départ d'Agar, il envoya chercher Barlow, son cocher.

« Avons-nous une corde? dit Pierce.

— Une corde, monsieur? Vous voulez dire une corde de chanvre?

— Précisément. Y en a-t-il une dans la maison?

— Non, monsieur. Est-ce que du cuir pour brides de cheval, ça vous irait?

— Non, dit Pierce. » Il réfléchit un moment. « Attelez le cheval au cab et préparez-vous à un travail nocturne. Il nous faut obtenir quelques articles. »

Barlow acquiesça et s'en alla. Pierce retourna à la salle à manger où Myriam attendait encore calmement et patiemment.

« Il y a des ennuis? dit-elle.

— Rien qui ne puisse s'arranger, dit Pierce. As-tu une

robe noire? Je pense à une petite robe modeste comme pourrait en porter une femme de chambre.

— Je crois que j'ai ça, oui.

— Bien, dit-il. Sors-la, tu la mettras demain matin.

— Pour quoi faire? » demanda-t-elle.

CHAPITRE 40
Une fausse alerte

Au matin du 22 mai, lorsque le surveillant écossais, McPherson, arriva sur le quai de la gare de London Bridge pour commencer sa journée de travail, un spectacle absolument inattendu se révéla à lui. Devant le fourgon à bagages du train de Folkestone, se tenait une femme vêtue de noir, une servante selon toute apparence, mais assez belle et sanglotant pitoyablement.

Il n'était pas difficile de découvrir la cause de son chagrin, car près de la pauvre fille, il y avait un cercueil de bois très simple, posé sur un porte-bagages plat. Bien que de qualité modeste, le cercueil était muni de plusieurs trous d'aération percés sur les côtés. Et sur le couvercle du cercueil, était monté une sorte de beffroi en miniature, contenant une petite cloche avec une corde reliant par un trou le battant à l'intérieur du cercueil.

Bien que le spectacle fût inattendu, il n'était pas le moins du monde mystérieux pour McPherson, ni, certainement, pour aucun Victorien de cette époque. McPherson ne fut pas non plus surpris, lorsqu'il s'approcha du cercueil, de percevoir une odeur nauséabonde de pourriture corporelle avancée, émanant des trous d'aération. Cela prouvait que l'occupant de la boîte était mort depuis quelque temps.

Durant le XIXe siècle, en Angleterre comme aux États-Unis, l'idée d'une inhumation prématurée avait soulevé de vives inquiétudes. Tout ce qui reste de cette bizarre anxiété, c'est la littérature macabre d'Edgar Allan Poe, et des autres, dans laquelle l'inhumation prématurée, sous une forme ou une autre, apparaît comme thème fréquent. Pour un esprit moderne, tout cela est exagéré et fantaisiste. Il est difficile de se rendre compte maintenant que, pour les Victoriens, l'inhumation prématurée était une crainte véritablement évidente, que partageaient presque tous les membres de la société, de l'ouvrier le plus superstitieux à l'homme le plus instruit.

Cette crainte générale n'était d'ailleurs pas une simple obsession névrotique. Bien au contraire, de nombreux faits pouvaient amener un homme sensé à penser qu'il y avait réellement des inhumations prématurées. Parfois, cette opération effroyable n'avait été empêchée que par quelque hasard. Le cas d'un garçon de dix ans, apparemment noyé, dans le Pays de Galles, en 1853, fit grand bruit. « Le cercueil était dans la tombe ouverte, la première pelletée de terre lancée dessus quand un bruit et des coups de pied effrayants se firent entendre de l'intérieur. Les fossoyeurs cessèrent leur travail et firent ouvrir le cercueil, sur quoi le garçon sortit et demanda ses parents. Pourtant ce même garçon avait été considéré comme mort des heures durant, et le médecin avait dit qu'il ne respirait plus et que son pouls n'était plus perceptible. Il avait la peau froide et grise. Voyant le gamin, la mère s'évanouit et ne reprit ses sens qu'un long moment après.

La plupart des cas d'ensevelissement prématuré concernaient des victimes manifestement noyées ou électrocutées, mais il y avait d'autres circonstances où un individu pouvait tomber dans un état de « mort apparente ou animation suspendue ».

En fait en discutait âprement pour savoir à quel moment l'individu pouvait être considéré comme mort, exactement comme on devait le faire un siècle plus tard, quand les médecins s'opposèrent à l'éthique de la transplantation d'organes. Mais il faut se rappeler que jusqu'en 1950, les médecins n'avaient pas compris qu'un arrêt du cœur pouvait être réversible; et en 1850, il y avait beaucoup de raisons d'être sceptique sur la fiabilité des signes mortuaires.

Les Victoriens procédaient de deux façons pour pallier leurs incertitudes. La première était de remettre l'enterrement à plusieurs jours — souvent une semaine — et d'attendre que l'odeur prouve sans possibilité d'erreur le départ de l'être cher pour l'au-delà. La volonté des Victoriens de retarder l'enterrement allait parfois jusqu'aux extrêmes. Quand le duc de Wellington mourut, en 1852, il y eut un débat public sur la manière dont ses funérailles nationales devaient être ordonnées : le duc de Fer dut attendre de se désagréger et il ne fut enterré que deux mois après sa mort.

La seconde méthode visant à éviter l'inhumation prématurée était technologique; les Victoriens fabriquaient une série de dispositifs compliqués d'avertissement et de signalisation pour permettre au mort de faire savoir qu'il était ressuscité. Un individu fortuné pouvait être enseveli avec un long tuyau de fer reliant son cercueil avec le sol au-dessus, et un serviteur de confiance de la famille était délégué pour rester au cimetière de jour et de nuit durant un mois ou plus pour le cas où le défunt se réveillerait soudain, et se mettrait à appeler au secours. Les personnes ensevelies au-dessus du sol, dans des caveaux de famille, étaient souvent placées dans des cercueils brevetés, avec système de ressorts dans lesquels étaient fixés un amas de fils, attachés aux bras et aux jambes du défunt, de sorte que le plus léger mouvement du corps pouvait ouvrir d'un coup le couvercle du cercueil. Beaucoup considéraient cette méthode préférable à toutes les autres, car on pensait que les individus passaient souvent du coma à un état de mutisme ou de paralysie partielle.

Le fait que ces cercueils à ressorts éclataient et s'ouvraient des mois ou même des années plus tard (sans doute à cause de quelque vibration extérieure, ou d'une détérioration dans le mécanisme du ressort) ne faisait que renforcer l'incertitude générale sur le temps durant lequel une personne pouvait rester morte avant de revenir à la vie, même pour un moment.

La plupart des systèmes de signalisation étaient coûteux et seulement à la portée des classes riches. Les gens pauvres adoptaient une tactique plus simple et enterraient leurs parents avec un instrument — un levier ou une pelle — en supposant vaguement que si le défunt ressuscitait, il pourrait se sortir de cette fâcheuse situation.

Il y avait de toute évidence un marché pour un système d'alarme peu onéreux, et en 1852, George Bateson demanda et reçut un brevet pour l' « Appareil Bateson de retour à la vie », présenté comme « le mécanisme le plus économique, le plus ingénieux et le plus fiable, apportant la paix de l'esprit à tous les gens endeuillés. Entièrement fabriqué avec les matériaux les plus beaux ». A cela s'ajoutait un autre commentaire :

« L'efficacité de cet appareil a été prouvée en d'innombrables circonstances, dans ce pays et ailleurs. »

Le beffroi Bateson, comme on l'appelait d'ordinaire, était une simple cloche de fer montée sur le couvercle d'un cercueil, par-dessus la tête du défunt, et reliée à travers le cercueil, par une corde ou un fil, à la main du mort, de sorte que le moindre mouvement puisse directement sonner l'alarme. Les beffrois Bateson atteignirent une popularité instantanée et en quelques années, une proportion importante de cercueils furent munis de ces cloches. A cette époque, il mourait chaque jour trois mille personnes rien qu'à Londres, et l'affaire de Bateson marchait bien. Il fut bientôt un homme riche et respecté : en 1859, Victoria le récompensa d'un O.B.E. (Ordre de l'empire britannique) pour ses efforts.

Comme étrange codicille à cette histoire, Bateson lui-même vivait dans la terreur mortelle d'être enterré vivant et faisait fabriquer dans son atelier des systèmes d'alarme de plus en plus complexes qui devaient être installés sur son cercueil quand il mourrait. En 1867, cette inquiétude lui fit perdre complètement la raison et il refit son testament pour demander à sa famille de l'incinérer à sa mort. Soupçonnant cependant que ses instructions ne seraient pas suivies, au printemps de 1868, il s'aspergea d'huile de lin dans son atelier, se mit le feu et mourut immolé par ses propres soins.

En ce matin du 22 mai, McPherson avait à se soucier de choses plus importantes que d'une servante en pleurs et d'un cercueil muni de son beffroi, car il savait que la cargaison d'or de *Huddleston & Bradford* allait être embarquée ce jour-là, à n'importe quel moment, dans le fourgon à bagages.

Par la porte du fourgon, il vit Burgess, le surveillant. McPherson le salua d'un geste auquel Burgess répondit par un bonjour nerveux, plutôt réservé. McPherson savait que son oncle, le directeur, avait passé la veille un bon savon à Burgess. Burgess s'inquiétait sans doute au sujet de son poste, d'autant plus que l'autre surveillant avait été renvoyé. McPherson se dit que cela expliquait la tension de Burgess.

Ou peut-être était-ce la femme en pleurs. Ce ne serait pas la première fois qu'un homme vigoureux était bouleversé par les larmes pitoyables d'une femme. McPherson se tourna vers la jeune personne et lui tendit son mouchoir.

« Voyons, mademoiselle, dit-il, voyons... »

Il renifla l'air. Debout près du cercueil, il percevait l'odeur fétide qui filtrait par les trous d'aération du cercueil. Mais il n'était pas si accablé par l'odeur pour ne pas remarquer que la fille était séduisante, même dans son chagrin.

« Allons, voyons, dit-il encore.

— Oh, s'il vous plaît, monsieur, dit la fille en pleurs en prenant le mouchoir et reniflant dedans. Oh, s'il vous plaît, pouvez-vous m'aider? Cet homme est sûrement une bête sans cœur.

— De quel homme parlez-vous? » demanda McPherson dans une explosion d'indignation.

« Oh, je vous en prie, monsieur, ce surveillant qui est sur la ligne. Il ne veut pas me permettre de déposer mon cher frère dans le train, car il dit que je dois attendre un autre surveillant. Oh! que je suis malheureuse », acheva-t-elle en fondant de nouveau en larmes.

« Quoi, ce malotru insensible voudrait vous empêcher d'embarquer votre frère dans le train? »

A travers ses sanglots et ses reniflements, la fille bredouilla quelque chose au sujet des règlements.

« Les règlements, dit-il, au diable! C'est une maladie pas à dire. »

Il nota sa poitrine opulente et sa jolie taille mince.

« S'il vous plaît, monsieur, il ne veut rien entendre à cause de l'autre surveillant.

— Mademoiselle, dit-il, l'autre surveillant, c'est moi, là devant vous et je vais faire mettre sans tarder votre cher frère dans le train. Ne vous occupez pas de ce vaurien.

— Oh, monsieur, je suis votre obligée », dit-elle en s'efforçant de sourire à travers ses larmes.

McPherson était enchanté; il était jeune et c'était le printemps. La fille était jolie et bientôt elle serait son obligée. En même temps il éprouvait une vive tendresse et une grande compassion pour sa détresse. Toutes ces émotions à la fois lui montaient à la tête.

« Attendez un peu », promit-il en se tournant vers Burgess pour fustiger son manque de cœur et son attachement trop rigoureux aux règles. Mais avant de pouvoir faire connaître son opinion, il vit s'avancer vers eux le long du quai, les gardiens armés, en costume gris, de *Huddleston & Bradford* qui apportaient la cargaison d'or en barres.

Le chargement fut effectué avec une extrême précision. D'abord, deux gardiens s'avancèrent sur le quai, montèrent dans le fourgon et firent une rapide inspection à l'intérieur.

Ensuite huit autres gardiens se rangèrent en formation autour de deux chariots poussés par deux équipes de porteurs, grognant et transpirant. Sur chacun se trouvaient de hautes piles de caisses rectangulaires scellées.

On installa une rampe menant au fourgon et les porteurs joignirent leurs efforts pour pousser l'un après l'autre les chariots dans le fourgon, où attendaient les coffres.

Ensuite, un préposé officiel de la banque, en grande tenue, avec un air autoritaire, apparut avec deux clefs à la main. Peu de temps après, l'oncle de McPherson, le directeur, arriva avec une seconde paire de clefs. L'oncle et l'homme de la banque introduisirent leurs clefs dans les serrures des coffres-forts et les ouvrirent.

Les caisses d'or furent chargées dans les coffres-forts et les portes fermées avec un claquement métallique qui se répercuta à l'intérieur du fourgon. On tourna les clefs dans les serrures ; les coffres étaient en sécurité.

L'homme de la banque prit ses clefs et s'en alla. L'oncle de McPherson mit ses clefs dans sa poche et s'approcha de son neveu.

« Ce matin, fais attention, dit-il. Ouvre tous les paquets assez grands pour contenir un type, et pas d'exception. Il renifla l'air. Qu'est-ce que c'est que cette puanteur ? »

McPherson désigna du geste la fille et le cercueil qui se trouvaient non loin de là. C'était un spectacle pitoyable, mais l'oncle fronça les sourcils sans l'ombre d'une compassion.

« Inscrit pour le train du matin, hein ?

— Oui, mon oncle.

— Tâche de l'ouvrir, dit le directeur en s'en allant.

— Mais mon oncle... », commença McPherson.

Il se disait qu'en insistant sur ce point, il perdrait les faveurs de la fille. Le directeur s'arrêta.

« Pas assez de cœur au ventre ? Sapristi, quel délicat ! » Il scruta le visage angoissé du jeune homme et se méprit sur son hésitation.

« Très bien. Je suis assez près de la mort pour qu'elle ne

m'inspire plus aucune terreur. Je vais m'en occuper moi-même. »

Et le directeur s'avança à grands pas vers la fille en pleurs et son cercueil. McPherson le suivait à regret.

C'est à ce moment qu'ils entendirent un terrible son électrique, le son de la cloche brevetée de Mr. Bateson.

Dans sa déposition au tribunal, Pierce expliqua plus tard la trame psychologique de son plan.

« Tout surveillant, suspecte certaines manœuvres précises. Je savais que le surveillant de la ligne se méfiait de quelque stratagème pour faire passer un être vivant dans le fourgon. Or un surveillant vigilant sait qu'un cercueil peut facilement contenir un homme ; mais c'est un truc si éventé qu'il n'aura guère de soupçons. C'est trop gros.

« Cependant, il se demandera vraisemblablement si le défunt est vraiment mort, et s'il est vigilant, il fera ouvrir la boîte et passera quelques instants à examiner de près le corps pour s'assurer du décès. Il peut prendre le pouls ou la température de la chair ou enfoncer une épingle par-ci, par-là. Or, aucun être vivant ne peut subir un tel examen sans être découvert.

« Mais il en est tout autrement si tout le monde croit que l'occupant du cercueil n'est pas mort, mais vivant, et qu'il a été enfermé par erreur. Toutes les émotions sont alors inversées. La suspicion fait place à l'espoir. Au lieu d'ouvrir le cercueil de façon solennelle et respectueuse, on se rue pour libérer le vivant. Les parents se joignent volontiers à cette ruée, prouvant ainsi qu'il n'y a rien à cacher.

« Quand on soulève le couvercle, et qu'apparaissent à la lumière les restes décomposés, combien la réaction des spectateurs est différente ! Leurs espoirs les plus fous sont anéantis en un instant ; la vérité cruelle et affreuse apparaît au premier coup d'œil, et nul n'est besoin d'une investigation approfondie. Les parents sont amèrement déçus et atroce-

ment bouleversés. On referme donc rapidement le couvercle, et tout cela parce que la déception est trop grande.
Ce sont simplement des réactions humaines, telles qu'elles
se manifestent chez tout homme normal. »

En entendant le son bref et unique de la cloche, la fille
en pleurs poussa un cri. Au même instant, le directeur et
son neveu se mirent à courir, couvrant rapidement la
courte distance qui les séparait du cercueil.

La fille se trouvait alors dans un état de profonde
hystérie, les doigts agrippés au couvercle du cercueil, sans
penser à l'inefficacité de ses efforts.

« Oh, mon cher frère. Oh, Richard, cher Richard. Oh,
Dieu! il vit... »

Ses doigts grattaient la surface en bois, de sorte que le
cercueil se balançait et que la cloche ne cessait de sonner.

Le directeur et son neveu partagèrent instantanément
l'anxiété frénétique de la fille, mais en gardant plus de
sang-froid. Le couvercle était fermé par une série de
cliquets métalliques qu'ils ouvrirent l'un après l'autre.
Personne ne remarqua apparemment dans la chaleur du
moment que ce cercueil avait plus de cliquets que trois
autres réunis. Et le processus d'ouverture était encore
retardé par les efforts de la pauvre fille angoissée qui
entravaient les leurs.

En quelques instants, les hommes se trouvèrent dans un
état de tension aiguë. Pendant tout ce temps, la fille
pleurait :

« Oh! Richard... Mon Dieu, dépêchez-vous, il est
vivant... Je vous en prie, mon Dieu, il vit, merci mon
Dieu... » Et le balancement du cercueil faisait sonner
continuellement la cloche.

Cette agitation attira sur le quai une foule assez
nombreuse, effarée par ce spectacle bizarre. La foule restait
cependant à quelques pas en arrière.

« Oh vite, plus vite, autrement il sera trop tard », criait

la fille tandis que les hommes manœuvraient fébrilement les cliquets.

Ce n'est qu'aux derniers cliquets que le directeur entendit la fille crier :

« Oh, je savais bien que ce n'était pas le choléra. C'est un vrai charlatan, ce médecin ! Oh, je le savais... »

Le directeur fronça les sourcils, la main sur le cliquet.

« Choléra ? demanda-t-il.

— Oh, vite, vite, criait la fille, voilà cinq jours que j'attends le son de la cloche...

— Vous dites choléra ? répéta le directeur. Cinq jours ? »

Mais le neveu qui continuait à manœuvrer les cliquets, releva brusquement le couvercle du cercueil.

« Merci, mon Dieu, cria la fille en se précipitant sur le corps comme pour serrer son frère dans ses bras. Elle s'arrêta cependant à mi-chemin, ce qui était parfaitement compréhensible. Une fois le couvercle relevé, une épouvantable puanteur, fétide et nauséabonde, s'échappa du cercueil, en une vague palpable, et l'origine de cette odeur n'était pas difficile à découvrir : le corps étendu à l'intérieur, habillé de ses plus beaux vêtements, les mains croisés sur la poitrine, était dans un état avancé de décomposition. La chair du visage et des mains était boursouflée, gonflée, et d'un gris vert répugnant. Les lèvres étaient noires, ainsi que le renflement de la langue. Le directeur et son neveu ne virent guère davantage de cet horrible spectacle. La fille, en pleine crise d'hystérie, s'évanouit sur place avec un dernier cri déchirant. Le neveu s'élança instantanément à son secours et le directeur referma le couvercle et se mit à fermer les cliquets avec beaucoup plus de hâte que pour les ouvrir.

En entendant dire que l'homme était mort de choléra, la foule se dissipa avec la même précipitation. En un instant, le quai de la gare fut presque désert.

La jeune servante revint bientôt à elle, mais elle restait dans un état de détresse profonde. Elle ne cessait de demander doucement :

« Comment est-ce possible ? J'ai entendu la cloche.

N'avez-vous pas entendu la cloche? Je l'ai entendue nettement. La cloche a sonné, j'en suis sûre. »

McPherson faisait de son mieux pour la réconforter; c'était, sans doute, un tremblement de terre, disait-il, ou une brusque rafale de vent qui avait fait sonner la cloche.

Voyant que son neveu était occupé avec la pauvre fille, le directeur du trafic prit sur lui de veiller au chargement des bagages dans le train de Folkestone. Il le fit avec tout le courage dont il pouvait faire preuve après une séance si déprimante. Deux dames bien vêtues voulaient faire charger deux grandes malles, et malgré leurs protestations hautaines, il insista pour que ces deux malles soient déverrouillées et ouvertes pour inspection.

Il n'y eut qu'un seul autre incident, lorsqu'un gentleman majestueux plaça dans le fourgon un perroquet — ou quelque autre oiseau multicolore du même genre — en demandant que l'on permette à son serviteur de voyager avec l'oiseau pour s'occuper de lui. Le directeur du trafic refusa en alléguant les nouveaux règlements du chemin de fer. Le gentleman prit un ton offensant puis offrit au directeur du trafic une « gratification consistante », mais celui-ci, qui regardait les dix shillings offerts avec plus d'intérêt qu'il ne voulait se l'avouer, se rendit compte que Burgess, le surveillant qu'il avait admonesté la veille, le regardait. Aussi, le directeur fut-il obligé de refuser le pourboire, à son grand regret et à celui du gentleman qui s'en alla en tapant du pied et en marmonnant une litanie de jurons cuisants.

Ces incidents ne contribuèrent pas à adoucir l'humeur du directeur du trafic, et quand enfin le cercueil malodorant fut chargé dans le fourgon, celui-ci prit un certain plaisir à avertir Burgess, sur un ton de grande sollicitude, d'avoir à veiller sur sa santé car le passager défunt avait été victime du roi Choléra.

Burgess ne répondit point. Il semblait aussi nerveux et égaré qu'il l'était avant que sonne la cloche. Vaguement insatisfait, le directeur aboya un dernier ordre à son neveu, lui enjoignant de poursuivre son travail et de fermer le fourgon. Puis il retourna à son bureau.

Plus tard, le directeur du trafic témoigna avec embarras qu'il n'avait aucun souvenir d'un gentleman à barbe rousse qui se serait trouvé dans la gare, ce jour-là.

CHAPITRE 41

Dernier ennui

En fait, Pierce se trouvait dans la foule qui assistait au terrible épisode de l'ouverture du cercueil. Il avait constaté que l'incident se déroulait exactement comme il l'avait voulu, et que Agar, avec son hideux maquillage, n'avait pas été démasqué.

Quand la foule se dissipa, Pierce s'avança jusqu'au fourgon avec Barlow à ses côtés. Barlow transportait un bagage assez étrange sur chariot, et Pierce eut un moment d'hésitation quand il vit le directeur du trafic surveiller lui-même le chargement du fourgon. Car si quelqu'un se donnait la peine de réfléchir, le comportement de Pierce était nettement étrange.

Selon toute apparence, c'était un gentilhomme prospère. Mais son bagage était inhabituel, pour ne pas dire plus : cinq sacoches de cuir identiques. Ces sacs n'étaient guère le genre d'articles prisés par les messieurs de goût. Le cuir était grossier, et les coutures étaient visibles et manquaient de fini. La solidité manifeste de ces sacs ne les empêchait pas d'être d'une laideur criante.

Cependant, aucun de ces sacs n'était très grand, et Pierce aurait facilement pu les caser dans les filets placés au-dessus de sa tête, dans son compartiment, au lieu de les mettre dans le fourgon à bagages. Généralement, on considérait le fourgon à bagages comme une contrainte ennuyeuse, car il impliquait une attente au début et à la fin du voyage.

Finalement le serviteur de Pierce — lequel n'avait pas pris de porteur à la gare — déchargea les sacs un à un pour les placer dans le fourgon. Bien que ce serviteur fût un gaillard solidement planté, d'une force évidente, il peinait visiblement sous le poids de chaque sacoche.

Bref, un observateur avisé aurait pu se demander pourquoi un gentilhomme de qualité voyageait avec cinq petits sacs identiques, laids, et extrêmement lourds. Pierce guettait le visage du directeur du trafic pendant que l'on chargeait les sacs l'un après l'autre dans le fourgon. Le directeur, un peu pâle, ne prêtait nulle attention aux sacs et n'émergea de son état de trouble qu'au moment où arriva un autre gentleman avec un perroquet, qui provoqua une discussion.

Pierce s'éloigna d'un pas nonchalant, mais il ne monta pas dans le train. Il resta à l'extrémité du quai, apparemment pour s'assurer que la femme évanouie était bien remise de ses émois. En fait, il lanternait dans l'espoir de voir la serrure qu'il allait bientôt essayer d'ouvrir. Quand le directeur s'en alla ensuite, après un dernier reproche sévère à son neveu, la jeune femme se dirigea vers les wagons. Pierce lui emboîta le pas.

« Mademoiselle, êtes-vous tout à fait remise? demanda-t-il.

— Je le crois », dit-elle.

Ils se perdirent dans la foule qui abordait les wagons.

« Peut-être pourriez-vous me rejoindre dans mon compartiment pour le voyage?

— Vous êtes bien aimable, dit la fille avec un léger salut.

— Débarrasse-toi de lui, chuchota Pierce. Je ne sais pas comment, mais débrouille-toi. »

Myriam eut un regard perplexe, lorsque tout à coup une voix cordiale retentit :

« Edward, Edward, cher ami. »

Un homme s'avançait vers eux à travers la foule. Pierce le salua chaleureusement de la main.

« Henry, appela-t-il, Henry Fowler, quelle extraordinaire surprise! »

Fowler arriva et serra la main de Pierce.

« Songez donc, vous rencontrer ici, dit-il. Vous prenez ce train? Oui? Eh bien, moi aussi. Il se trouve que... ah! »

Il s'interrompit en remarquant la fille aux côtés de Pierce et manifesta un certain embarras car, selon les critères sociaux d'Henry Fowler, tout était confus. Pierce était là, élégamment vêtu, et aussi poli que d'habitude, à côté d'une fille, pardieu, assez jolie, mais très commune de vêtements et de manières.

Pierce était un célibataire et un dandy, et il pouvait voyager ouvertement avec une maîtresse qu'il emmènerait en vacances à la mer, mais cette maîtresse serait certainement vêtue avec distinction, ce qui n'était pas le cas de la fille. Et tout au contraire, si cette créature était servante chez lui, il ne l'entraînerait pas dans un lieu aussi public qu'une gare à moins qu'il n'y eût à cela une raison spéciale, mais Fowler ne pouvait imaginer laquelle.

Il se rendait compte aussi que la fille avait pleuré; elle avait les yeux rouges. Ainsi, tout était extrêmement bizarre et inhabituel et...

Pierce sortit Fowler de son embarras.

« Pardonnez-moi, dit-il en se tournant vers la fille. Je devrais vous présenter, mais je ne connais pas votre nom. Voici Mr. Henry Fowler. »

La fille lui adressa un sourire réservé et dit :

« Je suis Brigid Lawson. Bonjour monsieur. »

Fowler fit un salut vaguement poli. Il s'efforçait de trouver l'attitude adéquate envers une fille, visiblement servante (et par conséquent pas une égale) et une femme en détresse (par conséquent digne du respect d'un gentilhomme si toutefois sa détresse avait un motif moralement acceptable). Pierce éclaircit la situation.

« Miss, heu... Lawson, vient d'avoir une émotion extrêmement éprouvante. Elle accompagne son défunt frère qui est maintenant dans le fourgon. Mais il y a quelques instants, la cloche a sonné, on a eu l'espoir d'une résurrection, et on a ouvert le cercueil...

— Je vois, je vois, dit Fowler, très angoissant.

— Mais c'était une fausse alerte, dit Pierce.

— Et ainsi doublement pénible, j'en suis certain, dit Fowler.

— Je lui ai offert de lui tenir compagnie pendant le trajet, dit Pierce.

— Et à votre place, j'aurais fait de même, dit Fowler. En fait... (Il hésita.) Est-ce que j'aurais l'air de m'imposer si je me joignais à vous? »

Pierce n'hésita pas.

« Pas du tout, dit-il joyeusement. C'est-à-dire, à moins que Mlle Lawson...

— Vous êtes tellement aimables, tous les deux », dit la fille avec un sourire brave, mais reconnaissant.

« Alors c'est entendu », dit Fowler, souriant aussi.

Pierce vit qu'il regardait la fille avec intérêt.

« Mais voulez-vous venir avec moi? Mon compartiment est juste un peu plus loin vers l'avant », dit-il en montrant du doigt la dernière voiture de première classe.

Pierce avait naturellement l'intention d'aller s'asseoir dans le dernier wagon de première classe. C'est de là qu'il aurait le moins de trajet à faire sur les toits des voitures pour atteindre le fourgon à bagages, à l'arrière.

« En fait, mon propre compartiment est là-bas. Il montra du doigt l'arrière du train. Mes sacs y sont déjà; j'ai payé le porteur, et...

— Mon cher Edward, dit Fowler, comment vous êtes-vous mis à l'arrière? Les compartiments de luxe sont tous vers l'avant où le bruit est réduit au minimum. Venez, je vous assure que vous trouverez à l'avant un compartiment plus à votre goût, et en particulier si Mlle Lawson se sent un peu faible... »

Il haussa les épaules comme pour suggérer que la conclusion était évidente.

« Rien ne me fait plus plaisir, dit Pierce. Mais à vrai dire, j'ai choisi mon compartiment sur l'avis de mon médecin, après avoir éprouvé certains malaises au cours de voyages en chemin de fer. Il les a attribués aux effets des vibrations venues du moteur et m'a donc conseillé de m'asseoir aussi loin que possible de la source de ces vibrations. » Pierce eut un rire bref. « Il a dit, en fait, que je devais m'installer en seconde classe, mais je ne peux m'y résoudre.

— Et ce n'est pas étonnant, dit Fowler. Il y a une limite à tout, mais on ne peut s'attendre à ce qu'un médecin sente ces choses. Le mien m'a conseillé un jour de ne plus boire de vin. Vous imaginez une pareille audace? Très bien, alors nous allons tous voyager dans votre compartiment.

— M⁰ᵉ Lawson pense peut-être comme vous, dit Pierce qu'il est plus confortable de voyager à l'avant. »

Avant que la fille ait pu parler, Fowler repartit :

« Quoi? L'éloigner de vous et vous la voler? Vous laisser ensuite voyager seul? Loin de moi une pareille idée. Venez, venez, le train va bientôt démarrer. Où est votre compartiment? »

Ils arpentèrent le train sur toute sa longueur jusqu'au compartiment de Pierce. Fowler était d'une gaieté inaltérable, et s'étendait longuement sur les médecins et leurs points faibles. Ils entrèrent dans le compartiment de Pierce et refermèrent la porte. Pierce regarda sa montre : il était 7 h 57. Le train ne partait pas toujours à l'heure fixe, cependant, même dans ce cas, il restait peu de temps.

Pierce devait se débarrasser de Fowler. Il ne pouvait sortir de son compartiment pour grimper sur le toit du train s'il y avait là des étrangers — et surtout quelqu'un de la banque. Mais en même temps, il devait se débarrasser de lui de façon à n'éveiller aucun soupçon, car à la suite du vol, Mr. Fowler fouillerait sa mémoire — et serait probablement interrogé par les autorités – pour découvrir le moindre indice d'irrégularité susceptible de révéler l'identité des voleurs.

Mr. Fowler continuait à parler, mais son intérêt était concentré sur la fille qui manifestait une attention ravie et fascinée.

« C'est une chance extraordinaire de tomber aujourd'hui sur Edward. Faites-vous souvent ce trajet, Edward? Moi, je ne le fais qu'une fois par mois. Et vous, mademoiselle Lawson?

— Je suis déjà montée dans un train, dit la fille, mais jamais en première classe; cependant ma maîtresse, cette fois, m'a acheté un ticket de première, vu que vous comprenez...

— Oh tout à fait, tout à fait, dit Fowler, cordial et volubile. Il faut faire tout ce qu'on peut pour aider les gens dans les moments de détresse. Je dois avouer que ce matin j'éprouve moi-même une tension qui n'est pas négligeable. Edward a sans doute deviné la raison de mon voyage, et par conséquent, de mon énervement. Eh! Edward, avez-vous deviné? »

Pierce n'avait pas écouté. Il regardait par la portière en se demandant comment il pourrait se débarrasser de Fowler dans les quelques minutes qui restaient. Il regarda Fowler.

« Pensez-vous que vos bagages sont en sécurité? dit-il.

— Mes bagages? Mes bagages? Quoi... Vous voulez dire dans mon compartiment? Je n'ai pas de bagages, Edward, je n'ai avec moi qu'une serviette, car je ne resterai à Folkestone que deux heures, à peine le temps de prendre un repas ou quelques rafraîchissements, ou de fumer un cigare avant de reprendre le train pour rentrer chez moi. »

« Fumer un cigare, se dit Pierce. Naturellement. » Il fouilla la poche de sa veste et en sortit un long cigare qu'il alluma.

« Voyons, chère enfant, dit Fowler, notre ami Edward a sûrement deviné le but de mon voyage, mais je pense que vous l'ignorez encore. »

La fille, les lèvres entrouvertes, avait les yeux fixés sur Mr. Fowler.

« La vérité est que ce n'est pas un train ordinaire et que je ne suis pas un passager ordinaire. Voyez-vous, je suis le directeur général de la société bancaire *Huddleston & Bradford*, à Westminster, et aujourd'hui, sur ce même train, à moins de deux cents pas de nous qui sommes assis ici, ma banque a chargé une cargaison d'or en barres, destinée à être expédiée par mer à nos braves soldats. Pouvez-vous imaginer pour combien il y en a ? Non ? Eh bien, ma chère enfant, ça représente plus de 12 000 livres.

— Tant que cela! s'écria la fille. Et c'est vous qui en avez la charge?

— Oui, comme je vous le dis. »

Henry Fowler semblait pleinement satisfait de lui-même et avec raison. Ses mots avaient visiblement fait une forte impression sur cette fille simple, et celle-ci le regardait maintenant, éperdue d'admiration. Et peut-être d'autre chose ? Elle paraissait avoir entièrement oublié Pierce.

C'est-à-dire, jusqu'à ce que la fumée du cigare de Pierce se fût répandue dans le compartiment en flots de nuages gris. Maintenant, la fille toussait de façon délicate comme pour attirer l'attention ainsi qu'elle l'avait sans doute vu faire à sa maîtresse. Pierce, qui regardait par la fenêtre, ne parut pas le remarquer.

La fille toussa encore, avec plus d'insistance. Comme Pierce ne réagissait toujours pas, Fowler se décida à parler.

« Vous vous sentez bien? dit-il.

— Je l'étais, mais ça ne va pas très bien..., dit-elle.

— Edward, dit Fowler, je crois que votre tabac gêne Miss Lawson. »

Pierce le regarda.

« Quoi?

— Je dis, est-ce que cela vous ennuierait...? » commença Fowler.

La fille se pencha en avant.

« Je me sens mal, s'il vous plaît », dit-elle en tendant une main vers la porte comme pour l'ouvrir.

« Vous voyez le résultat », dit Fowler à Pierce.

Fowler ouvrit la porte et aida la fille, qui s'appuyait assez lourdement sur son bras, à sortir à l'air frais.

« Je ne me rendais pas compte, se défendit Pierce, croyez-moi, si j'avais su...

— Vous auriez pu vous informer avant d'allumer votre truc diabolique », dit Fowler, la fille toujours appuyée contre lui, les genoux vacillants, et la poitrine presque pressée contre la sienne.

« Je regrette vivement », dit Pierce en se levant pour sortir à son tour et prêter main forte.

C'était la dernière chose que souhaitait Fowler.

« De toute façon, vous ne devriez pas fumer, puisque le docteur vous a averti que les trains ne sont pas bons pour votre santé, fit-il d'un ton sec. Venez, ma chère, dit-il à la fille. Mon compartiment est par là et nous pourrons continuer notre conversation sans risque de fumées nocives. »

La fille se laissa entraîner de bon cœur.

« Je regrette infiniment », répéta Pierce.

Mais ils s'éloignèrent sans tourner la tête.

Un instant plus tard, un coup de sifflet retentit et la locomotive se mit à haleter. Pierce rentra dans son compartiment, ferma la porte et regarda glisser devant sa fenêtre la gare de London Bridge, tandis que le train de Folkestone prenait de la vitesse.

QUATRIÈME PARTIE

La Grande Attaque du Train

Mai 1855

CHAPITRE 42

Une résurrection remarquable

Enfermé dans le fourgon à bagages dépourvu de fenêtres, Burgess pouvait maintenant localiser le train à n'importe quel instant, grâce au bruit des rails. Il entendit d'abord le claquement régulier des roues sur les rails bien alignés de la gare, puis plus tard, des sons creux, plus vibrants, lorsque le train traversa Bermondsey, sur plusieurs milles, par une voie aérienne ; un peu plus tard, il y eut un changement. Le son était plus sourd et l'allure plus heurtée, cela signifiait que la ligne du Sud avait quitté Londres, et se trouvait dans la campagne.

Burgess n'avait aucune idée du plan de Pierce et il fut étonné quand la cloche du cercueil se mit à retentir. Il attribua ce fait à la vibration et au balancement du train, mais quelques instants après, il y eut des bruits de coups, puis une voix étouffée. Incapable de proférer un mot, il s'approcha du cercueil.

« Ouvrez, nom de nom, dit la voix.

— Vous êtes vivant ? demanda Burgess, effaré.

— C'est Agar, espèce d'idiot », lui répondit la voix.

Burgess se hâta de défaire les crochets qui maintenaient le couvercle fermé. Bientôt Agar sortit du cercueil, le visage enduit d'une épouvantable pâte verte qui répandait une odeur épouvantable.

« Il faut que je me dépêche, dit-il. Apportez-moi les sacoches. »

Il montrait du doigt les cinq bagages de cuir entassés dans un coin du fourgon. Burgess s'empressa d'obtempérer.

« Mais le fourgon est fermé, dit-il. Comment va-t-on l'ouvrir?

— Notre ami, dit Agar, est un alpiniste. »

Agar ouvrit les coffres-forts et en retira la première caisse. Il en brisa le sceau et en sortit les barres d'or terni, chacune étant frappée d'une couronne royale et des initiales « H et B ». Il les remplaça par des petits sacs de grenaille qu'il prit dans les valises.

Burgess observait en silence. Le train avait dépassé *Crystal Palace* et roulait maintenant avec fracas presque droit au Sud, vers Croyden et Redhill. De là, il tournerait à l'Est en direction de Folkestone.

« Un alpiniste? répéta finalement Burgess.

— Oui, répondit Agar. Il va venir par le toit des wagons, pour nous ouvrir.

— Quand? demanda Burgess, les sourcils froncés.

— Après Redhill, il retournera à son wagon avant Ashford. Vous le verrez vous-même, bientôt, dit Agar, tout à son travail.

— Redhill et Ashford? C'est la partie la plus rapide du trajet.

— Ouais, je suppose, dit Agar.

— Alors, dit Burgess, votre ami est fou. »

CHAPITRE 43
Origine de l'audace

A un moment du procès de Pierce, le procureur se laissa aller à un sentiment de franche admiration.

« Ce n'était donc pas vrai, dit-il, que vous aviez fait de l'alpinisme?

— Non, répondit Pierce. J'ai simplement dit ça pour rassurer Agar.

— Vous n'aviez pas rencontré Mr. Coolidge, ni lu beaucoup de textes sur ce sujet, et vous ne possédiez aucun des appareils et équipements considérés comme essentiels pour pratiquer ce sport?

— Non, dit Pierce.

— Vous aviez peut-être un entraînement d'athlétisme ou de gymnastique qui vous donnait cette assurance?

— Non, dit Pierce.

— Alors, dit le procureur, il me faut chercher, ne serait-ce que par simple curiosité humaine, ce qui diable vous a conduit à supposer que sans entraînement préalable, ou savoir, ou équipement spécial, ou prouesse athlétique, ce qui vous a conduit à croire que vous pourriez réussir dans une entreprise si risquée et dirais-je presque suicidaire, consistant à escalader un train en pleine vitesse? Où avez-vous trouvé l'audace d'un pareil acte? »

Les rapports des journaux indiquent qu'à ce moment le témoin sourit.

« Je savais qu'il n'y aurait pas de difficultés, dit-il, en dépit du danger apparent, car j'avais eu l'occasion de lire dans la presse des articles au sujet de ce qu'on appelle le roulis du chemin de fer et j'en avais également lu l'explication fournie par des ingénieurs, selon laquelle les forces provenaient de la nature du mouvement rapide de l'air ainsi que le démontrent les études de feu l'Italien Baroni. Ainsi j'étais certain que l'action de ces forces me maintiendrait à la surface de la voiture et que mon entreprise n'offrait absolument aucun danger. »

A ce moment, le procureur demanda d'autres éclaircissements que Pierce donna sous une forme abrégée. Le résumé de cette partie du procès, tel qu'il est donné dans le *Times* a été encore remanié. L'idée générale était que Pierce — maintenant célèbre dans la presse comme un maître criminel — connaissait un principe scientifique qui l'avait aidé.

La vérité est que Pierce, assez fier de son érudition, entreprit cette ascension sur les wagons avec un sentiment de confiance sans fondement. En bref, la situation se présentait ainsi :

Vers 1848, quand les trains commencèrent à atteindre des vitesses de quatre-vingts ou même cent dix kilomètres à l'heure, on nota un phénomène nouveau, bizarre et inexplicable. Lorsqu'un rapide passait devant un train immobile dans une gare, les voitures des deux trains avaient tendance à se rapprocher. C'est ce qui fut appelé le « roulis du train ». Dans certains cas, les voitures se penchaient d'une façon tellement prononcée que les passagers s'inquiétaient ; parfois, il y avait effectivement des voitures un peu endommagées.

Après une période de délibérations techniques, les ingénieurs du chemin de fer finirent par admettre ouvertement leur perplexité. Personne n'avait la moindre idée de ce qui produisait ce roulis ou de ce qu'il fallait faire pour le corriger. Il faut se rappeler que les trains étaient alors les objets mobiles les plus rapides de l'histoire de l'humanité et on se demandait si le comportement de ces véhicules rapides n'était pas régi par un ensemble de lois physiques, pas encore découvertes. Ce désarroi se retrouva chez les ingénieurs en aéronautique un siècle plus tard, quand le phénomène du « coup de poing » d'un avion approchant la vitesse du son était encore inexplicable et que pour en venir à bout, on ne pouvait que tâtonner.

Cependant, en 1851, la plupart des ingénieurs avaient admis à juste titre que le roulis du train était une illustration de la loi de Bernoulli, un mathématicien suisse du siècle précédent, qui avait établi que la pression à l'intérieur d'un courant d'air en mouvement était moindre que celle de l'air environnant.

Cela signifiait que deux trains en marche pouvaient être attirés l'un vers l'autre s'ils étaient assez proches, par le vide partiel de l'air entre eux. La solution du problème était simple et elle fut bientôt adoptée : les voies parallèles furent davantage écartées les unes des autres et le roulis du train disparut.

Pour les temps modernes, la loi de Bernoulli explique divers phénomènes ; elle dit pourquoi une balle de base-ball s'incurve, pourquoi un voilier peut naviguer dans le vent, pourquoi l'aile d'un avion soulève l'appareil. Mais à cette époque, tout comme maintenant, la plupart des individus ne comprenaient pas ces événements en termes de physique. Beaucoup de voyageurs de l'époque du jet seraient sans doute surpris d'apprendre que le jet vole parce qu'il est littéralement aspiré vers le haut par le vide partiel qui se forme au-dessus de la surface supérieure des ailes et que la seule utilité du moteur est de propulser les ailes en avant avec assez de rapidité pour créer un passage d'air qui produise le vide nécessaire.

Un physicien discuterait même la justesse de cette explication et soulignerait qu'une explication rigoureuse des événements est encore plus loin de l'idée que se fait en général le public de ces phénomènes.

Devant cette complexité, on comprend aisément la

propre confusion de Pierce et ses conclusions erronées. Il croyait, semble-t-il, que le mouvement d'air qui entourait le train en marche, comme l'avait décrit « Baroni » l'aplatirait sur le toit du train et l'aiderait ainsi à progresser d'un wagon à l'autre.

La vérité est que la loi de Bernoulli n'aurait pu agir en aucune façon sur son corps. Il aurait simplement été exposé, à quatre-vingts kilomètres à l'heure, à une rafale d'air qui pouvait l'arracher du train à n'importe quel moment et il était vraiment absurde de tenter ce qu'il a fait.

Le manque d'information ne se bornait pas là. Le fait même que ces déplacements à grande vitesse étaient si nouveaux, faisait que Pierce, comme ses contemporains, mesurait très mal les risques courus lorsque l'on était jeté hors d'un véhicule roulant vite.

Pierce avait vu mourir Spring Hevel Jack après qu'il eut été jeté du train. Mais cela ne lui avait pas donné le sentiment de l'inévitable; pour lui ce n'était pas l'aboutissement de quelque loi physique inexorable. A cette époque, on avait vaguement l'idée que d'être jeté d'un train rapide, c'était dangereux, et d'autant plus que la vitesse du train était plus grande. Mais on pensait que la nature du danger dépendait de la façon de tomber; un individu chanceux pouvait se relever avec quelques égratignures alors qu'un malchanceux pouvait se briser le cou en tombant. Bref, on considérait que tomber d'un train, c'était à peu près comme tomber de cheval : certaines chutes étaient pires que les autres, et il fallait en prendre son parti.

L'histoire du chemin de fer a vu à ses débuts une sorte de sport casse-cou appelé « saut du wagon », en faveur chez les jeunes gens qui plus tard escaladèrent des édifices publics et s'engagèrent dans d'autres folles escapades. Les étudiants d'université étaient particulièrement friands de ces amusements.

Le saut du wagon consistait à bondir d'un train en marche. Bien que le gouvernement ait condamné cette pratique et que les autorités du chemin de fer l'aient carrément interdite, le saut du wagon a joui d'une vogue brève, de 1830 à 1835. La plupart des sauteurs s'en tiraient avec quelques contusions ou, au pire, un os cassé. Cette marotte finit par perdre sa popularité, mais elle confirma le public dans l'idée que tomber d'un train, ce n'était pas forcément mortel.

Durant les années 1830, la plupart des trains faisaient en moyenne quarante kilomètres à l'heure. Mais vers 1850, lorsque la vitesse des trains eut doublé, les conséquences d'une chute étaient tout à fait différentes et sans commune mesure avec une chute à des vitesses moindres. Cependant, comme l'indique la déposition de Pierce, le public ne s'en rendait guère compte.

« Aviez-vous pris des précautions contre le risque d'une chute? demanda le procureur.

— Oui, répondit Pierce, et ça m'a pas mal gêné. Sous mes habits, je portais deux paires de sous-vêtements lourds de coton qui ont eu pour effet de me réchauffer désagréablement, mais je sentais que ces mesures de protection étaient nécessaires. »

Ainsi, sans aucune préparation et en se trompant complètement sur les effets des principes physiques impliqués, Edward Pierce jeta sur son épaule un rouleau de corde, ouvrit la porte du compartiment et grimpa sur le toit du train en marche. Sa seule véritable protection — et la source de son audace — résidait dans son ignorance complète du danger qu'il affrontait.

Le vent le frappa comme un énorme poing, sifflant dans ses oreilles, lui piquant les yeux, lui emplissant la bouche, lui tirant les joues et lui brûlant la peau. Il n'avait pas ôté sa longue redingote et le vêtement battait autour de lui et fouettait si durement ses jambes que c'était une souffrance. Durant quelques instant, il fut totalement désorienté par la violence inattendue de l'air qui passait sur lui en sifflant; il s'accroupit, s'agrippant à la surface en bois du wagon et tenta de s'orienter. Il se rendit compte qu'il pouvait à peine regarder devant lui à cause des particules de suie brutalement rejetées par la locomotive. Il fut rapidement couvert d'une fine pellicule noire qui s'attachait à ses mains, son visage et ses vêtements. En dessous de lui, le train se balançait et sautait d'une façon alarmante et imprévisible.

Dans ces premiers moments, il était sur le point d'abandonner son projet, mais une fois remis du choc initial, il résolut de persister. Rampant sur les mains et les genoux, il se dirigea vers l'arrière jusqu'à l'extrémité du wagon et s'arrêta à l'espace situé au-dessus de la chaîne d'attelage qui séparait son wagon du suivant. C'était un vide de cinq pieds environ. Il mit quelques instants à rassembler son courage pour sauter sur le wagon suivant, mais réussit l'opération.

De là, il rampa péniblement sur toute la longueur de la voiture. Le vent rejetait en avant sa redingote qui lui recouvrait le visage et les épaules et lui fouettait les yeux. Après un instant de lutte contre le vêtement, il s'en dépêtra et le vit s'envoler, tourner en vrille dans l'air, et tomber finalement sur le bord de la route. En tournoyant, le vêtement ressemblait assez à une forme humaine pour inciter Pierce à faire une pause. Cela semblait une sorte d'avertissement du sort qui l'attendait s'il commettait la moindre erreur.

Libéré de sa redingote, il put avancer plus rapidement sur les wagons de seconde classe. Il sautait de l'un à l'autre avec de plus en plus d'assurance et finit par atteindre le fourgon à bagages après un laps de temps qu'il ne pouvait estimer. Cela lui semblait être une éternité, mais il jugea plus tard que la manœuvre n'avait pas demandé plus de cinq à dix minutes.

Arrivé sur le toit du fourgon, il saisit un battant ouvert et déroula sa corde sur toute la longueur. Il en fit tomber une extrémité par la trappe et, un instant après, sentit une traction. A l'intérieur du fourgon, Agar avait attrapé la corde.

Pierce se retourna et s'approcha de la seconde trappe. Il attendit là, le corps pelotonné contre la rafale constante et obstinée du vent, puis une main d'un vert fantomatique — celle d'Agar — apparut tenant le bout de la corde. Pierce la prit et la main de Agar disparut.

Pierce avait maintenant sa corde tendue d'une trappe à l'autre. Il en attacha les extrémités libres à sa ceinture, se laissa tomber sur le côté du fourgon jusqu'à ce qu'il fût au niveau du cadenas.

Dans cette position, il resta suspendu plusieurs minutes à manœuvrer la serrure avec les passe-partout d'un trousseau, essayant un rossignol après l'autre et opérant, comme il en témoigna plus tard avec un euphémisme parfait « avec autant de délicatesse que le permettaient les circonstances ». Il essaya en tout plus d'une douzaine de clefs et il commençait à désespérer d'en trouver une qui ferait fonctionner la serrure quand il entendit un sifflement aigu.

Il regarda vers l'avant et vit le tunnel de Cuckseys. En un instant il fut plongé dans l'obscurité et le bruit.

Le tunnel avait huit cents mètres de long; il n'y avait rien d'autre à faire qu'attendre. Quand le train surgit de nouveau à la lumière, il continua à essayer les clefs et fut récompensé; presque immédiatement, l'un des passe-partout déclencha doucement le mécanisme. La serrure s'ouvrit d'un coup.

Maintenant il était facile de défaire la serrure, de libérer la barre de traverse et de donner des coups de pied à la porte jusqu'à ce que Burgess l'ouvre. Le train du matin traversait la ville endormie de Godstone, mais personne ne remarqua l'homme suspendu à une corde qui pénétrait à ce moment à l'intérieur du fourgon et, complètement épuisé, s'évanouissait sur le sol.

CHAPITRE 44
Un problème de vêtements

Agar raconta qu'au moment où Pierce atterrissait à l'intérieur du fourgon, ni Burgess ni lui ne le reconnurent.

« J'ai commencé par l'accueillir avec froideur et je jure que je me suis dit : c'est un Indien crotté ou un nègre, tellement il était noir et ses vêtements étaient tout déchirés, comme dans un sketch comique ou comme s'il avait reçu une dégelée de coups dans un numéro de cirque. Il n'avait plus que des loques sur le corps et noires comme tout le reste. Je me suis dit, le chef a engagé un nouveau mec pour faire le coup. J'ai vu alors que c'était lui en personne. »

Les trois hommes devaient sûrement former un tableau bizarre : Burgess le surveillant, net et propre dans son uniforme bleu de chemin de fer, Agar, vêtu d'un splendide vêtement classique, le visage et les mains d'un vert cadavérique ; et Pierce écrasé à terre, les vêtements en lambeaux, et noir de suie de la tête aux pieds.

Mais ils reprirent très vite leurs esprits et opérèrent avec une rapidité efficace. Agar avait effectué l'échange ; les coffres étaient refermés avec leur nouveau trésor de grenaille de plomb ; les cinq sacs de cuir étaient posés devant la porte du fourgon, bien alignés, chacun rempli de barres d'or.

Pierce se redressa et sortit de son gilet sa montre, objet en or absurdement propre au bout d'une chaîne noire de suie. Il l'ouvrit : il était 8 h 37.

« Cinq minutes », dit-il.

Agar acquiesça. Dans cinq minutes, ils seraient sur la partie de la ligne la plus déserte où Pierce avait demandé à Barlow de se tenir prêt à ramasser les sacs qu'on lui lancerait. Pierce s'assit et regarda par la porte ouverte du fourgon le paysage qui défilait.

« Ça va, maintenant ? demanda Agar.

— Assez bien, dit Pierce. Mais je n'ai pas envie d'y retourner.

— Ouais, vous avez été drôlement arrangé, dit Agar. Il n'y a pas à dire, vous valez le coup d'œil. Vous allez vous changer quand vous serez de retour dans votre compartiment ? »

Pierce, qui respirait difficilement, ne comprit pas tout de suite la signification de ces mots.

« Me changer ?

— Oui, vos vêtements, dit Agar en riant. Si vous descendez à Folkestone comme vous êtes maintenant, vous ferez sensation. »

Pierce regardait le déroulement rapide des collines vertes en écoutant le grondement du train sur le rail. Il se présentait un problème qu'il n'avait jamais envisagé et pour lequel il n'avait rien prévu. Mais Agar avait raison. Il ne pouvait descendre à Folkestone et se présenter comme un ramoneur de cheminées loqueteux, surtout que Fowler le chercherait sûrement pour lui dire au revoir.

« Je n'ai pas de vêtements de rechange, dit-il doucement.

— Que dites-vous ? » dit Agar. Le bruit du vent par la porte ouverte du fourgon était très fort.

« Je n'ai pas de vêtements de rechange, répéta Pierce. Je ne m'attendais pas... »

Sa voix traîna et s'éteignit. Il fronça les sourcils.

« Je n'ai pas apporté d'autres vêtements. »

Agar rit de bon cœur.

« Alors vous allez jouer au va-nus-pieds comme vous m'avez fait jouer au cadavre. » Il se frappa les genoux. « Il y a quand même une justice.

— Ça n'a rien de drôle, s'écria Pierce. Il y a dans le train des gens qui me connaissent et qui vont sûrement me voir et remarquer le changement. »

L'hilarité d'Agar fut instantanément stoppée. De sa main verte, il se gratta la tête.

« Et ces gens qui vous connaissent, ils vont s'étonner de ne pas vous voir si vous n'êtes pas à la gare ? »

Pierce acquiesça.

« C'est un foutu piège », dit Agar.

Il parcourut le fourgon du regard, les diverses malles et autres bagages.

« Donnez-moi votre trousseau de passes, nous allons faire un ou deux trous et nous trouverons des vêtements qui vous iront. »

Il tendit la main vers Pierce pour prendre le trousseau de passe-partout, mais Pierce regardait sa montre. L'endroit prévu pour jeter les sacs était à deux minutes. Treize minutes plus tard, le train s'arrêterait à Ashford et, à ce moment, Pierce devrait être sorti du fourgon et rentré dans son propre compartiment.

« Nous n'avons pas le temps, dit-il.

— C'est la seule chance... » commença Agar, mais il s'interrompit.

Pierce le regardait de la tête aux pieds d'un air pensif.

« Non, dit Agar, sacrebleu, non !

— Nous avons à peu près la même taille, dit Pierce. Maintenant, faites vite. »

Il se détourna, et le cambrioleur se dévêtit en marmonnant des jurons de toutes sortes. Pierce regardait la campagne. Ils étaient maintenant tout près. Il se pencha pour placer les sacs au bord de l'ouverture de la porte. Il voyait maintenant un arbre sur le bas-côté. C'était l'un des repères qu'il s'était depuis longtemps fixés. Bientôt il y aurait la clôture de pierre... On y était... et ensuite la vieille voiture rouillée abandonnée. Il aperçut la voiture.

Un instant plus tard il vit la crête d'une colline et Barlow, de profil, près du fiacre.

« Ça y est », dit-il et, avec un grognement, il lança les sacs, l'un après l'autre, hors du train en marche.

Il les regarda rebondir sur le sol, l'un suivant l'autre. Il vit Barlow se hâter de descendre de la colline en direction des sacs. Puis le train amorça un tournant.

Il se retourna vers Agar dévêtu et en sous-vêtements qui lui tendait ses beaux habits.

« Les voilà et allez au diable! »

Pierce prit les vêtements, en fit un ballot aussi serré que possible, attacha le paquet avec la ceinture de Agar et, sans autre mot, se jeta dans le vent par la porte ouverte. Burgess ferma la porte du fourgon et quelques instants plus tard le garde et Agar entendirent le déclic du verrou, puis un autre déclic lorsque la serrure fut refermée. Ils entendirent le frottement des pieds de Pierce qui grimpait sur le toit; ensuite ils virent la corde, qui avait été tendue en travers du toit d'une trappe à l'autre, se détendre brusquement. La corde fut enlevée. Ils entendirent un moment encore les pas de Pierce sur le toit, puis plus rien.

« Sapristi, je suis glacé, dit Agar. Vous feriez bien de m'enfermer à nouveau. » Et il se glissa dans le cercueil.

Pierce n'avait pas beaucoup progressé dans son trajet de retour, quand il se rendit compte qu'il avait commis une autre erreur dans la mise au point de son plan. Il avait supposé que d'aller du fourgon à son compartiment lui prendrait le même laps de temps que d'aller de son compartiment au fourgon. Mais il vit presque immédiatement sa méprise.

Le retour, effectué contre le vent, était beaucoup plus lent. Et de plus il était embarrassé par le paquet des vêtements de Agar qu'il pressait sur sa poitrine, ce qui ne lui laissait qu'une main libre pour s'agripper au toit tandis qu'il avançait en rampant le long du train. Ses progrès étaient d'une lenteur désespérante. En quelques minutes, il se rendit compte qu'il allait dépasser, et de beaucoup, l'horaire prévu. Quand le train arriverait en gare de Ashford, il serait encore en train de ramper sur les toits; il serait alors découvert et serait grillé.

Pierce eut un mouvement de rage intense à l'idée que cette dernière partie du plan serait, en fin de compte, la seule erreur irrémédiable. Le fait que l'erreur était entièrement sa faute ne faisait qu'accroître sa fureur. Il s'agrippa au toit incliné du wagon qui se balançait, et se mit à jurer dans le vent, mais le bruit de la rafale était si fort qu'il n'entendit pas sa propre voix.

Bien entendu, il savait ce qu'il lui restait à faire, mais il ne voulait pas y penser. Il continuait à avancer de son mieux. Il était à la moitié de la quatrième des sept voitures de seconde classe quand il sentit sous lui le ralentissement du train. Le coup de sifflet déchira l'air.

D'un coup d'œil vers l'avant, il vit la gare de Ashford, petit rectangle rouge au toit gris, dans le lointain. Il ne pouvait percevoir aucun détail, mais il savait que dans moins d'une minute le train serait assez proche pour que les passagers du quai puissent le voir sur le toit. Durant un bref instant, il se demanda ce qu'ils penseraient en le voyant, puis il se redressa et se mit alors à sprinter en avant, sautant d'une voiture à l'autre, sans hésitation, à moitié aveuglé par la fumée que déversait vers lui la cheminée de la locomotive.

Il arriva sain et sauf, on ne sait comment, à la voiture de première classe, sauta en bas, ouvrit la porte, se jeta dans son compartiment et, immédiatement, tira les rideaux. Le train haletait maintenant plus lentement et comme Pierce s'écroulait sur son siège, il entendit le grincement des freins et le cri du garçon de wagon-lit : « Gare de Ashford... Ashford... Ashford... »

Pierce poussa un soupir.

Ils avaient réussi.

CHAPITRE 45

Terminus

Vingt-sept minutes plus tard, le train arrivait à Folkestone, terminus du Chemin de fer du Sud-Est, et tous les passagers descendirent. Pierce émergea de son compartiment, apparaissant, comme il le dit, « en bien meilleur état qu'il ne le méritait, mais sans l'élégance vestimentaire requise ».

À l'aide de son mouchoir mouillé de salive, il s'était rapidement nettoyé le visage et les mains, mais il s'était aperçu que la suie et la poussière qui lui recouvraient la peau étaient très réfractaires. Comme il n'avait pas de miroir, il ne pouvait que supposer l'état de son visage mais, pour ses mains, son nettoyage n'avait abouti qu'à une sorte de gris clair. De plus, il se doutait que ses cheveux d'un blond roux étaient maintenant beaucoup plus sombres qu'auparavant, et il se félicitait de ce que son haut-de-forme les recouvrait presque entièrement.

Mais en dehors de son haut-de-forme, ses vêtements ne lui allaient guère. Même à cette époque où les habits de la plupart des gens étaient mal ajustés, Pierce se sentait particulièrement bizarre. La longueur du pantalon était presque inférieure de cinq centimètres à la longueur acceptable, et la coupe de la veste, bien qu'assez élégante, était d'une facture extrêmement voyante que les vrais gentilshommes évitaient parce qu'elle dénotait de façon indécente le nouveau riche. Et, bien entendu, il puait le rat mort.

Aussi, Pierce descendit-il avec angoisse sur le quai de Folkestone. Il savait que la plupart des gens qui le verraient penseraient qu'il avait l'air emprunté. Il était assez fréquent que des individus aspirant à être des gentlemen trouvent des vêtements d'occasion qu'ils portent fièrement, oubliant que ces vêtements ne leur vont pas. Mais Pierce n'était que trop conscient que Henry Fowler, extrêmement attaché aux nuances du standing social, remarquerait aussitôt l'aspect particulier de Pierce et se demanderait ce qui s'était passé. Il se rendrait certainement compte que Pierce avait changé de vêtements pendant le voyage et il s'en étonnerait.

Le seul espoir de Pierce était de pouvoir garder ses distances vis-à-vis de Fowler. Il projeta de s'en tirer, s'il le pouvait, avec un signe d'adieu et un air d'affairement qui écarterait toutes civilités mondaines. Fowler comprendrait certainement qu'un homme s'occupe d'abord de ses affaires. Et, de loin, avec la foule entre eux, la bizarrerie des vêtements de Pierce pourrait peut-être lui échapper.

Il se trouva que Fowler arriva au pas de charge à travers la foule avant que Pierce pût le repérer. Fowler avait la femme près de lui et il ne paraissait pas heureux.

« Eh bien Edward, commença Fowler d'un ton tranchant, je vous serais éternellement reconnaissant si vous vouliez... »

Il s'interrompit, la bouche ouverte. « Grand Dieu, se dit Pierce, c'est fichu. »

« Edward! » reprit Fowler en regardant son ami avec étonnement.

L'esprit de Pierce travaillait rapidement, essayant de prévoir les questions, et de préparer les réponses. Il se sentait trempé de sueur.

« Edward, cher ami, vous avez un air terrible.

— Je sais, commença Pierce, voyez-vous...

— Vous avez un air effrayant, presque mortuaire. Vous

êtes d'un gris cadavérique. Quand vous m'avez dit que les trains vous rendaient malade, je n'imaginais guère... Êtes-vous bien?

— Je le crois, répondit Pierce avec un soupir de soulagement. Je pense que je serai bien mieux après avoir déjeuné.

— Déjeuné? Oui, naturellement, il vous faut déjeuner tout de suite et prendre aussi un verre de brandy. Votre circulation est ralentie. Je me joindrais à vous, mais... Ah! je vois que l'on décharge maintenant l'or dont je suis responsable. Edward, pouvez-vous m'excuser? Êtes-vous vraiment bien?

— J'apprécie votre inquiétude, commença Pierce, et...

— Peut-être puis-je l'aider? dit la fille.

— Oh, excellente idée, dit Fowler. Absolument splendide. Splendide. C'est une charmeuse, Edward, et je vous la laisse. »

Fowler accompagna ce dernier commentaire d'un étrange regard puis se précipita le long du quai vers le fourgon. Il se retourna une fois pour crier :

« N'oubliez pas, ce qu'il vous faut c'est un bon verre de brandy. » Et il disparut.

Pierce poussa un énorme soupir et se tourna vers la fille.

« Comment a-t-il pu ne pas remarquer mes vêtements?

— Tu devrais voir ta mine, dit-elle. Tu as un air horrible! »

Elle regarda les vêtements de Pierce.

« Et je vois que tu as les habits d'un mort.

— Les miens ont été déchirés par le vent.

— Tu as donc fait le coup? »

Pierce se contenta de sourire.

Pierce quitta la gare peu avant midi. La fille, Brigid Lawson, resta en arrière pour surveiller le transport du cercueil de son frère sur un fiacre. A la grande irritation des porteurs, elle refusa plusieurs voitures qui attendaient à la gare, disant qu'elle avait pris d'avance des arrangements avec un cocher particulier.

La voiture n'arriva qu'au bout d'une heure. Le conducteur, brute massive et laide au front barré d'une cicatrice, aida au chargement du cercueil puis fouetta ses chevaux et s'éloigna au galop.

Personne ne remarqua qu'au bout de la rue la voiture s'arrêtait pour prendre un autre passager, un gentilhomme couleur de cendre, aux vêtements mal ajustés. Puis la voiture repartit à grand bruit et disparut.

A midi, les coffres-forts de la banque *Huddleston & Bradford* avaient été transférés sous la surveillance d'un garde armé de la gare de Folkestone au bateau de la Manche qui accomplirait en quatre heures la traversée jusqu'à Ostende. Si l'on tient compte du changement d'heure sur le continent, il était 17 heures quand les douaniers français signèrent les formulaires indispensables et prirent possession des coffres-forts. Ceux-ci furent alors acheminés sous bonne garde au terminus de la gare d'Ostende pour être expédiés à Paris le lendemain matin.

Le 23 mai au matin, les représentants français de la banque *Louis Bonnard & Fils* arrivèrent à Ostende pour ouvrir les coffres et vérifier leur contenu avant de les placer à bord du train de 9 heures pour Paris.

Ainsi, à 8 h 15 du matin, le 23 mai, on découvrit que les coffres-forts contenaient une grande quantité de grenaille de plomb, placée dans des sacs d'étoffe individuels, et pas d'or du tout.

Cette étonnante révélation fut immédiatement télégraphiée à Londres et le message arriva aux bureaux de *Huddleston & Bradford* à Westminster peu après 10 heures. Il provoqua immédiatement la plus profonde consternation dans cette société au passé récent mais respectable et pendant des mois, la fureur ne se démentit point.

CHAPITRE 46
Bref historique de l'enquête

Comme on pouvait le prévoir, la première réaction de *Huddleston & Bradford* fut le refus absolu de croire qu'il y eût quelque chose qui cloche. Le câble français avait été écrit en anglais et disait : OR MANQUANT, OÙ EST-IL et était signé VERNIER-OSTENDE.

Devant ce message ambigu, Mr. Huddleston annonça qu'il y avait sans doute eu quelque retard absurde à cause des autorités douanières françaises et prédit que toute l'affaire serait éclaircie avant l'heure du thé. Mr. Bradford n'avait jamais fait le moindre effort pour cacher son mépris intense et durable pour tout ce qui était français; il prétendit que ces immondes grenouilles avaient mal acheminé l'or et qu'ils essayaient maintenant de rejeter sur les Anglais la responsabilité de leur propre sottise. Mr. Henry Fowler, qui avait accompagné le chargement d'or à Folkestone et veillé à ce qu'il soit en sécurité sur le vapeur de la Manche, remarqua que la signature « Vernier » n'était pas un nom familier et en déduisit que le câble pouvait être une mauvaise plaisanterie. A cette époque, les relations étaient de plus en plus tendues entre les Anglais et leurs alliés français.

Des câbles requérant — et plus tard exigeant — un éclaircissement, traversèrent la Manche dans les deux sens. A midi, il apparut que le bateau allant de Douvres à

Ostende avait sombré et que le chargement d'or s'était perdu dans la catastrophe. Cependant, au début de l'après-midi, il fut clair que le voyage du vapeur s'était effectué sans incident, mais que tout le reste était infiniment plus confus.

La Banque de Paris, les chemins de fer français, la compagnie des vapeurs anglais, les chemins de fer britanniques et la Banque britannique lancèrent alors une affolante profusion de câbles à tous les correspondants possibles. A mesure que la journée s'écoulait, le ton des messages se faisait plus acrimonieux et leur contenu plus comique. L'histoire atteignit une sorte d'apogée quand le directeur du Chemin de fer du Sud-Est, à Folkestone, télégraphia au directeur de la Compagnie des paquebots britanniques qui se trouvait aussi à Folkestone : Qui est M. Vernier ? Et le directeur de la Compagnie des paquebots répondit à cela : VOS ALLÉGATIONS GROSSIÈRES NE RESTERONT PAS SANS RÉPONSE.

A l'heure du thé, les télégrammes et les câbles s'empilaient sur les bureaux des principaux patrons de la banque *Huddleston & Bradford* et il fallut envoyer chez ces messieurs des commissionnaires pour faire savoir aux femmes que leurs maris ne rentreraient pas chez eux pour dîner à cause d'affaires urgentes. L'atmosphère de calme inébranlable et de dédain devant l'incompétence des Français faisait place au soupçon croissant qu'il était vraiment arrivé quelque chose à l'or. Et il était de plus en plus clair que les Français étaient aussi inquiets que les Anglais. M. Bonnard lui-même avait gagné la côte par le train de l'après-midi, pour enquêter sans délai sur la situation à Ostende. M. Bonnard était connu pour son esprit casanier et on considéra sa décision de partir en voyage comme un événement très significatif.

A 7 heures, heure londonienne, au moment où la plupart des employés de la banque rentraient chez eux, leur journée de travail finie, l'humeur des patrons était ouvertement pessimiste. Mr. Huddleston était hargneux, l'haleine de

Mr. Bradford sentait le gin, Mr. Fowler était pâle comme
un fantôme et les mains de Mr. Trent tremblaient. Il y eut
un bref instant de gaieté vers 19 h 30 quand les papiers de la
douane d'Ostende, signés la veille par les Français, arrivèrent à la banque. Ils indiquaient qu'à 17 heures, le
22 mai, le représentant de *Bonnard & Fils,* un certain
Raymond Vernier, avait accusé réception de dix-neuf
coffres-forts scellés expédiés par *Huddleston & Bradford,*
contenant, suivant la déclaration, douze mille livres ster-
lings de barres d'or.

« Voici leur arrêt de mort », dit Mr. Huddleston en
brandissant le papier, « et s'il y a une irrégularité, les
Français en sont entièrement responsables. »

Mais c'était tiré par les cheveux et il le savait bien lui-
même.

Peu de temps après, Mr. Huddleston reçut un long câble
d'Ostende.

« VOTRE CHARGEMENT DE DIX-NEUF (19) COFFRES-
FORTS ARRIVÉ OSTENDE HIER 22 MAI A 17 HEURES A BORD
VAISSEAU « ARLINGTON » CHARGEMENT DIT ACCEPTÉ
PAR NOTRE REPRÉSENTANT SANS BRISER SCEAUX APPA-
REMMENT INTACTS LIVRAISON PLACÉE COFFRE-FORT D'OS-
TENDE AVEC GARDE NUIT 22 MAI SUIVANT NOTRE DÉCLA-
RATION AUCUN SIGNE VIOLATION COFFRE GARDE DIGNE
CONFIANCE MATIN 23 MAI NOTRE REPRÉSENTANT BRISA
SCEAUX VOTRE LIVRAISON CONSISTAIT EN QUANTITÉ
GRAINS PLOMB POUR FUSIL MAIS PAS D'OR ENQUÊTE
PRÉLIMINAIRE SUR ORIGINE PLOMB SUGGÈRE MANUFAC-
TURE ANGLAISE EXAMEN SCEAUX BRISÉS SUGGÈRE EFFRAC-
TION ANTÉRIEURE ET NOUVEAU SCELLAGE BIEN FAIT NE
SUSCITANT AUCUN SOUPÇON A INSPECTION ORDINAIRE
NOTIFICATION FAITE DIRECTEMENT POLICE AUSSI GOU-
VERNEMENT A PARIS RAPPELANT TOUT ORIGINE BRITAN-
NIQUE CHEMIN DE FER BRITANNIQUE VAPEUR BRITAN-
NIQUE GARDIENS SUJETS BRITANNIQUES VOUS PRIE

INFORMER AUTORITÉS BRITANNIQUES ATTENDS VOTRE
SOLUTION A CE PUZZLE. »

> LOUIS BONNARD, PRÉSIDENT
> BONNARD ET FILS, PARIS
> ORIGINE : OSTENDE

On dit que la première réaction de Mr. Huddleston à ce
câble fut un juron énergique et fougueux, provoqué par les
tensions du moment et l'heure tardive. On dit aussi qu'il fit
un long commentaire sur la nation française, la culture
française, les habitudes personnelles et hygiéniques de la
population française.

Mr. Bradford vociférant encore plus, exposa la tendance
contre nature des Français à s'acoquiner avec des filles de
ferme.

Mr. Fowler était visiblement ivre et Mr. Trent souffrait
de douleurs à la poitrine.

Il était près de 10 heures du soir lorsque les banquiers
furent enfin assez calmes pour que Mr. Huddleston dise à
Mr. Bradford : « Je vais saisir le ministre de l'affaire. Vous,
avertissez Scotland Yard. »

Dans les jours qui suivirent, les événements prirent une
ligne prévisible. Les Anglais soupçonnaient les Français, les
Français soupçonnaient les Anglais ; chacun soupçonnait la
direction des chemins de fer anglais qui de son côté
soupçonnait les fonctionnaires de la marine anglaise qui, à
leur tour soupçonnaient les fonctionnaires de la douane
française.

Les officiers de police britanniques en France et les
officiers de police français en Angleterre se frottaient aux
détectives privés engagés par les banques, les chemins de
fer et la compagnie maritime. Chacun offrait une récompense pour toute information qui contribuerait à l'arrestation des bandits et des deux côtés de la Manche, les informateurs répondirent rapidement par une profusion stupéfiante
de tuyaux et de rumeurs.

La gamme des théories sur la perte de l'or allait de la

plus terre à terre — un couple de voyous français et anglais tombant sur une occasion fortuite — à la plus grandiose — un complot de hauts fonctionnaires des gouvernements français ou anglais engagés dans une machination ayant pour but à la fois de leur remplir les poches et de gâter les relations avec leurs alliés militaires. Lord Cardigan lui-même, le grand héros de la guerre, exprima l'opinion « qu'il s'agissait sûrement d'une adroite combinaison d'avarice et d'habileté politique ».

Néanmoins, la conviction la plus répandue des deux côtés de la Manche était qu'il s'agissait de quelque affaire interne. D'abord, c'était ainsi que la plupart des crimes étaient perpétrés. Ensuite, dans ce cas particulier, la complexité et la dextérité du vol indiquaient sûrement une information et une coopération intérieures. Aussi les autorités interrogèrent et surveillèrent tout individu ayant un rapport quelconque avec le chargement d'or pour la Crimée. Le zèle de la police à récolter des informations eut des conséquences surprenantes : le petit-fils âgé de dix ans du capitaine du port de Folkestone fut suivi plusieurs jours par un agent en civil, pour des raisons dont personne ne put se souvenir plus tard. De tels incidents ne faisaient qu'augmenter la confusion générale et les interrogatoires traînèrent des mois durant, car tout nouvel indice requérait l'attention d'une presse avide et fascinée.

Il n'y eut aucun progrès significatif jusqu'au 17 juin, près d'un mois après le vol. A cette date, sur l'insistance des autorités françaises, les coffres arrivés à Ostende par le vapeur anglais et le Chemin de fer du Sud-Est furent tous renvoyés à leurs fabricants respectifs à Paris, Hambourg et Londres pour être démantelés ; les mécanismes de ferme-ture devaient être examinés. On découvrit que les coffres Chubb portaient, à l'intérieur des serrures, des éraflures révélatrices ainsi que des traces de métal limé, de graisse et de cire. Les autres coffres ne présentaient aucun signe d'effraction.

Cette découverte concentra de nouveau l'attention sur

Burgess, le gardien du fourgon à bagages, qui avait déjà été questionné et relâché. Le 19 juin, Scotland Yard annonça la délivrance d'un mandat d'arrêt contre lui mais, le jour même, l'homme, sa femme et leurs deux enfants disparaissaient sans laisser de trace. Dans les semaines qui suivirent, on chercha Burgess, mais en vain.

On se rappela alors que la ligne du Sud-Est avait subi une autre attaque dans le fourgon, une semaine seulement avant le vol de l'or. L'organisation du chemin de fer était donc assez relâchée, ce qui amena l'opinion publique à supposer de plus en plus nettement que le vol avait eu lieu dans le train de Londres-Folkestone. Et quand les détectives engagés par la Compagnie du Sud-Est amenèrent la preuve que le vol avait été perpétré par des bandits français — allégation rapidement reconnue comme sans fondement — les soupçons se transformèrent en certitudes et la presse se mit à parler de La Grande Attaque du Train.

Durant les mois de juillet et d'août, La Grande Attaque du Train demeura le sujet à sensation de la presse et des conversations. Bien que personne ne pût très bien imaginer comment ce vol s'était effectué, son évidente complexité et son audace suscitèrent bientôt la conviction certaine que les auteurs étaient anglais. Les Français d'abord suspectés furent alors jugés comme trop limités et trop timorés même pour concevoir un acte aussi audacieux, et encore moins pour le mettre à exécution.

Lorsque à la fin du mois d'août, la police de New York annonça qu'elle avait arrêté les voleurs et qu'ils étaient américains, la presse anglaise réagit avec une incrédulité dédaigneuse. On apprit, d'ailleurs, quelques semaines plus tard, que la police de New York s'était trompée et que les voleurs suspectés n'avaient jamais mis les pieds sur le sol anglais. Selon les dires d'un correspondant, « ces hommes étaient de ceux qui se saisissent d'un événement, précisément s'il est notoire, pour attirer l'attention du public, et satisfaire ainsi une fringale de célébrité ».

Les journaux anglais imprimaient toute rumeur ou

réflexion concernant le vol; d'autres histoires étaient envisagées à son sujet. Ainsi quand la reine Victoria fit en août une visite à Paris, la presse se demanda dans quelle mesure sa réception dans la ville serait influencée par le vol. (Il n'y eut apparemment aucune différence.)

Mais ce qui est évident, c'est que durant les mois d'été aucun fait nouveau ne se produisit et l'intérêt commença inévitablement à décroître. L'imagination publique avait été séduite pendant quatre mois. On était entre-temps passé de l'hostilité envers les Français qui avaient visiblement volé l'or de façon légère et sournoise, au soupçon à l'égard des personnalités de la finance et de l'industrie coupables, au mieux, d'une grande incompétence et, au pire, du crime lui-même. On en était arrivé à une sorte d'admiration pour l'audace et l'ingéniosité des bandits anglais qui avaient préparé et réalisé cet exploit quelle que soit la méthode utilisée.

Mais comme l'enquête ne progressait pas, La Grande Attaque du Train devint un sujet ennuyeux et l'opinion publique s'irrita. Après s'être vautré dans une délicieuse orgie de sentiment anti-Français, avoir plaint et applaudi les bandits eux-mêmes, savouré les faiblesses des banquiers, des hommes du rail, des diplomates et de la police, le public était maintenant prêt à retrouver sa foi dans la solidité fondamentale des banques, des voies ferrées, du gouvernement et de la police. En bref, on voulait que les coupables soient pris, et vite.

Mais les coupables couraient toujours. Les autorités mentionnaient avec de moins en moins de conviction, « la possibilité de nouveaux développements ». Fin septembre un bruit courut selon lequel Mr. Harranby de Scotland Yard avait eu connaissance du vol qui allait avoir lieu mais qu'il n'avait pas réussi à l'empêcher. Mr. Harranby nia vigoureusement ces rumeurs, mais il y eut quelques appels dispersés pour demander sa démission. La société bancaire *Huddleston & Bradford* qui avait accusé une lente reprise des affaires pendant les mois d'été, subissait maintenant un lent déclin. Les journaux relatant le vol à grand fracas ne se vendaient guère.

En octobre 1855, plus personne en Angleterre ne s'intéressait à La Grande Attaque du Train. La boucle était bouclée. Le sujet, qui avait tant fasciné l'opinion, était devenu un incident confus et embarrassant que presque tout le monde désirait oublier.

CINQUIÈME PARTIE

Arrêt et jugement

Novembre 1856-juillet 1857

CHAPITRE 47

La chance du chasseur de traqueuses

En Angleterre, le 5 novembre, connu sous le nom de jour de la Conspiration des Poudres, ou jour de Guy Fawkes, était, depuis 1605, un jour de fête nationale. Mais comme le faisait remarquer le journal *News* en 1856, « c'était devenu depuis quelques années une manifestation de charité autant qu'un simple amusement ». En voici un exemple qui mérite d'être loué. Le mercredi soir, il y eut un grand feu d'artifice sur les terrains de l'orphelinat de la marine marchande, route Bow, destiné à alimenter les caisses de l'institution. Les terrains étaient illuminés un peu selon la mode adoptée à Vauxhall, et on avait engagé un orchestre. Derrière les communs, on avait édifié un gibet auquel était suspendue une effigie du pape; autour de ce gibet se trouvaient plusieurs barriques de goudron que l'on ferait brûler en temps voulu en une formidable flambée. Une grande foule assistait au spectacle et le résultat promettait d'être très bénéfique pour les fonds de l'œuvre.

Les grandes affluences à un spectacle distrayant étaient toujours d'un grand profit pour les pickpockets, les coupeurs de bourses et les voleuses d'ivrognes. A l'orphelinat la police eut fort à faire cette nuit-là. Au cours de la soirée, il n'y eut pas moins de treize mendiants, rôdeurs et petits escrocs arrêtés par les agents de la force métropolitaine, y compris une femme accusée d'avoir volé un gentleman ivre. Cette arrestation fut effectuée par un certain gardien de la paix, Johnson, et de façon assez originale pour qu'on en donne une explication.

Les faits sont assez clairs. Le gardien Johnson, un homme de vingt-trois ans, parcourait les terrains de l'orphelinat, lorsque, à la lumière aveuglante des feux d'artifice qui explosaient au-dessus de sa tête, il remarqua une femme accroupie au-dessus d'un homme prostré. Craignant que l'homme ne fut malade, le gardien Johnson s'avança pour offrir son aide mais, à son approche, la fille tourna les talons et prit la fuite. Le gardien la prit en chasse et la rattrapa assez vite quand elle se prit les pieds dans ses jupes et tomba.

En l'observant de près, il vit que c'était « une femme à l'aspect impudique et au comportement lascif ». Il soupçonna tout de suite la vraie nature de ses attentions pour le gentleman ; elle était en train de le voler alors qu'il était ivre mort. C'était une délinquante de l'espèce la plus basse, une « traqueuse d'ivrognes ». L'agent Johnson l'arrêta promptement.

La péronnelle mit ses mains sur ses hanches et lui lança un regard indigné. « Je n'ai pas la moindre bourse sur moi », déclara-t-elle. Ces mots firent sûrement réfléchir Johnson. Il se trouvait dans un sérieux dilemme.

Dans l'esprit victorien, un homme convenable devait traiter toutes les femmes, même celles de la classe la plus basse, avec précaution, en tenant compte de la délicatesse de leur nature féminine. Cette nature, notait un manuel contemporain de conduite du policier, « avec ses sources de vie émotionnelle sacrée, sa richesse naturelle ennoblissante, son exquise sensibilité et sa fragilité, etc., toutes ces qualités qui font l'*essence même du caractère féminin* », tire son origine des principes biologiques ou physiologiques déterminant toutes les différences entre les sexes mâle et femelle. On doit donc comprendre que l'*essence du caractère féminin* se trouve chez tous les membres de ce sexe et doit être dûment respecté par les agents, et cela

malgré l'apparence, chez certaines personnes vulgaires, de
l' « absence de ce caractère féminin ».

L'idée que la personnalité était biologiquement détermi-
née chez les hommes comme chez les femmes, était à peu
près acceptée par la quasi-majorité des gens, à tous les
niveaux de la société victorienne, et cette conviction tenait
bon, même devant l'absurde. Un homme d'affaires pouvait
aller chaque jour à son travail en laissant à sa femme
« incapable de raisonner » le soin de diriger une énorme
maisonnée, tâche professionnelle d'une ampleur extrême;
cependant, jamais le mari ne considérait de cette façon les
activités de sa femme.

De toutes les absurdités du code, la plus gênante était la
situation du policier. La fragilité inhérente aux femmes
posait des problèmes évidents au policier confronté à des
femmes délinquantes. Les escrocs tiraient avantage de la
situation. Ils employaient souvent des complices femmes
précisément parce que la police répugnait à arrêter ces
dernières.

Dans la nuit du 5 novembre, le gardien de la paix
Johnson, devant cette maudite péronnelle avait pleinement
conscience de sa situation. La femme prétendait n'avoir sur
elle aucun objet volé; et si c'était vrai, elle ne serait jamais
déclarée coupable, malgré le témoignage de l'agent qui
l'avait trouvée en train de voler un homme ivre. Si elle
n'avait ni montre de gousset, ni quelque autre objet
indiscutablement masculin, la fille serait remise en liberté.

Il ne pouvait pas non plus la fouiller; l'idée même de
toucher au corps de la femme était pour lui impensable.
Son seul recours était de l'escorter jusqu'au poste de police
où on appellerait une matrone pour procéder à la fouille.
Mais l'heure était tardive, il faudrait sortir la matrone de
son lit, et le poste était à quelques pâtés de maisons.
Pendant qu'on la conduirait par des rues sombres, la petite
grue aurait mille occasions pour se débarrasser de tout ce
qui pourrait l'incriminer.

De plus, si l'agent Johnson l'amenait, appelait la

matrone, et faisait toutes sortes d'embarras, pour que l'on découvre ensuite que la fille était innocente, on le considérerait comme un véritable imbécile et il recevrait une sévère réprimande. Il le savait, et la fille debout devant lui dans une attitude de défi effronté, le savait aussi.

Tout bien pesé, l'affaire ne valait pas qu'on prenne un risque ou qu'on se fasse du souci et l'agent Johnson aurait aimé renvoyer la fille avec une réprimande. Mais Johnson avait récemment été avisé par ses supérieurs que son dossier d'arrestations laissait à désirer. On lui avait dit d'être plus vigilant dans sa poursuite des malfaiteurs. Et cela voulait nettement dire que son emploi était menacé.

Aussi, l'agent Johnson, dans la lumière intermittente et le pétillement des explosions du feu d'artifice, décida d'arrêter, pour la faire fouiller, la traqueuse d'ivrognes, au grand étonnement de la femme et malgré sa propre répugnance.

Dalby, le sergent du poste, était d'une humeur noire car on l'avait appelé pour travailler en cette nuit de vacances et il était irrité de ne pas prendre part aux fêtes qui se déroulaient autour de lui.

Il regarda d'un air furieux Johnson et la femme. La femme dit se nommer Alice Nelson et déclara être âgée de « dix-huit ans environ ». Dalby soupirait et s'essuyait le visage d'un air endormi tandis qu'il remplissait les formulaires. Il envoya Johnson chercher la matrone, et il ordonna à la fille de s'asseoir dans un coin. Le poste était désert et le silence n'était troublé que par l'explosion et le sifflement lointains des pièces d'artifice.

Dalby avait une gourde dans sa poche et, aux heures tardives, il prenait souvent un petit verre ou deux quand il n'y avait personne. Mais à ce moment, cette sale petite morveuse, professionnelle de l'escroquerie, était assise là, et quelle que fût la vérité à son sujet, elle l'empêchait de prendre sa goutte ; cette idée l'impatientait ; il fronça les sourcils, avec le sentiment d'être frustré. Chaque fois qu'il ne pouvait avoir son petit verre, il en ressentait le besoin, ou du moins le croyait-il.

Après un instant, la fille prit la parole.

« Si vous croyez que j'ai planqué du fric sous mes frusques, venez voir vous-même et tout de suite. »

Le ton était provocant; on ne pouvait se méprendre sur l'invitation et, pour la rendre plus nette, elle se mit à se gratter les cuisses à travers la jupe, avec des gestes langoureux.

« Vous trouverez ce que vous désirez, je crois », ajouta-t-elle.

Dalby soupira. La fille continuait à se gratter.

« Je sais comment vous plaire, dit-elle, vous pouvez en être sûr. Dieu m'en est témoin.

— Et j'attraperai une chaude-pisse pour ma peine, dit Dalby. Je connais les filles de ton espèce, ma poulette.

— Eh là, protesta la fille en passant soudain de l'invitation à l'outrage. Vous n'avez pas le droit de vomir de pareilles choses. Il n'y a sur moi aucune trace de vérole, et il n'y en a jamais eu.

— Bou, bou, bou... fit Dalby d'un ton las en songeant de nouveau à sa gourde. T'es pure, hein? »

La petite grue retomba dans le silence. Elle cessa de se gratter et bientôt se redressa sur sa chaise et adopta un comportement normal.

« Faisons un marché! dit-elle. Je vous garantis que ce sera à votre goût.

— Ma poulette, il n'y a pas de marché à faire », dit Dalby, faisant à peine attention à ce qu'elle proposait.

Il connaissait la chanson, car il l'avait entendue à maintes et maintes reprises, chaque fois qu'il travaillait au poste la nuit. Un agent traînait au poste une petite dépravée qui protestait de son innocence. Puis la fille s'arrangeait pour offrir ses faveurs, et si cela n'était pas accepté, elle ne tardait pas à parler de pot-de-vin. C'était toujours la même chanson.

« Laissez-moi partir, dit la fille, et vous aurez une guinée d'or. »

Dalby soupira en hochant la tête. Si cette créature avait sur elle une guinée d'or, c'était la preuve certaine qu'elle avait détroussé l'ivrogne, comme le prétendait le jeune Johnson.

« Eh bien, dit la fille, vous en aurez dix ! »

Sa voix avait maintenant un ton effrayé.

« Dix guinées ? » demanda Dalby.

Ça au moins, c'était nouveau. Jamais auparavant on ne lui avait offert dix guinées. Elles devaient être fausses, pensa-t-il.

« Dix, je vous le promets ! »

Dalby hésitait. Il était, à ses propres yeux, un homme à principes et il était un agent de police saisonnier. Mais son salaire hebdomadaire était de quinze shillings et, parfois, il était vite à sec. Dix guinées, il n'y avait pas à dire, c'était un paquet. Il laissa son esprit errer sur cette idée.

« Eh bien, reprit la fille, se méprenant sur son hésitation. Ce sera cent ! Cent guinées d'or ! »

Dalby se mit à rire et reprit ses esprits. Ses rêves s'écroulaient brusquement. Dans son anxiété, la fille imaginait visiblement une histoire délirante. Cent guinées ! Absurde !

« Vous ne me croyez pas ?

— Du calme », dit-il en revenant par la pensée à la gourde qu'il avait dans sa poche.

Il y eut un court silence durant lequel la fille se mordait les lèvres et fronçait les sourcils. Finalement, elle dit :

« Il y a une ou deux petites choses que je connais. »

Dalby leva les yeux au plafond. Tout cela était si ennuyeux, si banal. Après l'échec du pot-de-vin, venait l'offre de renseignements sur telle ou telle affaire. Le processus était toujours le même. Par ennui, plus que par autre chose, il demanda :

« Et quelles sont ces une ou deux choses ?

— Un tuyau secret sur un coup fumant et je ne parle pas en l'air.

— Et qu'est-ce que ce serait ?

— Je sais qui a fait le hold-up du train.

— Sainte Mère de Dieu ! » dit Dalby, « mais tu es une petite futée. Sais-tu que c'est exactement la chose que nous désirons tous entendre ? Et tous les pouilleux, gredins ou détrousseurs d'ivrognes que nous pouvons rencontrer nous en parlent. Chacun de ces misérables sait ce qu'il faut raconter. De ces oreilles que tu vois là, j'ai entendu une centaine de renseignements. »

Il lui adressa un triste sourire. En fait, Dalby ressentait pour la fille une certaine pitié. Elle était tellement à fond de cale cette traqueuse d'ivrognes qui s'adonnait à la forme la plus basse de la petite délinquance et qui n'était même pas capable de formuler une offre raisonnable. En réalité, Dalby ne recevait plus que de rares offres d'informations sur le vol du train. C'était de l'histoire ancienne et personne n'en avait cure. Il y avait une demi-douzaine de crimes plus récents et plus intéressants à éclaircir.

« Ce n'est pas un truc pour m'en sortir, dit la fille. Je connais le cambrioleur qui a fait le coup et je peux vous mettre rapidement à ses trousses.

— Oui, oui, oui, fit Dalby.

— Je le jure, protesta la fille d'un air encore plus désespéré. Je jure !

— Alors, c'est qui le type ?

— Je ne peux pas le dire.

— Ouais, mais je suppose, dit Dalby, que tu trouveras ce type si on te remet en liberté pour aller à sa recherche, n'est-ce pas ? »

Dalby hocha la tête et regarda la fille pour voir son expression d'étonnement. Ils étaient toujours étonnés, ces pauvres gens, d'entendre un policier compléter les détails de leur boniment. Pourquoi prenaient-ils toujours les policiers pour des imbéciles complètement bouchés ?

Mais c'est Dalby qui fut surpris car la fille très calme dit :

« Non !

— Non ? fit Dalby.

— Non, répliqua la fille. Je sais exactement où on peut le trouver.

— Mais tu dois nous conduire à lui ? dit Dalby.

— Non, dit la fille.

— Non ? Dalby hésitait. Alors où peut-on le trouver ?

— A la prison de Newgate », dit la fille.

Quelques instants s'écoulèrent avant que Dalby pût apprécier pleinement ce qu'elle disait.

« La prison de Newgate », dit-il.

La fille acquiesça.

« Quel est donc son nom ? »

La fille sourit.

Peu de temps après, Dalby envoya un coursier au Yard pour informer directement le bureau de Mr. Harranby, car l'histoire qu'il avait entendue était si étrange qu'elle comportait probablement une part de vérité.

A l'aube les autorités avaient éclairci la situation. La femme, Alice Nelson, était la maîtresse d'un certain Robert Agar récemment arrêté sous l'inculpation de fabrication de fausse monnaie. Agar avait protesté de son innocence. Il était maintenant à la prison de Newgate où il attendait de comparaître devant le tribunal.

Privée des revenus d'Agar, la femme avait eu recours, pour subsister, à divers expédients et elle avait été pincée alors qu'elle était en train de détrousser un ivrogne. Un rapport officiel affirma plus tard qu'elle avait manifesté une « peur panique de la réclusion », ce qui signifiait sans doute qu'elle était atteinte de claustrophobie. De toute façon, elle moucharda son amoureux et dit tout ce qu'elle savait, ce qui était peu de chose, mais suffisant pour que Mr. Harranby fasse appeler Agar.

CHAPITRE 48

Chasse au kangourou

« Une compréhension approfondie de l'esprit tortueux du criminel », écrivait Edward Harranby dans ses mémoires, « est vitale pour mener à bien les interrogatoires au poste de police. » Harranby avait certainement cette compréhension, mais il dut admettre que l'homme assis devant lui, toussant et bredouillant, était un cas particulièrement difficile. Ils en étaient à leur seconde heure d'interrogatoire, mais Robert Agar s'accrochait à son histoire.

Dans ses interrogatoires, Harranby aimait passer brusquement d'une méthode à une autre pour faire perdre contenance aux bandits. Mais Agar semblait facilement s'accommoder de la technique.

« Monsieur Agar, dit Harranby, qui est John Simms ?

— Jamais entendu parler de lui.

— Qui est Edward Pierce ?

— Jamais entendu ce nom, je vous l'ai dit. »

Il toussa dans un mouchoir offert par Sharp, l'adjoint de Harranby.

« Pierce n'est-il pas un escroc connu ?

— Je n'en sais rien.

— Vous ne savez pas ? » Harranby soupira.

Il était certain que Agar mentait. Sa posture, les paupières clignotantes de ses yeux baissés, les gestes de ses mains, tout suggérait le mensonge.

« Alors, monsieur Agar, depuis combien de temps fabriquez-vous de la fausse monnaie?

— Je n'ai pas fait de billets, dit Agar. Je jure que ce n'est pas moi. J'étais en bas dans le pub et je me tapais un verre ou deux, c'est tout. Je le jure.

— Vous êtes innocent?

— Oui, je le suis. »

Harranby se tut.

« Vous mentez, dit-il.

— C'est la vérité de Dieu, dit Agar.

— Nous allons vous mettre au trou pour pas mal d'années. Ne vous y trompez pas.

— Je n'ai rien fait de mal, dit Agar s'excitant.

— Mensonges. Rien que des mensonges. Vous êtes un faux-monnayeur, purement et simplement.

— Je jure, dit Agar. Je n'ai pas fait de faux billets. Cela n'a pas de sens... »

Il s'interrompit brusquement.

Il y eut dans la salle un bref silence, ponctué seulement par le tic-tac d'une horloge sur le mur. Harranby avait acheté cette horloge spécialement pour son tic-tac régulier qui agaçait les prisonniers.

« Pourquoi cela n'a-t-il pas de sens? demanda-t-il doucement.

— Je suis honnête, voilà pourquoi, dit Agar en regardant le parquet.

— Quel travail honnête faites-vous?

— Du travail local. Çà et là. »

C'était une échappatoire totalement vague, mais possible. A Londres, à cette époque, il y avait près d'un demi-million d'ouvriers non spécialisés accomplissant toutes sortes de travaux quand ils en trouvaient.

« Où avez-vous travaillé?

— Eh bien, voyons, fit Agar avec un regard furtif. J'ai fait une journée de chargement pour la Compagnie du gaz à Millbank. Deux jours à Chenworth où je transportais des briques. La semaine dernière j'ai fait quelques heures chez

Mr. Barnham pour nettoyer son cellier. Je vais où je peux vous savez.

— Ces employeurs se souviendront de vous?

— Peut-être », répondit Agar en souriant.

Pour Harranby, c'était une autre impasse. Souvent les employeurs de manœuvres occasionnels ne reconnaissaient pas leurs ouvriers ou se trompaient en les reconnaissant. De toute façon, on n'en tirait pas grand-chose.

Harranby se surprit à regarder les mains de l'homme. Les mains d'Agar étaient crispées sur sa poitrine. Harranby remarqua alors que l'ongle du petit doigt d'une main était long. Il avait été rongé pour dissimuler la chose, mais était encore assez long.

Une grande longueur d'ongle pouvait signifier toutes sortes de choses. Les marins, surtout les marins grecs, portaient un ongle long comme porte-bonheur; certains employés aussi, qui utilisaient des sceaux, gardaient un ongle long pour détacher le sceau de la cire chaude. Mais pour ce qui était d'Agar...

« Depuis combien de temps êtes-vous perceur de coffres-forts?

— Quoi? répliqua Agar avec une expression étudiée d'innocence. Perceur de coffres-forts?

— Allons, dit Harranby. Vous savez ce que c'est qu'un perceur de coffres-forts? Est-ce vous qui avez fait les clefs pour ouvrir les coffres?

— Des clefs? Quelles clefs? »

Harranby poussa un soupir.

« Vous n'avez aucun avenir de comédien, Agar.

— Je ne vois pas ce que vous voulez dire, monsieur. De quelles clefs parlez-vous?

— Les clefs pour le hold-up du train. »

Agar éclata alors de rire.

« Voyons, dit-il, vous croyez que si j'avais participé à ce grand coup, je fabriquerais maintenant de faux billets? Vous pensez ça? C'est absurde, vraiment. »

Le visage de Harranby n'exprima aucun sentiment, mais

il savait qu'Agar avait raison. Cela n'avait pas de sens
qu'un homme ayant participé à un vol de 12 000 livres d'or
se mette à fabriquer, un an après, des billets de cinq livres.

« Il est inutile de feindre, dit Harranby. Nous savons
que Simms vous a laissé tomber. Il ne s'inquiète pas de ce
qui vous arrive. Pourquoi le protégez-vous ?

— Jamais entendu parler de lui, dit Agar.

— Conduisez-nous à lui et vous aurez une belle récompense pour vos ennuis.

— Jamais entendu parler de lui, répéta Agar. Ne le
voyez-vous pas ! ça saute aux yeux. »

Harranby fit une pause pour regarder Agar. En dehors
de ses accès de toux, l'homme gardait son calme. Le
policier lança un coup d'œil à Sharp, dans le coin. Il était
temps d'essayer une approche différente.

Harranby prit une feuille de papier sur son bureau et mit
ses lunettes.

« Allons, monsieur Agar, dit-il. Voici un rapport sur
votre dossier. Il n'est pas très bon.

— Mon dossier ? Sa perplexité était maintenant sincère.
Je n'ai pas de dossier.

— Il y en a certainement un, dit Harranby en suivant du
doigt les lignes imprimées. Robert Agar... hum... vingt-six
ans... hum... né à Bethnal Green... heu... oui, nous y voilà.
Six mois à la prison de Bridewell pour vagabondage,
en 1849...

— Ce n'est pas vrai, s'écria Agar.

— ... et à Coldbath, un an et huit mois pour vol
en 1852...

— Pas vrai, je le jure, ce n'est pas vrai ! »

Harranby, par-dessus ses lunettes, regarda sévèrement le
prisonnier.

« Tout cela est dans le dossier, monsieur Agar. Je pense
que le juge sera intéressé de l'apprendre. Monsieur Sharp,
combien croyez-vous qu'il aura ?

— Au moins quatorze ans de déportation, dit Sharp
d'un air pensif.

— Heu... oui, quatorze ans en Australie? Ça doit faire ça.

— En Australie, dit Agar d'une voix étouffée.

— Oui, je le pense, dit Harranby calmement. Pour un cas comme celui-ci, on vous met dans le bateau. »

Agar resta silencieux.

Harranby savait que même si la déportation était réputée dans le peuple comme un châtiment extrêmement redouté, les criminels envisageaient l'expulsion en Australie avec sérénité ou même avec une attente sereine. Beaucoup de bandits se disaient que l'Australie était agréable et qu'aller à la chasse aux kangourous était sans contredit préférable à une longue incarcération dans une prison anglaise.

A cette époque, Sydney, située dans les Nouvelles Galles du Sud, était un joli port de trente mille habitants. De plus, c'était un endroit où l'on faisait peu de cas des histoires personnelles et où l'on détestait particulièrement les bonnes mémoires ou les esprits curieux... Et si le pays avait un côté brutal — les bouchers aimaient plumer la volaille encore vivante — il était tout de même agréable avec ses rues éclairées au gaz, ses résidences élégantes, ses femmes couvertes de bijoux et ses structures sociales particulières. Un homme comme Agar pouvait presque considérer la déportation comme une bénédiction.

Mais Agar était très agité. Il ne désirait absolument pas quitter l'Angleterre. Voyant cela, Harranby se sentit encouragé. Il se leva.

« Ce sera tout pour l'instant, dit-il. Si demain ou plus tard vous éprouvez le désir de me dire quelque chose, faites le savoir aux gardiens à Newgate. »

On fit sortir Agar de la pièce. Harranby reprit sa place à son bureau. Sharp revint.

« Qu'est-ce que vous lisiez? » demanda-t-il.

Harranby prit sur son bureau la feuille de papier.

« Une notification du Comité des immeubles, dit-il, demandant que les voitures ne soient plus parquées dans la cour. »

Trois jours plus tard, Agar fit savoir aux gardiens de Newgate qu'il désirait avoir un autre entretien avec Mr. Harranby. Le 13 novembre, Agar dit à Harranby tout ce qu'il savait au sujet du vol en échange de la promesse qu'il serait traité avec indulgence. On lui laissa aussi vaguement entrevoir la possibilité que l'une des institutions intéressées — la banque, les chemins de fer ou même le gouvernement — estimerait convenable de lui faire don d'une récompense pour information.

Agar ignorait où se trouvait l'argent. Il dit que Pierce lui versait un salaire mensuel en papier monnaie. Les complices avaient convenu d'abord que les profits ne seraient partagés que deux ans après le vol, au mois de mai de l'année suivante, 1857.

Agar savait naturellement où était située la maison de Pierce. Dans la nuit du 13 novembre, les forces du Yard entourèrent la résidence d'Edward Pierce ou John Simms et y pénétrèrent revolver au poing. Mais le propriétaire n'était pas chez lui ; les serviteurs, effrayés, expliquèrent qu'il avait quitté la ville pour assister au P.R. (match de boxe) du lendemain, à Manchester.

CHAPITRE 49

Le P.R.

En principe, les matchs de boxe étaient illégaux en Angleterre, mais il y en eut tout au long du XIXᵉ siècle et ils attiraient une affluence énorme et fidèle. La nécessité d'échapper aux autorités faisait qu'un grand match pouvait, à la dernière minute, être transféré d'une ville dans une autre et suivi dans toute la contrée par de vastes foules de pugilistes enthousiastes et de fanatiques du sport.

Le match du 19 novembre, entre Smashing Tim Revels, le quaker combattant, et le challenger, Neddy Singleton, fut transféré de Liverpool à une petite ville appelée Eagle Welles et parfois, Barrington, dans la banlieue de Manchester. La lutte fut suivie par plus de vingt mille supporters qui trouvèrent le spectacle peu satisfaisant.

En ce temps-là, le P.R. (Prize-Ring) obéissait à des règles telles qu'un œil moderne ne s'y reconnaîtrait pas. La lutte avait lieu à mains nues. Les combattants prenaient soin de régler leurs coups de façon à éviter toutes blessures à leurs mains et à leurs poignets ; celui qui se brisait les articulations des doigts ou les poignets au début d'un combat était presque certain de perdre. Les rounds étaient d'une durée variable et celle des combats n'était pas fixée d'avance. Ceux-ci comprenaient souvent cinquante ou même quatre-vingts rounds et se prolongeaient ainsi pendant presque toute la journée. Pour chaque combattant, l'objectif était d'écraser lentement et méthodiquement l'adversaire par une succession de petits coups de poing; on ne cherchait pas les knock outs. Au contraire, le bon lutteur rossait son adversaire jusqu'à ce qu'il se rende. Dès le début, Neddy Singleton fut nettement surclassé par Smashing Tim. Au cours de la lutte, Neddy adopta la ruse consistant à tomber sur un genou, chaque fois qu'il était atteint, ce qui lui permettait d'arrêter le combat et de reprendre son souffle. Les spectateurs sifflèrent et conspuèrent cet artifice indigne d'un gentleman, mais on ne pouvait rien faire pour l'empêcher, d'autant que l'arbitre — chargé de compter jusqu'à dix — proclamait les chiffres avec lenteur, montrant qu'il avait été payé grassement par les partisans de Neddy. L'indignation des fanatiques était modérée. Ils reconnaissaient que cette chicanerie avait du moins pour effet secondaire de prolonger le spectacle sanglant auquel ils étaient venus assister.

Avec les milliers de spectateurs qui se trouvaient là mêlés à toutes sortes de voyous brutaux et grossiers, les hommes du Yard eurent quelques difficultés à opérer discrètement. Agar, un revolver dans le dos, désigna de loin Pierce et le surveillant Burgess. Les deux hommes furent appréhendés avec une grande habileté : on leur appuya chacun sur le côté un revolver en les invitant doucement à suivre calmement s'ils ne voulaient pas recevoir un peu de plomb pour leur peine.

Pierce salua aimablement Agar.

« Vous avez mouchardé, hein? » dit-il souriant.

Agar ne put supporter son regard.

« Peu importe, dit Pierce, j'avais prévu cela aussi.

— Je n'avais pas le choix, laissa échapper Agar.

— Vous perdrez votre part », dit Pierce calmement.

Hors de la foule du P.R., Pierce fut conduit devant Mr. Harranby du Yard.

« Êtes-vous Edward Pierce, connu aussi sous le nom de John Simms?

— Oui, répondit l'homme.

— Vous êtes arrêté sous l'inculpation de vol », dit
Harranby.

A quoi Pierce répliqua :

« Vous ne me tiendrez jamais.

— Je crois que si, monsieur », dit Harranby.

A la tombée de la nuit, le 19 novembre, Pierce et Burgess
étaient avec Agar dans la prison de Newgate. Harranby
informa tranquillement les fonctionnaires gouvernementaux de son succès, mais il n'y eut aucune annonce à la
presse, car Harranby voulait arrêter la femme connue sous
le nom de Myriam et le cocher Barlow qui étaient encore
en liberté. Il voulait aussi récupérer l'argent.

CHAPITRE 50

Forcing

Mr. Harranby interrogea Pierce pour la première fois le 22 novembre. Le journal de son adjoint, Jonathan Sharp, rapporte que « Harranby arriva de bonne heure au bureau, très soigneusement habillé et la mine rayonnante. Au lieu du thé habituel, il prit une tasse de café. On discuta de la meilleure façon de s'y prendre avec Pierce, etc. Il dit qu'à son avis on ne pourrait rien tirer de Pierce sans un peu d'assouplissement ».

En fait, l'entrevue fut remarquablement brève. A 9 heures du matin, on amena Pierce dans le bureau, et on lui demanda de s'asseoir au milieu de la pièce sur une chaise isolée. Harranby assis devant son bureau posa sa première question avec sa brusquerie habituelle.

« Connaissez-vous l'homme qui s'appelle Barlow?

— Oui, répondit Pierce.

— Où est-il maintenant?

— Je ne sais pas.

— Où est la femme appelée Myriam?

— Je ne sais pas.

— Où est l'argent? demanda Harranby.

— Je ne sais pas.

— Il y a pas mal de choses que vous ne savez pas, on dirait.

— Oui », dit Pierce.

Harranby le jaugea un instant. Il y eut un court silence.

« Un séjour au Steel, dit Harranby, renforcera peut-être votre mémoire.

— J'en doute », dit Pierce sans montrer aucune anxiété. Peu après, on l'emmena hors de la pièce.

Seul avec Sharp, Harranby dit :

« Je le briserai, vous pouvez en être sûr. »

Le jour même Harranby s'arrangea pour faire transférer Pierce de la prison de Newgate à la maison de correction de Coldbath Fields appelée aussi la Bastille. En général ce n'était pas au Steel que l'on gardait les accusés attendant leur procès. Mais c'était une ruse fréquente de la police d'y envoyer un accusé lorsqu'il fallait tirer de celui-ci une information avant le procès.

Le Steel était la plus redoutée des prisons anglaises. Lors d'une visite en 1853, Henry Mayhew décrivit ses particularités. Les principales étaient les moulins de discipline ou cockchafers, rangées de boxes étroits pareils aux stalles d'un urinoir public où les prisonniers demeuraient durant des intervalles de quinze minutes à piétiner une roue de vingt-quatre marches. Un gardien expliquait en ces termes les vertus du cockchafer : « Les hommes, voyez-vous, n'ont pour se maintenir aucune surface ferme car les marches plongent et leur échappent de dessous les pieds et c'est ce qui rend le processus très fatigant. De plus, les compartiments sont étroits, l'air devient très chaud et la chaleur est telle qu'au bout d'un quart d'heure il est difficile de respirer. »

L'alignement des poids était encore plus désagréable. Cet exercice était si fatigant qu'on en exemptait d'ordinaire les hommes de plus de quarante-cinq ans. Les hommes se plaçaient en cercle, à trois pas les uns des autres. Au signal, chacun soulevait un boulet de canon de vingt-quatre livres, le portait et revenait à sa première position où l'attendait un autre boulet. L'exercice durait chaque fois une heure.

Le plus redouté de tous était « la manivelle », un tambour plein de sable et que l'on faisait tourner avec une manivelle. Cet exercice était ordinairement réservé, comme punition spéciale, aux prisonniers rebelles.

Le régime journalier de Coldbath Fields était si débilitant que même après une courte incarcération de six mois, beaucoup d'hommes en sortaient totalement privés de défense, le corps abîmé, les nerfs malades et la volonté si affaiblie qu'ils n'étaient guère plus capables de commettre d'autres crimes.

Comme Pierce n'était pas encore jugé, il ne pouvait subir le moulin, le boulet ni la manivelle, mais il était obligé d'observer la discipline en vigueur à la prison. S'il enfreignait la règle du silence, par exemple, il pouvait être puni par un temps de manivelle. On peut donc supposer que les gardes l'accusèrent souvent d'avoir parlé et qu'on s'efforça de l'assouplir.

Le 19 décembre, après quatre semaines passées au Steel, Pierce fut amené une nouvelle fois dans le bureau de Harranby. Harranby avait dit à Sharp :

« Maintenant, nous allons voir ce que nous allons voir », mais le second interrogatoire fut aussi bref que le premier :

« Où est Barlow ?

— Je ne sais pas.

— Où est Myriam ?

— Je ne sais pas.

— Où est l'argent ?

— Je ne sais pas. »

Mr. Harranby, le visage rouge, les veines du front saillantes, renvoya Pierce d'une voix pleine de rage. En s'en allant, Pierce souhaita calmement à Mr. Harranby un bon Noël.

« Le culot de cette homme, raconta plus tard Mr. Harranby, dépassait toute imagination. »

Durant cette période, Mr. Harranby se trouva en proie à une pression considérable venue de plusieurs côtés. La

banque *Huddleston & Bradford* voulait retrouver son argent
et c'est par l'intermédiaire du Premier ministre lui-même,
lord Palmerston, qu'elle avait fait connaître ses sentiments
à Harranby. L'enquête menée par le « vieux Pam » était en
elle-même embarrassante car Harranby dut reconnaître
qu'il avait mis Pierce à Coldbath Fields, ce qui était un
procédé sujet à caution.

Palmerston exprima l'opinion que « c'était un peu
irrégulier », mais Harranby se consola en pensant qu'un
Premier ministre qui se teignait les favoris n'était guère
qualifié pour reprocher aux autres leur dissimulation.

Pierce demeura à Coldbath jusqu'au 6 février, jour où il
fut de nouveau amené devant Harranby.

« Où est Barlow ?

— Je ne sais pas.

— Où est la femme Myriam ?

— Je ne sais pas.

— Où est l'argent ?

— Dans une crypte au Saint John's Wood », dit Pierce.

Harranby se pencha en avant.

« Qu'est-ce que ça veut dire ?

— Il est gardé dans une crypte, dit Pierce narquois, au
nom de John Simms, au cimetière de Martin Lane, à Saint
John's Wood. »

Harranby tapota le bureau de ses doigts.

« Pourquoi n'avez-vous pas donné plus tôt cette information ?

— Je ne voulais pas la donner », répondit Pierce.

Harranby ordonna que l'on ramenât Pierce, une fois de
plus, à Coldbath Fields.

Le 7 février, la crypte fut repérée et l'on obtint les
dispenses appropriées pour l'ouvrir. Mr. Harranby accompagné d'un représentant de la banque, Mr. Henry Fowler,
ouvrit le caveau ce jour-là à midi. Il n'y avait dans la
crypte, ni cercueil, ni or. Après examen de la porte de la
crypte, il apparut que la serrure avait été récemment forcée.

A cette découverte, Mr. Fowler fut extrêmement furieux,

et Mr. Harranby très embarrassé. Le lendemain, 8 février, on ramena Pierce dans le bureau de Harranby où on lui apprit la nouvelle.

« Eh bien, dit Pierce, les bandits m'ont sans doute volé. »

Sa voix et son comportement n'indiquaient aucune détresse, et Harranby le lui dit.

« Barlow, dit Pierce; j'ai toujours su qu'on ne pouvait lui faire confiance.

— Vous croyez donc que c'est Barlow qui a pris l'argent?

— Qui d'autre cela pourrait-il être? »

Il y eut un court silence. Harranby écoutait le tic-tac de son horloge. Pour une fois, ce tic-tac l'irritait plus qu'il n'affectait l'inculpé. Celui-ci paraissait en vérité remarquablement à l'aise.

« Cela vous est-il indifférent, dit Harranby, que vos complices vous aient trahi de cette façon?

— C'est seulement une déveine, dit Pierce calmement. Pour moi et pour vous », ajouta-t-il avec un léger sourire.

« Devant son sang-froid et son attitude polie, écrivit Harranby, je supposai qu'il avait encore fabriqué une autre histoire pour nous mettre hors de nous. Mais je ne pus faire d'autres tentatives pour connaître la vérité car le 1ᵉʳ mars 1857, le reporter du *Times* apprit l'arrestation de Pierce et il fut impossible de garder celui-ci plus longtemps sous les verrous. »

Selon Mr. Sharp, son chef lut le journal relatant l'histoire de la capture de Pierce « avec force imprécations et exclamations ». Harranby exigea qu'on lui fît savoir comment les journaux avaient eu le tuyau. Le *Times* refusa de divulguer sa source d'information. On licencia un gardien de Coldbath que l'on soupçonnait d'avoir donné l'information, mais personne n'eut jamais de certitude à ce sujet. Le bruit courut même, que le tuyau venait du bureau de Palmerston.

En tout cas, il fut décidé que le procès de Burgess, Agar et Pierce commencerait le 9 mai 1857.

CHAPITRE 51

Le procès d'un empire

Le public accueillit le procès des trois participants au hold-up du train avec le même goût du sensationnel que celui qu'il avait manifesté auparavant pour le crime lui-même. Le ministère public, conscient de l'attention portée à cet événement, prit soin d'augmenter l'intérêt du drame qui se jouait. Burgess, le moins important des coupables, fut classé le premier sur le registre de Old Bailey. Le fait que cet homme ne connaissait que des bribes de l'histoire ne fit qu'aiguiser l'appétit du public, qui réclamait de plus amples détails.

On interrogea ensuite Agar qui fournit un peu plus d'explications. Mais Agar, comme Burgess, était un homme nettement limité et son témoignage ne servit qu'à concentrer l'attention sur la personnalité de Pierce lui-même, dont la presse parlait comme d'un « maître escroc » disant qu'il y avait derrière l'acte une intelligence brillante.

Pierce était encore incarcéré à Coldbath Fields, et ni le public, ni la presse ne l'avaient vu. Les reporters enflammés avaient toute liberté pour forger des récits fantastiques et chimériques sur l'aspect physique de l'homme, ses manières, son mode de vie. Ce qui fut écrit durant les deux premières semaines du mois de mai 1857 était en majeure partie faux. On disait par exemple que Pierce vivait avec trois maîtresses dans la même maison et qu'il était une dynamo humaine; qu'il était derrière la grande escroquerie de chèques de 1852; qu'il était fils illégitime de Napoléon Ier; qu'il prenait de la cocaïne et du laudanum; qu'il avait été auparavant marié à une comtesse germanique qu'il aurait assassinée en 1848 à Hambourg. Il n'y a pas la moindre preuve que l'une de ces histoires soit exacte, mais il est certain que la presse attisa l'intérêt du public jusqu'à la frénésie.

Victoria, elle-même n'a point échappé à la fascination de ce personnage tellement audacieux, ce bandit infâme qu'elle voulait apercevoir sans tarder. Elle exprima aussi le désir d'assister à sa pendaison. Elle ne savait, apparemment pas, qu'en 1857 les grands vols n'étaient plus un crime capital en Angleterre.

Durant des semaines, les foules se rassemblèrent autour de Coldbath Fields, guettant la chance invraisemblable d'apercevoir le maître escroc. Et la maison de Pierce, à Mayfair, fut cambriolée à trois reprises par des chasseurs de souvenirs. Une femme bien née — dont on n'a pas de plus ample description — fut appréhendée au moment où elle quittait la maison avec un mouchoir d'homme. Sans montrer le moindre embarras, elle dit qu'elle voulait simplement avoir un souvenir de cet homme.

Le *Times* se plaignait de ce que cette fascination pour un criminel était « incongrue et indiquait une certaine décadence », et ce journal alla jusqu'à suggérer que le comportement du public reflétait « quelque dégradation fatale de l'esprit anglais ».

Ainsi, ce fut une des étranges coïncidences de l'histoire, au moment où Pierce commença sa déposition, l'attention du public et de la presse s'était tournée ailleurs. En effet, d'une manière tout à fait inattendue, l'Angleterre avait à faire face à une nouvelle épreuve de dimension nationale : une révolte abominable et sanglante en Inde.

L'empire britannique grandissant   certains l'appelaient

empire brutannique — avait subi dans les dernières décennies deux revers importants. Le premier à Kaboul, en Afghanistan, en 1842, lorsque 16 500 soldats, hommes, femmes et enfants britanniques moururent en six jours. Le second fut la guerre de Crimée, alors terminée, qui impliquait une réforme de l'armée. Ce sentiment était si profond que lord Cardigan, tout d'abord héros national, était maintenant discrédité; on l'accusait même (à tort) de n'avoir pas été présent lors de la charge de la brigade légère et son mariage avec Adeline Horsey de Horsey, cavalière notoire, avait encore davantage terni son standing.

La mutinerie indienne se présentait comme un troisième affront à la suprématie mondiale anglaise et c'était un autre coup porté à l'autosatisfaction des Anglais. Il était évident que les Anglais avaient confiance dans l'Inde puisqu'ils n'avaient dans ce pays que 34 000 militaires européens commandant 250 000 soldats indigènes, appelés Cipayes, qui ne montraient pas une très grande loyauté à l'égard de leurs dirigeants anglais.

Depuis les années 1840, les Anglais avaient pris de plus en plus d'autorité en Inde. Leur nouvelle ferveur évangélique de rigueur avait conduit, hors de la Grande-Bretagne, à une réforme religieuse impitoyable. Les pratiques du thuggisme et du suttee avaient été supprimées et les Indiens n'étaient guère satisfaits de voir les étrangers changer leurs anciennes coutumes religieuses.

Quand en 1867, les Anglais introduisirent en Inde le nouveau fusil Enfield, les cartouches arrivèrent de l'usine avec une épaisse couche de graisse. Il était nécessaire de mordre les cartouches pour dégager la poudre. Dans les régiments de Cipayes, le bruit courut que la graisse venait de porcs et de vaches et que ces cartouches étaient une ruse pour souiller les Cipayes et les amener à briser leur caste.

Les autorités anglaises agirent rapidement.

En janvier 1857, il fut ordonné que les cartouches graissées à la fabrique ne soient livrées qu'aux troupes européennes; les Cipayes pourraient graisser les leurs avec de l'huile végétale. Cependant, cet édit raisonnable arriva trop tard pour effacer la mauvaise impression. En mars, au cours d'incidents sporadiques, des officiers anglais furent tués pour la première fois par des Cipayes. Et en mai il y eut une révolte ouverte.

Le plus célèbre épisode de la mutinerie indienne eut lieu à Cawnpore, ville de 150 000 habitants, située sur les rives du Gange. D'un point de vue moderne, le siège de Cawnpore semble être une cristallisation de tout ce qui était noble et insensé dans l'Angleterre victorienne. Un millier de citoyens britanniques dont trois cents femmes et enfants, se trouvèrent sous le feu des fusils pendant dix-huit jours. Les conditions de vie « violaient tous les préceptes de morale et de décence et heurtaient la modestie de... la nature féminine ». Cependant, aux premiers jours du siège, la vie continua tout à fait normalement. Les soldats buvaient du champagne et se nourrissaient de harengs en boîte. Les enfants jouaient autour des fusils ; plusieurs bébés naquirent et il y eut un mariage en dépit des tirs constants des fusils et de l'artillerie, de jour comme de nuit.

Plus tard, il fallut rationner. Chacun n'avait plus droit qu'à un repas par jour ; bientôt on mangea de la viande de cheval « bien que quelques dames n'aient pu s'habituer à cette chair inaccoutumée ». Les femmes sacrifièrent leurs sous-vêtements pour bourrer les fusils. « Les femmes bien nées de Cawnpore sacrifièrent peut-être les parties les plus précieuses de leurs vêtements féminins pour améliorer l'artillerie... »

La situation devint de plus en plus désespérée. Il n'y avait d'eau que dans un puits en dehors du campement. Les soldats qui essayaient d'aller chercher de l'eau étaient tués en cours de route. Dans la journée, la température atteignait 138 degrés Fahrenheit. Plusieurs hommes moururent d'insolation. On utilisait en guise de tombe un puits desséché qui se trouvait à l'intérieur du camp.

Le 12 juin, un des bâtiments prit feu et brûla entièrement. Tout l'approvisionnement médical fut détruit. Cependant les Anglais tenaient encore bon et repoussaient toutes les attaques.

Le 25 juin, les Cipayes proclamèrent une trêve et offrirent aux Anglais le libre passage par bateau jusqu'à Allahabad, ville située en aval à une centaine de milles. Les Anglais acceptèrent.

L'évacuation commença à l'aube du 27 juin. Les Anglais montèrent dans quarante embarcations sous les regards vigilants de Cipayes armés. Dès que le dernier Anglais se trouva à bord, les marins indigènes sautèrent dans l'eau. Les Cipayes ouvrirent le feu sur les vaisseaux encore amarrés au rivage. Bientôt, la plupart des bateaux furent en flammes et le fleuve, jonché de morts et de corps submergés. Les cavaliers indiens pataugèrent dans les bas-fonds pour tuer les survivants à coups de sabre. Ils tuèrent tous les hommes.

Les femmes et les enfants furent conduits dans une hutte de terre, sur le rivage, et retenus là quelques jours dans une chaleur suffocante. Puis le 15 juillet, plusieurs individus, dont nombre de bouchers professionnels, entrèrent dans la case, armés de sabres et de couteaux et tuèrent tous ceux qui s'y trouvaient. Les corps démembrés, y compris ceux qui n'étaient pas complètement morts, furent entassés dans un puits proche et on dit qu'ils l'ont rempli.

Les Anglais en Angleterre, exprimèrent leur « christianisme robuste » en clamant leur volonté d'une sanglante revanche. Même le *Times,* entraîné par la furie du moment, demanda qu'à chaque arbre et pignon de l'endroit soit accrochée la carcasse d'un mutin. Lord Palmerston déclara que les rebelles indiens avaient agi comme « des démons sortis des plus basses profondeurs de l'enfer ».

En un tel moment, la comparution d'un criminel devant le tribunal de Old Baily, pour un délit commis deux années auparavant, offrait très peu d'intérêt. Mais dans les pages intérieures des quotidiens, il y avait quelques articles à ce sujet et ceux-ci étaient intéressants pour leurs révélations au sujet d'Edward Pierce.

On le conduisit pour la première fois à la barre le 19 mai. Il était « beau, charmant, calme, élégant, et rusé ». Il déposa d'une voix égale, absolument calme, mais ses déclarations étaient assez incendiaires. Il parla de Mr. Fowler comme d'un « imbécile syphilitique » et de Mr. Trent comme « d'un vieux serin ». Ces commentaires amenèrent le procureur à demander l'opinion de Pierce sur Mr. Harranby, l'homme qui l'avait appréhendé. « C'est un dandy bouffi d'orgueil qui n'a pas plus de cervelle qu'un écolier », déclara Pierce, ce qui déclencha un sursaut de la cour car Mr. Harranby se trouvait dans la tribune en qualité d'observateur. On vit Mr. Harranby rougir violemment, tandis que les veines de son front se gonflaient.

Mais le comportement général de Pierce était encore plus étonnant que ses paroles, car il se tenait avec une extrême élégance, l'allure fière, et ne laissait voir aucun signe de contrition, ni aucune trace de remords pour ses actes. Bien au contraire, il semblait enthousiasmé par sa propre intelligence à mesure qu'il exposait les différentes phases du plan.

L'*Evening Standard* notait : « Il semble bizarrement se réjouir de ses actes. »

Cette jouissance se manifestait aussi dans le rapport détaillé des faiblesses d'autres témoins qui eux, répugnaient à déposer. Mr. Trent était gauche et nerveux (à juste titre, hurla l'un des observateurs révolté) et très embarrassé pour formuler ce qu'il avait à dire, tandis que Mr. Fowler racontait ses propres expériences d'une voix si basse que le procureur était constamment obligé de lui demander de parler plus fort.

Il y eut quelques chocs au cours du témoignage de Pierce. L'un d'eux fut l'interrogatoire qui eut lieu le troisième jour de sa comparution devant la cour.

« Monsieur Pierce, connaissez-vous le cocher nommé Barlow?

— Oui.

— Pouvez-vous nous dire où il se trouve?

— Non.

— Pouvez-vous nous dire quand vous l'avez vu pour la dernière fois?

— Je l'ai vu il y a six jours, quand il m'a rendu visite à Coldbath Fields. »

(Il y eut alors un bourdonnement de voix dans le tribunal et le juge dut frapper sur son bureau pour rappeler le public à l'ordre.)

« Monsieur Pierce, pourquoi n'avez-vous pas donné plus tôt cette information?

— On ne me l'a pas demandée.

— Quel était le sujet de votre conversation avec ce Barlow?

— Nous avons discuté de mon évasion.

— Donc, si je comprends bien, vous avez l'intention avec l'aide de cet homme, de vous évader?

— J'aurais préféré que ce soit une surprise », dit Pierce calmement.

La consternation de la cour fut grande, et les journaux furent outrés. « Un bandit monstrueux, dépravé et sans scrupule », dit l'*Evening Standard*. On demandait qu'il reçoive la sentence la plus sévère possible.

Mais Pierce ne se départit jamais de son calme. Il continua à se montrer parfois insultant. Le 1er août il dit, en parlant de Mr. Henry Fowler, que celui-ci était aussi stupide que Mr. Brudenell.

Le procureur ne laissa point passer ce commentaire. Il demanda aussitôt :

« Vous voulez dire lord Cardigan?

— Je parle de Mr. James Brudenell.

— C'est, en fait, lord Cardigan, n'est-ce pas?

— Vous pouvez l'appeler comme bon vous semble mais, pour moi, il n'est que Mr. Brudenell.

— Vous diffamez un pair, inspecteur général de la cavalerie.

— On ne peut pas diffamer un imbécile », répliqua Pierce avec son calme habituel.

« Monsieur, vous êtes accusé d'un forfait odieux, dois-je vous le rappeler ?

— Je n'ai tué personne, dit Pierce, mais si j'avais tué cinq cents Anglais par ma propre stupidité, j'aurais été immédiatement pendu. »

Cet échange de paroles ne fut pas rapporté en détail dans les journaux, de crainte que lord Cardigan n'intente un procès en diffamation. Mais il y avait aussi un autre motif. Par son témoignage, Pierce entamait les fondements d'une structure sociale déjà fort attaquée sur plusieurs fronts. Et dans l'immédiat, le maître criminel cessait d'être un sujet fascinant pour l'opinion publique.

De toute façon, le procès de Pierce ne pouvait se comparer aux « histoires de nègres aux yeux de fous », comme on les appelait, entrant au pas de charge dans une salle pleine de femmes et d'enfants, violant et tuant les femelles, passant à la baïonnette les enfants hurlant et se débattant dans un décor d'atavisme primitif orné de sang caillé.

CHAPITRE 52

La fin

Pierce acheva sa déposition le 5 juin. A ce moment, le procureur conscient du fait que le public était décontenancé par le sang-froid de l'accusé et l'élégance de son attitude, fit prendre à son enquête une orientation finale.

« Monsieur Pierce, dit-il, se redressant de toute sa hauteur, monsieur Pierce, je vous le demande tout net. N'avez-vous jamais senti à aucun moment que vous agissiez mal, que vous commettiez une malhonnêteté? N'avez-vous jamais saisi l'aspect illégal de votre comportement, ni éprouvé une inquiétude morale pendant l'exécution de ces divers actes criminels?

— Je ne comprends pas la question », dit Pierce.

On dit que le procureur se mit doucement à rire.

« Oui, je soupçonne que vous ne comprenez pas. C'est écrit sur vous de la tête aux pieds. »

A ce moment Sa Seigneurie toussota et, de son siège, prononça le discours qui suit :

« Monsieur, dit le juge, il est une vérité de jurisprudence reconnue, c'est que les lois sont créées par les hommes et que les hommes civilisés, dans une tradition de plus de deux mille ans, sont d'accord pour se soumettre à ces lois en vue du bien commun de la société. Car ce n'est que par la règle de la loi qu'une civilisation se maintient au-dessus de la misère confuse du barbarisme. Toute l'histoire de la race humaine nous l'apprend et nous le transmettons par nos méthodes éducatives à tous les citoyens.

« Maintenant, en matière de motivation, je vous pose cette question : pour quelle raison avez-vous conçu, tramé et exécuté ce crime infâme et choquant ? »

Pierce haussa les épaules.

« Parce que je voulais de l'argent », dit-il.

Après la déposition de Pierce, on lui passa les menottes et on le fit escorter par deux gardes solides tous deux armés. En quittant la cour, Pierce passa devant Mr. Harranby.

« Bonjour monsieur Pierce, dit Harranby.

— Adieu », répliqua Pierce.

Pierce fut emmené par une sortie de derrière vers le fourgon de la police qui l'attendait pour le ramener à Coldbath Fields. Une foule importante s'était rassemblée sur l'escalier de la cour de justice. Les gardes repoussèrent la foule qui lançait à Pierce des saluts et des souhaits de bonheur. Une vieille prostituée misérable se glissa en avant et s'arrangea pour embrasser le coupable en pleine bouche avant que la police ne l'écarte.

On pense qu'en réalité cette prostituée était l'actrice Miss Myriam et qu'en embrassant Pierce, elle lui passa la clef des menottes, mais on n'en était pas certain. Tout ce qu'on sait, c'est que les deux gardiens furent découverts plus tard dans un caniveau près de Bow Street, assommés par une matraque. Ils étaient incapables de reconstituer les détails précis de l'évasion de Pierce. Ils n'étaient sûrs que d'une chose, l'aspect du cocher — une espèce de brute coriace, dirent-ils, dont le front était barré d'une vilaine cicatrice blanche.

On récupéra plus tard le fourgon de la police dans un champ de Hampstead. On ne retrouva jamais ni Pierce ni le cocher. Les comptes rendus des journaux sur l'évasion sont vagues et tous mentionnent que les autorités répugnaient à en discuter le détail.

Au début de l'été, les Britanniques reconquirent Cawnpore. Ils ne firent pas de prisonniers et brûlèrent, pendirent et éventrèrent leurs victimes. Lorsqu'ils trouvèrent la maison de Bibighar imbibée de sang, il firent lécher le parquet rouge par les indigènes avant de les pendre.

Ils poursuivirent leur marche, balayant l'Inde par ce que l'on a appelé « le Vent du Diable », couvrant près de cent kilomètres par jour, brûlant tous les villages, massacrant les habitants, attachant les mutins à la gueule des canons pour les réduire en miettes. La révolte indienne fut écrasée avant la fin de l'année.

En juillet 1857, Burgess, le gardien du rail, allégua les tensions causées par la maladie de son fils, protestant que cette maladie avait tellement faussé son sens moral qu'il s'était joint à des criminels. On le condamna à deux ans seulement d'incarcération dans la prison de Marshalsea où il mourut de choléra durant l'hiver de 1857.

Robert Agar, le perceur de coffres-forts, fut condamné à la déportation en Australie pour sa participation à La Grande Attaque. Agar mourut riche à Sydney en 1902. Son petit-fils Henry L. Agar fut lord maire de Sydney, de 1938 à 1941.

Mr. Harranby mourut en 1879 alors qu'il fouettait un cheval qui le renversa et le frappa d'un coup de sabot à la tête. Son adjoint, Sharp, devint directeur du Yard et mourut arrière-grand-père en 1919. On raconta qu'il avait dit être fier qu'aucun de ses enfants ne fût policier.

Mr. Trent mourut d'une maladie de poitrine en 1857 : sa fille Elisabeth épousa sir Percival Harlow en 1858 et eut de lui quatre enfants. La femme de Mr. Trent eut une conduite scandaleuse après la mort de son mari et mourut de pneumonie en 1884, ayant eu, dit-elle, plus d'amoureux que cette « Bernhardt ».

Henry Fowler mourut de causes inconnues en 1858.

La Compagnie des chemins de fer du Sud-Est excédée par les dispositions inadéquates de la gare de London Bridge, édifia deux nouveaux terminus pour sa ligne : la fameuse arche voûtée de la rue Cannon en 1862 et, peu après, la gare de Blackfriars.

On n'entendit plus jamais parler de Pierce, de Barlow et de la mystérieuse Myriam. En 1862, on raconta qu'ils vivaient à Paris. En 1868, on dit qu'ils résidaient à New York dans des « conditions luxueuses » mais aucun de ces rapports ne fut jamais confirmé.

Et jamais ne fut récupéré l'argent de La Grande Attaque du Train.

Table des matières

TROISIÈME PARTIE

Retards et difficultés
Mars-mai 1855

QUATRIÈME PARTIE

La Grande Attaque du Train
Mai 1855

CINQUIÈME PARTIE

Arrêt et jugement
Novembre 1856-juillet 1857

COLLECTION «THRILLERS»
CHEZ POCKET

COLLECTION « NOIR »
CHEZ POCKET

BERNARD ALLIOT
Eaux troubles

WILLIAM BAYER
Hors champ
Punis-moi par des baisers
Voir Jérusalem et mourir

ROBERT BLOCH
Autopsie d'un kidnapping
L'éventreur
L'incendiaire
La nuit de l'éventreur
Un serpent au paradis

BURKE JAN
Goodnight, Irène

JAMES M. CAIN
La femme jalouse
La femme du magicien

CARTER CHRISTOPHER
Qui a tué Toutankhamon ?

CAMILLERI ANDREA
La forme de l'eau
Chien de faïence

RAYMOND CHANDLER
Nouvelles (2 tomes)

ROBIN COOK
Mutation

MARTIN CRUZ SMITH
Blues pour un tsigane
Requiem pour un tsigane

MILDRED DAVIS
La chambre du haut
La voix au téléphone

NELSON DEMILLE
Retour de l'enfer

MARK FROST
La liste des sept

LOREN D. EASTLEMAN
Le pro

ARTHUR CONAN DOYLE
Les aventures de Sherlock Holmes
Le chien des Baskerville
La vallée de la peur

EVANOVICH JANET
Deux fois n'est pas coutume
La prime

FYFIELD FRANCES
Ombres chinoises
Sommeil de mort
Un cas de conscience
Le fantôme de la plage

BRIAN GARFIELD
Poursuite

ELIZABETH GEORGE
Enquête dans le brouillard
Cérémonies barbares
Le lieu du crime
Une douce vengeance
Pour solde de tout compte
Mal d'enfant
Un goût de cendres
Le visage de l'ennemi
Le meurtre de la falaise
Une patience d'ange

GIOVANNI JOSÉ
La mort du poisson rouge
Le prince sans étoile

Escamotage
Poison

CAROL O'CONNELL
Meurtres à Gramercy Park
L'homme qui mentait aux femmes
L'assassin n'aime pas la critique
L'appât invisible

JEFFERSON PARKER
Un été d'enfer

DAVID M. PIERCE
La neige étend son blanc manteau
Rentre tes blancs moutons
Le petit oiseau va sortir
Sous le soleil de Mexico

JACK RICHTIE
L'île du tigre

LAURENCE SANDERS
L'homme au divan noir

JOHN SANDFORD
La proie de l'ombre
La proie de la nuit
La proie de l'esprit

SANDRA SCOPPETTONE
Tout ce qui est à toi…
Je te quitterai toujours
Toi ma douce introuvable

LISA SEE
La mort scarabée

ROSAMOND SMITH
Œil-de-serpent

THIERY DANIELLE
Mises à mort

DOROTHY UHNAK
Victimes

ANDREW VACHSS
Blue Belle
Hard Candy

JACK VANCE
Charmants voisins
Lily street
Méchante fille
Un plat qui se mange froid

MINETTE WALTERS
Chambre froide
Cuisine sanglante
La muselière
Lumière noire
Résonances…
Lame de fond
Ni chaud, ni froid

MARIANNE WESSON
Habeas corpus

DAVID WILTSE
Terreur noire
Terreur blanche

HELEN ZAHAVI
Dirty week-end

LE LIVRE NOIR DU CRIME
Bonnes vacances
Histoires de crimes parfaits
Histoires d'agresseurs
Histoires d'arnaqueurs
Mômes, sweet mômes
Place d'Italie
Le Salon du Livre

Achevé d'imprimer sur les presses de

BUSSIÈRE
GROUPE CPI

à Saint-Amand-Montrond (Cher)
en mars 2002

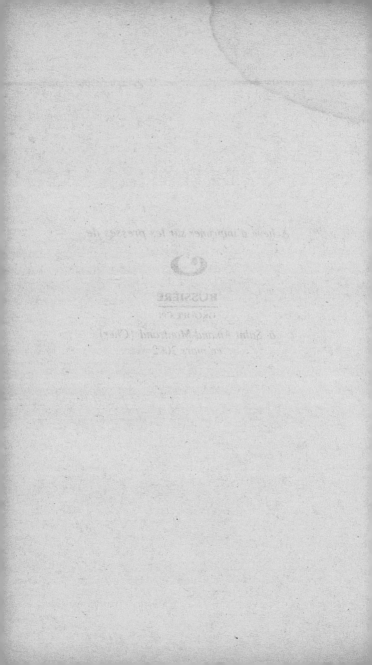

Achevé d'imprimer sur les presses de

BUSSIÈRE
GROUPE CPI
à Saint-Amand-Montrond (Cher)
en mars 2002